Für Sylvia
und Felix

Freut Euch des Lesens

Helmut
Dezember 2016

ISBN 978-3-9815937-4-7

© Erstauflage Oktober 2016
Herausgeber: Ulrich Diehl Verlag und Medienservice GmbH, Darmstadt
Autor: Helmut J. A. Roth, Alsbach-Hähnlein
Gestaltung: Jürgen Becker (jube)
Satz: Helmut J. A. Roth, Alsbach-Hähnlein
Druck: Frotscher Druck, Darmstadt
Bindearbeit: Frotscher Druck, Darmstadt
Printed in Germany

DER TOTE UNTERM EISERNEN STEG

Kriminellen-Roman

von

Helmut J. A. Roth

VORWORT

Liebe Leserinnen, lieber Leser,

Stimmungsaufheller, Unlustvertreiber, Euphorie-Erzeuger oder auch Schmerzkiller sind weiter nichts als beschönigende und verharmlosende Begriffe für Drogen der unterschiedlichsten Art. Sie sind pure Reklameaktionen in einem weltweiten Markt mit exorbitanten Gewinnen. In diesem gesetzlich und faktisch nur schwer verhinderbaren illegalen Terrain agieren viel mehr Kriminelle als wir uns gemeinhin vorstellen können. Ganze Verteilerbanden bevölkern nicht nur Deutschland. In diesem schändlichen Milieu kann niemand menschlichen Kredit erwarten. Wer einmal drin ist, kommt nicht wieder raus. Viele Männer und Frauen haben in ihrem Leben nichts anderes erlebt. Sie glauben, nur in der wohlorganisierten Parallelwelt der Rauschgifte existieren zu können, die von kriminellen Bandenführern terrorisiert wird.

Im illegalen Handel mit Medikamenten locken mittlerweile größere Gewinne als im reinen Drogengeschäft. So mischen sich beide Formen immer mehr. Tabletten, Dragees und Ampullen, sind selbst mit ausgefeilten Testmethoden nur schwer als Fälschung zu erkennen. Sie gleichen in Form, Farbe, Geruch und Verpackung exakt dem Original, machen aber krank statt gesund. Nur mit etwas Glück kommen Ermittler den Tätern auf die Spur.

In diesem Kriminellen-Roman begeben sich Menschen aus Angst vor dem Tod in undenkbare Situationen und begehen brutale Verbrechen. Sie lassen sich zum Spielball der „Großen" in der Drogenwelt denunzieren, ohne darüber nachzudenken, was sie tun. Die Furcht vor persönlichen Verlusten an Leib und Leben auf der einen Seite und die exorbitant große Menge Geld auf der anderen, lässt jede Ethik vergessen. Die Betroffenen wurden nur zu Verbrechern, weil sie ihr Leben und das ihrer Familien retten wollten, sind demnach keine echten Täter, sondern vielmehr Opfer, behaupten ihre Verteidiger bei jeder sich bietenden Gelegenheit öffentlich.

Diese Art „geregelter Kriminalität" verlangt schon immer nach bester Koordination von Bundes- und Landespolizeien sowie Staatsanwaltschaften. Ein Datenaustausch, über alle bürokratischen Hürden und über Ländergrenzen hinweg, wird zunehmend wichtiger. Ob das aber immer gleich eine permanente Überwachung im Stile von „Big Brother is watching you" sein muss, sei dahingestellt. Diese Art Kontrolle wird heute vom amerikanischen Geheimdienst CIA (Central Intelligence Agency) übernommen. Die NSA (nationale Sicherheitsbehörde), die sich weit über alle US-Landesgrenzen hinaus, ohne Wissen der Betroffenen, heimlich Informationen abgreift, ist der „Big Brother" unserer Zeit. Manchmal wird durch sie der Polizei eines fremden Landes hochkarätige Hilfestellung zuteil, mangels Fach- und Hintergrundwissen aber hin und wieder auch nur „der Teufel an die Wand gemalt". Sinnvoll oder nicht? Hier scheiden sich die Geister. Dem

Anschein nach kann jeder von uns permanent bespitzelt und jederzeit auch ohne Grund kontrolliert werden.

„Alle Dinge sind Gift, und nichts ist ohne Gift; allein die Dosis macht's, dass ein Ding kein Gift sei." Diese Ansicht stammt vom Arzt und Philosophen Paracelsus (1493-1541), der damit Arzneimittel und Drogen ansprach. Nach meinem Dafürhalten gilt seine Erkenntnis darüber hinaus auch noch für viele „Dinge" mehr im Leben: Glück, großes Leid, Träume, Märchen, Geld, Liebe, Sex, Monarchie, Hochfinanz, Ironie und Industrie, vielleicht sogar etwas Perversion. Von allem nur ein kleine Prise, das wäre die ideale Mischung fürs Leben, finden Sie nicht auch?

ALLES IST LETZTLICH EINE FRAGE DER DOSIS!

Jeder muss seine eigene „gesunde Dosis" in allen Lebenslagen selbst ausloten. Sie ist einzig.

Ab einer genau definierten Menge an verwerflichen „Dingen" gibt es kein Zurück mehr. Dann wird's letal, also todbringend. Genauso wie es nicht möglich ist, nur ein bisschen schwanger zu sein, kann man nicht nur ein bisschen tot sein.

Die jeweils zum Töten benötigte Menge muss immer personenbezogen ermittelt werden. Den einen trifft schon der Schlag, wenn er mit einer Pistole bedroht wird, den anderen töten nicht einmal mehrere Projektile, die seinen Körper treffen. Er wird wieder gesund und sinnt auf Rache.

Somit weiß niemand exakt vorauszusagen, ob das „Kitzeln" mit einer drei Zentimeter langen Messerspitze nur ein Spaß ist, oder ob der Kreislauf des so Gereizten versagen wird. Streng genommen schadet das winzige Messerchen den Körpersäften unter der Haut nicht, trotzdem kann der so Bedrohte tot umfallen und nicht mehr zu retten sein.

Für letale Dosen gibt es nur ungefähre Richtwerte in Abhängigkeit vom individuellen Körpergewicht. Das sollten auch Mörder beachten. Man kann sie nicht vorher ausprobieren. Verbrecher, die vor Gericht behaupten, sie hätten nur eine Lektion erteilen wollen, nehmen den Tod allzeit billigend in Kauf.

Killer sehen in der Regel nicht so aus wie man sich abgrundtief böse Menschen vorstellt. Manche sind eher unscheinbar, könnten im Pfarramt arbeiten. Andere wieder sehen sehr gut aus, sind ausgesprochen charmant. Das sind die katastrophalsten von allen, weil es ihnen leicht fällt, jeden für sich einzunehmen. Einen Mord traut man diesen vertrauenserweckenden Typen einfach nicht zu. Der Begriff des „Gentleman-Killers" entstand unter anderem aus diesen Überlegungen.

Machen Sie sich selbst ein Bild von den Angstmachern und den Schurken in diesem Roman. Es gibt sie auf der ganzen Welt.

Viel Spaß und Spannung in der für Sie besten Dosis wünscht

Helmut Johannes August Roth

KAPITEL 1

Geschäfte

In einer überaus stürmischen, nassen, schwarzdunklen Nacht trieb der Wind die Regenschauer in Böen am Main entlang, vorbei an der Bushaltestelle, an der Edwin wartete. Jeder einigermaßen vernünftige Mensch würde sich bei diesem Wetter in einem Haus oder einer Gaststätte aufhalten, aber niemals gegenüber den Unikliniken in Frankfurt am Main ungeschützt im Regen stehend, schon gar nicht um diese Zeit. Es war 23:00 Uhr. Die Straßenlaternen spendeten heute gefühlt weniger Licht als sonst. Der Asphalt vor ihm schimmerte in wässrigem Grau, ähnlich der Farbe des Mains, der hinter ihm vorbeifloss.

Er sah auf die regennasse Uhr seines Smartphones. „A quarter passed eleven", hatte der Fremde gesagt, als sie Zeit und Ort am Telefon vereinbarten. Ihm blieben nur noch wenige Minuten. Rund um ihn war es verständlicherweise menschenleer. Nur vereinzelt verirrte sich heute ein PKW in die sonst stark befahrene Straße vor ihm. Seinen Audi A6 hatte er mit Bedacht in der Straße seitlich der Kliniken geparkt. Erstens kostete es dort keine Parkgebühr und zweitens würde keiner so einfach ausmachen können, dass es sich um sein Auto handelte.

Die wenigen Meter zum vereinbarten Treffpunkt nutzte er, trotz massiver, böiger Schauer, als willkommene Bewegungsübung für einen „Schreibtischtäter" wie ihn.

5

„Ob der Unbekannte verlässlich und pünktlich sein würde?"

Wie schon oft in den letzten Tagen tobten ihm Gedanken zum spektakulären Tod von Egon Kaffitz durch den Kopf. Sämtliche Medien waren voll davon. „Mord im Gerichtssaal" oder etwa „Verdeckt ermordet – Hunderte sahen dabei zu" und dann noch „Die Ohnmacht der Polizei" oder gar „Nirgends Sicherheit in Deutschland" lauteten Überschriften in der Tagespresse. Rundfunk und Fernsehen fanden noch spektakulärere Formulierungen wie: „Todesengel im Haus der Justiz", „Verbrecher schneller als Gesetzeshüter", „Wer sprach hier das Urteil?" Alle Medien hoben unisono insbesondere auf die Unfähigkeit des Systems ab. Das Geschehene war absolut unbegreiflich, im Grunde nicht zu verstehen und undenkbar.

„Es geschieht viel zwischen Himmel und Erde, was man nicht erklären kann oder will. … Na, Sie wissen schon", hatte er auf Rückfragen seiner Pressefreunde geantwortet, die ihn nach seiner Einschätzung dieser teuflischen Tat befragten.

Die Ermittlungen einer schnell gebildeten Polizei-kommission zum Tathergang laufen auf vollen Touren. Bisher ohne Resultat. Wo ist die Mordwaffe geblieben? Wie lautet das Motiv? Welche Organisation steckt dahinter? Oder war es ein Einzeltäter? Fragen, für die er, selbst bei maximaler Nutzung seiner eigenen Privatdetektei, bisher keine Antworten gehabt hätte.

Für seine aktuelle, letztlich geheime Verabredung brauchte er gewiss keine Unterstützung, weder mit noch ohne Uniform. Sie hätte den erwarteten Fremden zur Flucht veranlasst.

Seitdem Erika Schäfer, seine einstige Geliebte und Mutter seiner Tochter, in grundloser Untersuchungshaft schmorte, stand er unter permanentem Stress. Es gab unfassbar viel gleichzeitig zu tun. Wo und wie sollte er loslegen, um Erika zu retten. Jedes Mittel war ihm recht, koste es, was immer es wolle. Was hatte sie nur verbrochen? Seine Gedanken spielten mit ihm Katz und Maus, rasten in Überschallgeschwindigkeit durch seinen Kopf und ließen sich einfach nicht filtern. Ist Hypersensibilität eine Krankheit? Vielleicht ist er auch nur neu verliebt? Ein Empfinden, das er längst vergessen glaubte.

Da Erikas inzwischen verstorbener oder vielleicht auch ermordeter Mann, Gotthilf Kratz, ihndamals vor zwanzig Jahren wegen Stalking angezeigt hatte, ordnete ein Richter ein Besuchsverbot an. Ja sogar, dass er zu ihr einen Mindestabstand von zweihundert Meter einhalten muss. Daran hatte er sich all die Jahre gehalten und das Bild seiner großen Liebe verdrängt. Nach dem plötzlichen Tod ihres Gatten brachen seine lange unterdrückten Gefühle wieder hervor. Als sich dann noch herausstellte, dass ihre Tochter von ihm stammt, war es um ihn geschehen. Seine damals schon von ihm angebetete Jugendfreundin liebte er heute noch.

Nun hatte man sie verhaftet, weil sie, ja was eigentlich (?), gemacht hatte. Beide konnten die Gründe für ihre Festnahme nicht nachvollziehen. Ihre leider nur kurzen Gespräche während seiner Besuche im Frauengefängnis Preungesheim, JVA 3 (Justizvollzugsanstalt) in Frankfurt, waren immer geprägt von beider Unverständnis und von wilden Spekulationen. Sie war sich keiner Schuld bewusst, wirkte von Mal zu Mal dünner und ausgemergelter. Nachdem der Tod ihres Mannes sie schon psychisch stark belastete, zerrte jetzt noch zusätzlich die unerklärliche Haft an ihrem Nervenkostüm. Die Situation ist unerträglich für sie, entmutigend und zum Heulen. Resilienz, also Widerstandskraft, die sie befähigen könnte, mit Stress besser umzugehen und Krisen zu bewältigen, ohne innerlich auszubrennen oder krank zu werden, besaß sie keine mehr. Das sah man ihr an.

Ihre Tochter dürfe sie keinesfalls besuchen, hatte sie eindringlich gebeten. Sie möchte ihr das Bild ihrer Mutter in diesem Milieu unbedingt vorenthalten.

Bei seinem vorletzten Besuch nannte sie ihm unbemerkt eine Telefonnummer, die sie vor geraumer Zeit von ihrem heimlichen Liebhaber und Onkel, Egon Kaffitz, für den Fall erhalten hatte, dass sich etwas Schwerwiegendes ereignen würde. Edwin sollte für sie dort anrufen, ihren Namen nennen sowie das Codewort „K a r y b i g" in Englisch buchstabieren, also „Karibik" so falsch geschrieben, dass darauf kein Mensch jemals kommen würde. Derjenige, der sich am Hörer meldet, könnte Kaution für sie stellen. Die vom Richter geforderten 850.000 Euro waren gewiss keine Bagatelle. Selbst als reicher Mann konnte er diesen Betrag nicht bereitstellen, schon gar nicht nach dem millionenschweren Freikauf seiner Mutter aus den Händen von internationalen Erpressern. (Siehe dazu meinen ersten Kriminellen-Roman: „Eine vor, zwei nach dem Essen")
Als Gegenleistung würde der angerufene Unbekannte das iPad

des illegal drogenproduzierenden Apothekers Kaffitz mit sämtlichen Kontaktadressen in Deutschland erhalten. Es liege zurzeit in einem absolut sicheren Versteck.

„Wo, verrate ich dir später." Erika war sehr vorsichtig. Sie wusste bestimmt mehr als sie verriet.

„Sollte er nicht bezahlen, landet dieses besagte elektronische Notizbuch bei der Kriminalpolizei. Alle seine Kunden fliegen auf und landen im Knast. Er selbst natürlich auch. Interpol ist manchmal schneller als die Polizei erlaubt, weißt du? Das würde sich in Windeseile überall herumsprechen. Er und sein weltweites, lukratives Vertriebssystem von Drogen wären ruiniert. Damit musst du ihm drohen. Da er diese Infos unbedingt haben muss und sie nur über dich bekommen kann, bist du in Sicherheit. Erst wenn er die Geschäftspapiere all seiner deutschen und einiger internationaler Kunden in Händen hält, kann es für uns beide brenzlig werden. Wir sind für ihn lästige Mitwisser, die eine Kopie gemacht haben. Ich kenne ihn nicht persönlich und er mich auch nicht, da ich nie zur Szene gehörte. Das ist meine Chance. Da du für ihn nur ein „Schnüffler" bist, der im Auftrag handelt, wird er dich genau beobachten lassen. Sieh´ dich bitte vor. Ein Glück, dass du mit diesem Teufelszeug nichts zu tun hast. Rufe bitte umgehend dort an! Ich muss hier raus, sonst werde ich noch verrückt!"

Edwin rümpft bei dem Wort „Schnüffler" die Nase. So also schätzt sie ihn ein. Er hätte zu gerne gewusst, welche Informationen noch im Notebook gespeichert sind.

Erika hatte sie nie zu Gesicht bekommen, kennt weder das Codewort noch das viele Millionen werte „Kundenverzeichnis". Sollten es in falsche Hände geraten, wäre das eine erdbebengleiche Katastrophe für viele Drogenbosse, die über eine umfangreiche Logistik und ausgefeilte Handelssysteme verfügen. Bis hinunter zu den Dealern sind alle erfasst.

Wie besprochen, hatte Edwin von Alsberg unlängst abends von einem Wegwerftelefon aus angerufen, das ihm zudem nicht selbst gehörte. Es meldete sich in einem seltsamen Englisch ein Mann, der sich nach Rückfrage „Dr. Yes" nannte. Er versprach, umgehend mit dem Geld nach Deutschland zu kommen und die Kaution zu stellen. Es schien so, als hätte er mit einem Anruf dieser Art bereits gerechnet. In drei Tagen wollte er hier sein. Da er sich in Frankfurt offenbar auskannte, schlug er das Treffen heute Nacht am Mainufer selbst vor. Pünktlich, wie er betonte. Dabei sollte das iPad im Tausch gegen die vereinbarte Euro-Summe seinen Besitzer wechseln.

Genau das aber stellte Edwin vor ein Problem. Er hatte diesen handlichen Computer nicht dabei, wusste nicht einmal, wo er sich befindet. Erika wollte ihm „… erst zu gegebener Zeit den Aufbewahrungsort verraten." Sie meinte damit, dass sie das Versteck mitteilen würde, wenn sie wieder auf freiem Fuß ist.

So stand er nun bei Regen und Wind in stockfinsterer Nacht draußen im Freien, gewissermaßen direkt vor den OPs der Unikliniken in Frankfurt, und schwitzte vor Aufregung heftig. So wie er sich fühlte, könnte auch er medizinischen Beistand gut gebrauchen. Eine sehr beunruhigende Vorahnung hatte Besitz von ihm ergriffen. Was, wenn dieser Fremde ihn einfach kaltblütig abknallt, weil er die versprochene Ware nicht vorweisen kann? Was genau sollte er ihm sagen, noch dazu in Englisch? Er hatte sich jeden Satz aufgeschrieben und auswendig gelernt. Jetzt aber fiel ihm kein Buchstabe davon ein. Das einzig Gute war, dass sich dieser Albtraum in wenigen Sekunden klären würde. Seine Ungeduld wuchs.

Aus Richtung Innenstadt sah er zwei schwache Lichter auftauchen, die heller und heller wurden. Unerwartet blendeten die Scheinwerfer plötzlich auf. Edwin stand gut sichtbar im grellen Licht des Wagens, das ihn erblinden ließ. Weder Nummernschild noch Wagentyp und die genaue Farbe waren auszumachen.

Die dunkle Limousine fuhr jetzt langsamer, hielt schließlich unmittelbar vor ihm. Regen prasselte auf seinen Hut und auf das Wagendach, von dem aus es ihm ins Gesicht spritzte, als er sich zum langsam nach unten gleitenden hinteren Fenster hinab beugte. Aus dem Schwarz des Wageninneren kam eine etwas heißere Stimme in gebrochenem Deutsch.

„Alles gut? Everything all right?"

„Guten Abend."

Edwin versuchte angestrengt, etwas von der Person im Fond des Wagens zu erkennen. Der geringste Hinweis würde ihm helfen. Der Unbekannte war jedoch nicht wirklich auszumachen. Er trug schwarze Handschuhe. Darunter lugte eine mit funkelnden Steinen besetzte Armbanduhr hervor.

„Teuer und bestimmt auch selten. Rolex vielleicht", schoss es Edwin durch den Kopf, bevor der Mann im Dunkeln erneut begann zu sprechen.

„Also, wo haben Sie das teure Stück, the iPad I meen?"

„Zuerst benötige ich Ihre Zusage, dass Sie die Kaution stellen werden, dann reden wir weiter", hörte Edwin sich antworten. Sein Kopf fühlte sich an wie eine hohle Rübe, wie ein ausgehöhlter Kürbis. Seine Zunge klebte am Gaumen.

„Was, wenn er jetzt gleich die Pistole zückt und mich niederschießt?" Ihm wurde zuerst heiß und dann kalt. Der Fremde antwortete beunruhigend lange nicht. Dann endlich vernahm er etwas dumpf, geisterhaft und undeutlich aus dem Wageninneren: „Ich gebe dir jetzt 400 thousend Euro und die anderen 450 erhältst du, wenn ich das iPad in der Hand halte. Wo ist es? Ich habe das Geld hier. Das Angebot ist fair. du würdest gut daran tun, mein „offer" (Angebot) anzunehmen."

Edwin schnaubte hörbar und heftig. Trotz völlig eingetrockneter Stimmbänder versucht er forsch gegenüber dem „schwarzen Mann" aufzutreten: „No chance! Nur wenn die Gesamtsumme vorliegt, darf ich Ihnen den Ort verraten, an dem sich das wertvolle Beweisstück befindet. Vorher nicht, auf keinen Fall!"

„400, das ist mein last word, you understand?"

Edwin schüttelte so heftig mit dem Kopf, dass Wasser von seinem Hut in das Wageninnere spritzte.

„Nein, Sir, das kann ich nicht akzeptieren. Überlegen Sie sich alles noch einmal bis morgen Abend, gleiche Stelle, gleiche Welle, gleiche Uhrzeit"

Bevor er weitersprechen konnte, schwamm das Auto ungefähr so davon wie eine Flaschenpost im nächtlich dunklen, schäumenden Meer. Wieder hatte er das unbeleuchtete Nummernschild am Heck nicht erkennen können. Die roten Schlusslichter nahm er noch ein paar Sekunden lang wahr, dann wurde es still um ihn. Der Regen prasselte nieder, aber kein Krankenwagen mit Sirene, kein knatterndes Motorrad und kein Motor eines Automobils waren im unmittelbaren Umfeld zu hören, niemand weit und breit zu sehen. Nur der Main rauschte vernehmlich im Hintergrund, angetrieben durch heftige Windböen.

Auf dem Weg zu seinem Wagen zündete sich Edwin eine Zigarette an. In den Aufregungen der letzten Tage hatte er wieder mit dem Rauchen begonnen, das er sich erst vor einem Jahr mühsam mithilfe vieler Nikotinpflaster abgewöhnt hatte. Ihm war nicht klar, ob er jetzt erleichtert sein sollte, weil nicht auf ihn geschossen worden war, oder verärgert, weil er Erika kein Ergebnis vorweisen konnte. Bereits in zirka zwölf Stunden wollte er ihr, bei seinem Besuch in der JVA, die frohe Botschaft verkünden. Das war jetzt leider nicht möglich. Ihnen blieb nur abzuwarten, ob der dunkle Fremde morgen vor Mitternacht noch einmal hierher kommen würde. Auf jeden Fall benötigt er, als persönliche Lebensversicherung sozusagen, genaue Angaben zum Versteck des iPads. Ohne diese Information ist er ein „Todgeweihter". Vielleicht sitzt ihm jetzt schon ein Auftragskiller im Nacken. Ohne stehen zu bleiben, sah er sich vorsichtig um. – Niemand zu sehen. „Puh, noch einmal Glück gehabt."

An seinem Audi angekommen, zog er letztmals an der Zigarette bevor er den noch glimmenden Rest in einen Gully warf. Als er einsteigen wollte, legte sich unerwartet eine nasse Hand locker, fast vertraut, auf seine Schulter.

„Hallo, Herr von Alsberg, lange nicht gesehen!" Nur am kurzen Flackern in den Augen hätte sein Gegenüber erkennen können, wie sehr Edwin erschrak. Ein kleines Zeichen seiner Verwirrung im Gesicht, das in der Dunkelheit, noch dazu unter dem regennassen Hut, nicht auszumachen war. Rasch hatte er seine Gefühle wieder im Griff.

„Hallo, Herr Oberkommissar. Schön Sie zu treffen. Was machen Sie hier um diese Uhrzeit bei diesem Sauwetter?"

Kriminaloberkommissar Huber sah ihn schmunzelnd an.

„Ich habe seit geraumer Zeit schon auf Sie gewartet. Da Sie nach der Festnahme von Frau Kratz nicht mehr bei uns vorbeikamen, wie versprochen, nahm ich an, Sie haben etwas zu verbergen. Hatte ich Recht? Stimmt´s?"

„Erwischt", schoss es Edwin durch den Kopf. „Was weiß er? Wer hatte ihn verraten? Wieso kannte er seinen Aufenthaltsort? Das Beste wird sein, ich tue erst einmal so, als wisse ich von nichts. Vielleicht erfahre ich dann mehr. Schließlich bin ich ja Privatdetektiv und kenne mich mit Befragungen aus. Jetzt sitze ich eben mal auf der anderen Seite des Tisches. Nicht schön für mich, aber eine neue Erfahrung, die bestimmt für den Rest des Lebens hilfreich sein wird."

„Was wollen Sie wissen?", fragte er folgerichtig vernehmlich laut mit fester Stimme.

„Eigentlich nur, wen Sie gerade getroffen haben und warum? Das können Sie mir doch leicht beantworten, oder?"

„Ja, Herr Huber, das ist im Grunde eine längere Geschichte. Sagen wir es kurz einmal so: Es handelte sich um einen geheimnisvollen Kunden meiner Detektei, der auf keinen Fall erkannt werden möchte. Betriebsgeheimnis, sie verstehen?!"

Edwin glaubte, die Sache mit dieser absolut simplen Erklärung beendet zu haben. Doch er hatte sich verrechnet.

„Sie folgen mir jetzt aufs Präsidium. Dort nehmen wir das Protokoll auf und plaudern ein wenig." Wieder schmunzelte Huber als er Edwin bat, hinter seinem nagelneuen, dunkelblauen Opel Astra her zu fahren.

Offensichtlich war Huber alleine unterwegs, selbst in der Nacht noch. – Ist er eigentlich verheiratet? – Was seine Frau über diese extreme Dienstauffassung wohl denken mag? Eine nicht enden wollende Fragenfolge ging ihm durch den Kopf, während sie gemächlich hintereinander her in die Innenstadt gondelten. Die Fahrt nutzte Edwin, um sich einige glaubwürdige Erklärungen für das zu erwartende, wahrscheinlich sehr gründlich geführte Verhör, zurechtzulegen. Er hatte keinerlei ungesetzliche Handlungen begangen, musste sich demnach auch nicht verstecken. Der genaue Name und die Adresse des Amerikaners waren ihm sowieso unbekannt. Nichts kann schiefgehen, wenn er die Untersuchungshaft sowie die geforderte Kaution nicht anspricht.

„Die arme Erika. Was sie wohl jetzt macht? Bestimmt kann sie nicht schlafen. Ich muss sie unter allen Umständen aus dieser miesen Situation befreien", murmelte er.

Im Dienstzimmer begann KOK Huber sogleich umständlich mit zwei Fingern auf der Tastatur seines PCs zu tippen. Datum, Edwin von Alsberg, Treffen mit fremder Person, 23:00 Uhr Unikliniken Frankfurt, das übliche Wer?, Wann?, Wie?, Wo?, Was? eben. Das „Warum?" sparte er vorsichtig und gewiss sehr bewusst, vorerst aus.

„Haben Sie Kinder?", begann er die Vernehmung unerklärlich form- und empfindungslos. Schließlich kannten sie sich von mehreren gemeinsamen Einsätzen recht gut. Auf das begonnene Protokoll sehend fragte er teilnahmslos weiter: „Wo wohnen Sie? Sind Sie verheiratet? Wie lautet der Name Ihrer Frau?"

Mit solchen Fragen hatte Edwin nicht gerechnet. Ein wenig verdutzt, antwortete er wahrheitsgemäß:

„Nicht verheiratet, eine uneheliche Tochter, die hier in Frankfurt wohnt. Sie müsste ungefähr 20 Jahre alt sein, nicht älter. Das genaue Geburtsdatum habe ich vergessen."

Der in Verhören erfahrene Kommissar spürte die Unsicherheit seines Verdächtigen deutlich und hakte nach. Jeder Vater kennt das Alter seines Kindes genau. Wieso nicht er?

„Wie lautet der Name Ihrer Tochter und wie der der Mutter?"

Jetzt musste Edwin Farbe bekennen. Exakt diese beiden Namen wollte er aus dem Geschehen heraushalten. „Mist und abermals Mist", dachte er noch, bevor er langsam und vorsichtig antwortete.

„Ich verstehe zwar nicht, was diese Fragen mit der jetzigen Situation zu tun haben, aber meinetwegen: Meine Tochter heißt Alysia Kratz. Ihre Mutter heißt Erika Kratz, geborene Schäfer. Wie Sie wissen, sitzt sie derzeit in Preungesheim in Untersuchungshaft, angeblich wegen schwerer Drogendelikte. Warum genau, das wissen bisher weder ihr Anwalt noch sie oder ich. Hier sollten Sie einmal für Klarheit sorgen, Herr Oberkommissar, bitte möglichst sofort, und sich nicht so lange mit mir aufhalten. Ich schwöre Ihnen, ich habe nichts verbrochen."

Huber begann erneut zu grinsen, was ihn seltsam überheblichwirken ließ. Seine hohe Stirn glänzte dabei im Licht der Deckenlampen wie eine Speckschwarte.

„Wieso heißt Ihre Tochter denn Kratz mit Zunamen. Haben Sie sie nur adoptiert? Ist sie Ihre leibliche Tochter?"

Unangenehm dieser Huber! Um glaubwürdig zu bleiben, durfte er jetzt nicht um den heißen Brei herum reden.

„Alysia wurde als Tochter des Herrn Kratz geboren. Erst nach seinem Tod berichtete mir Erika, dass ich der biologische Vater bin. Das ist doch jetzt völlig unwichtig. Kommen Sie zur Sache, Herr Huber!"

Edwin glaubte, das Interview beschleunigen zu können, aber das Gegenteil war der Fall.

„So, so, demnach unterhalten Sie schon lange Kontakte zur Drogenmafia in Deutschland. Das wird ja immer schöner. Warum haben Sie uns nie davon erzählt. Sie mimen den Saubermann und kennen die graue Eminenz der deutschen Drogenszene, haben sogar ein Kind mit ihr. Das wird sicher auch Ihren Freund, Herrn EKHK Pauli, sehr interessieren. Sie bleiben heute Nacht unser Gast. Mein Chef entscheidet morgen, was mit Ihnen passiert. Ich nehme Sie hiermit wegen dringendem Tatverdacht in Sachen Drogenhandel und wegen Fluchtgefahr vorläufig fest. – Abführen."

Ein guter Ermittler der Kriminalpolizei weiß ganz genau, dass man keiner Aussage trauen darf, bevor sie nicht bewiesen ist. Alles muss so lange hinterfragt werden, bis sämtliche Zweifel ausgeräumt sind, beziehungsweise, bis jede Aussage durch Fakten belegt ist. Genau das glaubte Huber auch nach der Festnahme von Frau Kratz getan zu haben.

Er hatte sich die Frage gestellt, wie diese Frau die gesamte Organisation der Drogenverteilung in Deutschland alleine bewerkstelligen konnte. Es musste außer dem Apotheker Egon Kaffitz noch weitere, bisher unauffällige Helfer geben. So kam er auf den Besitzer der Detektei EvA, Herrn Edwin von Alsberg. Sein Bauchgefühl sagte ihm, dass mit diesem Herren etwas „oberfaul" war. Im Gegensatz zu seinem Vorgesetzten ahnte er schon lange, dass dieser so untadelig wirkende, adlige Privatdetektiv „nicht ganz koscher ist". Wann immer es ihm sein Tagesablauf erlaubte, beschattete er ihn deshalb unauffällig, ohne Wissen seines Chefs. Jetzt hatte er ihn am Haken, der Nachteinsatz hatte sich gelohnt. Der oder die Menschen im dunklen Auto vor den Unikliniken stammten bestimmt auch aus der Rauschgiftszene. Das abgedunkelte Kennzeichen belegte, dass er in einen kriminellen Vorgang verstrickt war.

„Mit der Geschichte vom geheimnisvollen Kunden, der unerkannt bleiben will, kommt er nie durch. Der Anfang ist gemacht. Jetzt werden wir einen nach dem anderen hoppnehmen", brummte er pfeifend vor sich hin, während er den Schreibtischsessel zurückkippte und mit beiden Händen seinen Bauch streichelte.

Edwin erhielt keine Möglichkeit, sich zu verteidigen. Ein jungerBeamter führte ihn in einen vergitterten Raum im Nebenbau. Er verstand die Welt nicht mehr und wollte sofort seinen Anwalt anrufen, was man ihm gnädig erlaubte. Allerdings gab sich nach Mitternacht nur der Anrufbeantworter zu erkennen. Edwin sprach so lange auf das Band, bis es nichts mehr aufzeichnete. Ein zweites Mal anklingeln ließ ihn der Beamte nicht.

„Morgen Früh wird Ihr Rechtsbeistand sowieso vorbeikommen. Gute Nacht!"

Das Abschließen der Zellentür verursachte das gleiche unangenehme Geräusch, das entsteht, wenn jemand mit dem Messer über den Rand eines Marmeladenglases fährt. Edwin ging es durch Mark und Bein. Ihn fröstelte.

Denkfehler

In der Zelle war es mehr als ungemütlich. Es handelte sich wohl um eine Ausnüchterungszelle für Junkies oder Bezechte. Die Holzpritsche hatte nicht einmal eine Matratze als Auflage. Auf einer sorgsam zusammengefalteten Decke, die der bei der Bundeswehr sehr ähnelte, zumindest aber genauso wie diese kratzte und komisch roch, lag ein winzig kleines, weißes Kopfkissen. Weitere Dinge gab es nicht in diesem Raum.

Edwin versuchte seine Gedanken zu sortieren, indem er die letzten Stunden rekapitulierte.

Was war eigentlich passiert? Was hatte er falsch gemacht?

Dieser Huber hatte ihn nicht zufällig beobachtet, als er sich mit dem Unbekannten wegen der Kaution für Erika traf. Das konnte nur bedeuten, dass ihn die Kriminalpolizei schon seit seinem Besuch in der JVA Preungesheim beschatten ließ. Was jetzt tun? Wer könnte beweisen, dass er mit der Drogenszene überhaupt nichts „am Hut hat"? Er überlegte angestrengt. Erika wäre nicht glaubwürdig. Sie würde, aus Sicht der Polizei, alles erzählen, um ihren eigenen Hals aus der Schlinge zu ziehen. Ihre Eltern haben bestimmt Angst, dass ihre Beziehung zu dem inzwischen beerdigten Apotheker Kaffitz und ihre Duldung der illegalen Drogenherstellung auffliegen könnten. Als Zeugen würden sie seine Situation zweifellos nur noch verschlimmern. Hauptkommissar Pauli, müsste doch selbst genau wissen, wie die Wahrheit aussieht. Schließlich hatten sie in den letzten Monaten intensiv und vertrauensvoll zusammengearbeitet, hatten gemeinsam den Haupttäter gestellt. Was hat diesen, ihm gegenüber stets aufrichtigen und freundlichen Mann, nur so verunsichert? Ob er von KOK Hubers Aktivitäten wusste, diese vielleicht sogar anordnete? Wenn das so ist, wird er nicht zu seinen Gunsten aussagen. Wer aber bleibt dann als Zeuge noch übrig? Ohne eine Antwort auf diese wichtige Frage zu haben, schlief Edwin erschöpft ein.

Am nächsten Morgen wurde er bereits kurz nach sechs Uhr heftig aus seinem unruhigen Schlaf gerissen. Es war der Diensthabende, der kurz hereinschaute und knurrte: „Waschen und Zähneputzen, danach gibt's Frühstück." Nachdem Edwin sich, noch auf der Pritsche liegend, in der fremden Umgebung orientiert hatte, erhob er sich mühsam auf unsicheren Beinen. Er rieb sich beide schmerzenden Schultern. Nur mit einer rauen Decke zugedeckt, hatte er auf dem blanken Holzbrett geschlafen. Sein gesamter Körper tat ihm weh. Schließlich folgte er den Anweisungen. Durch die Gedanken an ein gutes morgendliches Essen besserte sich seine Stimmung zusehends. Was ihm dann aber serviert wurde, hatte den Namen „Frühstück" nicht verdient. Sowohl Kaffee als auch Brot mit Butter, Käse und Wurst rochen unangenehm und schmeckten abscheulich. Lediglich die Aprikosen-Marmelade heiterte ihn ein wenig auf.

Er wartete, … und wartete, … schaute immer wieder auf seine Armbanduhr und verlangte schließlich nach einem Beamten, der ihn mit seinem Anwalt verbinden sollte. „Abgelehnt!" Man brachte ihn in einen Besprechungsraum. Es war bereits deutlich nach acht Uhr als sein Rechtsbeistand endlich eintraf.

Peter Geldbach ist ein etwa 1,95 Meter großer, hagerer, knochiger Mann, dessen kantige Gesichtszüge etwas erhaben Asketisches ausstrahlen. Seine Wangen sind leicht eingefallen, Ohren und Hände eigentlich zu groß für einen in Gesetzen grabenden Schreibtischtäter. Sie hätten besser zu einem Bauarbeiter oder Seemann gepasst. Allein seine Augen leuchteten interessiert und fröhlich als er Edwin sah. Beide kannten sich schon seit Jahren. Dieser Anwalt war die Ehrlichkeit in Person. Advokatische Winkelzüge waren ihm fremd. Zuverlässigkeit gepaart mit großem juristischem Können zeichnete ihn aus. Selbst sein einfacher grauer Anzug mit dünnen Streifen gab ihm etwas Ehrwürdiges.

Während er aus seiner alten, abgewetzten Aktentasche ein paar Papiere auspackte und sich dem Inhaftierten gegenüber setzte, erklärte er gespreizt, dass er das Mandat annehmen werde. Inklusive Unterschriften, alles nur Formsache. Sie begannen, über Gott und die Welt zu reden. Verständlich, denn sie hatten sich lange nicht gesehen. Danach erst erfuhr Edwin, dass er beschuldigt wird, zusammen mit Frau Erika Kratz, sowohl den Kauf als auch den Verkauf großer Mengen illegaler Drogen in Deutschland organisiert zu haben. Es besteht der dringende Verdacht, dass er der Handlanger eines Drogenkartells aus Mittelamerika ist. Inwieweit man ihm eine Mittäterschaft bei den Morden der letzten Wochen nachweisen kann, bleibt zu prüfen. Geldbach weist eindringlich auf die Schwere dieser Vergehen hin.

„Was können Sie zu Ihrer Entlastung vorbringen?"

„Nun ja, eigentlich nur, dass all diese Vorwürfe haltlos sind. Nichts davon habe ich getan, also kann man mich auch nicht anklagen."

„Gut. Ich glaube Ihnen. Leider reicht das nicht aus. Wir müssen Ihre Unschuld beweisen. Haben Sie Zeugen, die Ihre Erklärungen beeiden können?"

„Natürlich! Da ist zum einen EKHK Pauli, der bei der Entführung meiner Mutter erfolgreich ermittelte und half ihre Freilassung zu bewerkstelligen. Wir arbeiteten damals längere Zeit Hand in Hand. – Gucken Sie nicht so ungläubig, Herr Geldbach. Das gibt es wirklich: Vertrauensvolle Kooperation zwischen Kriminalpolizei und Ermittlungsbüro. – Er sollte mich gut kennen. Von unseren gemeinsamen Aktivitäten gibt es außerdem einige Protokolle, die ebenfalls zum Beweis meiner Unschuld herangezogen werden könnten."

„Verzeihen Sie, dass ich unterbreche. Diese Entführung könnte aber auch beweisen, dass Sie mitten im Milieu agieren, oder? Sie hatten vielleicht Ihre Drogenschulden nicht beglichen, mussten deshalb Lösegeld bezahlen, möglich, oder? Zumindest erscheint es naheliegend, hier einen Bezug zu der Szene zu sehen, in der Sie, wie man von den Angaben des BKAs ableiten kann, gut getarnt gearbeitet haben sollen. Wen kennen Sie aus der Szene? Der Staatsanwalt wird Namen wissen wollen."

„So habe ich das bisher nie gesehen. Diese Denke ist einfach verrückt, um nicht zu sagen: bekloppt."

„Namen", Herr von Alsberg, „Namen sind gefragt."

„Ich kenne keinen einzigen Namen aus diesem Milieu, da ich mich bis dato niemals darin bewegt habe. Wenn dieser honorige

Frankfurter Kripochef also nicht hilfreich sein will oder kann, dann wären da noch meine beiden Angestellten Det 1 und Det 2. Sie haben genau gesehen, wie das Lösegeld bereitgestellt wurde, und wie es verschwand. Sie kennen mich seit vielen Jahren, erhalten immer meine Monatsplanung, wissen demnach genau, wo ich mich wann befinde, und was ich gerade mache. Ich habe nichts Unrechtes getan, das werden beide mit Sicherheit bestätigen. Obwohl mein verstorbener Vater als gewissenhafter Apotheker mehrere pharmazeutische Großhandlungen besaß, hatte ich noch nie etwas mit dem Verkauf oder gar der Herstellung von Medikamenten zu tun."

„Das dürfte ebenfalls nicht ausreichen. Ihre beiden Angestellten sind von Ihnen abhängig. Was wissen die schon von Ihrem Privatleben? Bitte verstehen Sie mich nicht falsch. Ich stelle Ihnen lediglich die Fragen, die ein Richter auch stellen würde und erkläre Ihnen seine möglichen Rückschlüsse. Wie Sie bestimmt wissen, muss ein Ermittler selbst in die unwahrscheinlichsten Richtungen Nachforschungen anstellen, auch wenn sie noch so sonderbar anmuten."

Edwin überlegte. So oder so verstand er, dass sein Anwalt Recht hatte. Was aber blieb dann noch an Möglichkeiten zu seiner Entlastung? Er schlug vor, sofort mit Kommissar Pauli zu reden. Dieser erfahrene Kripomann hatte bestimmt eine rettende Idee. Nur widerwillig versprach dieser, umgehend zu kommen.

Leider war Rechtsanwalt Geldbach begeisterter Nichtraucher aus Überzeugung, konnte demnach Edwin keine Zigaretten geben, die die Wartezeit erträglicher hätten gestalten können. So entstand eine Unterhaltung über das Männerthema Nummer zwei. Der Jurist erzählt, dass er als umweltbewusster Mensch ein etwas ambivalentes Verhältnis zu Autos hat.

„Diese Vehikel sind nützlich, weil sie uns Freiheiten ermöglichen, die wir sonst nicht hätten. Zugegeben, sie können Spaß machen, belasten aber die Umwelt erheblich. Am besten wären CO_2-neutrale Autos."

„Also, ich fahre einen Audi Cabriolet mit etwas mehr PS, weil es mir Freude bereitet, wenn mir der Wind um die Nase weht. Außerdem ist er sehr zuverlässig. Eine Werkstatt kennt dieser Wagen nur von den routinemäßigen Inspektionen."

„Ich bevorzuge mit meinem neuen Volvo, Plug-in-Hybrid-Diesel, einen eher defensiven Fahrstil. Vor langer Zeit hatte ich, so glaube ich wenigstens, einen Punkt in Flensburg. Ich bin demnach dort bekannt. Ein Raser punktet bestimmt häufiger."

Die Anspielung auf das schnelle Fahren seines Mandanten war unüberhörbar. Auch eine übersteigerte Ordnungsliebe schien sein Gegenüber auszuzeichnen. So wusch er zuerst sein Auto und danach den Schlauch, bevor er ihn auf einer speziell dafür gebastelten Halterung trocknen ließ. Er war es einfach aus seiner aktiven Zeit bei der Feuerwehr so gewohnt.

„Mit ihm als Fahrer würde ich nie gemeinsam in einem Auto größere Strecken fahren. Er hat nicht meine Fahrweise. Entsetzlich schon alleine die Vorstellung, im Schneckentempo über die Landstraße zu kriechen", dachte Edwin im Stillen. Das langsame Zuckeln von selbsternannten „Sicherheitsfahrern" auf der rechten Spur der Autobahn, im Schatten der LKWs, kannte er zur Genüge, deren unverhofftes, viel zu langsames Ausscheren nach links, ohne Blinker zu setzen, ebenso.

Gerade als er anhob, sich über die Vorzüge des Fahrens mit offenem Verdeck auszulassen, holte man beide, auf Anweisung von EKHK Pauli, zum Verhör ins Hauptgebäude ab. Wieso war er nicht, wie versprochen, zu ihnen gekommen? Schikane?

Verhör

Pauli betrat das Besprechungszimmer, grüßte kurz und nickte Geldbach zu. Er nahm seine Unterlagen vor und begann ohne Aufzusehen die Befragung in exaktem Hochdeutsch:

"Sie heißen Edwin Gregor Hubert Arnhelm von Alsberg, geboren am 7. August 1969, Augenfarbe blau, sind 1,87 m groß, keine besonderen Kennzeichen. Sie wohnen in Darmstadt, Mathildenhöhe, sind Privatdetektiv mit einer eigenen Detektei in Frankfurt-Sachsenhausen, sind nicht verheiratet ..."

Bis zu diesem Punkte hakte er die einzelnen Angaben nur ab. Jetzt aber sah er hoch. Erstaunt über das, was da geschrieben stand, hob er die Augenbrauen.

„... und sie haben eine Tochter von 20 Jahren. Wie kommt man so schnell zu einem Kind? Bis vor Kurzem hatten Sie noch keines, daran erinnere ich mich genau. Sie haben mir nie von ihr erzählt, wie das ein stolzer Vater normalerweise tun würde. Wahrscheinlich haben Sie diesen Sachverhalt bewusst vertuscht, um den Namen der Mutter nicht preisgeben zu müssen. Ich hätte diese Frau daraufhin bestimmt genauer durchleuchtet und wahrscheinlich bereits damals überführt, ohne die Hilfe des BKAs. War es so?"

Seine Augen wurden schmal und lauernd. Er schien fest zu glauben, dass der Privatdetektiv seine kriminelle Ader bisher geschickt vor ihm verborgen hielt. Wieder einmal schätzte ein Kriminalbeamter ihn vorschnell falsch ein.

Geldbach wies eindringlich darauf hin, dass niemand antworten muss, wenn er sich selbst belastet.

Edwin schüttelte energisch den Kopf. Er wollte aussagen, endlich richtigstellen. Während er von seinem Verhältnis zur verheirateten Erika erzählte, hatte er zwei interessierte Zuhörer. Sie erfuhren, dass er im Hause Kratz seit über zwanzig Jahren ein gerichtlich verfügtes Hausverbot hatte, an das er sich immer hielt. Nach dem Tod ihres Mannes war er zum ersten Mal dort. Erst später hatte ein Gentest bewiesen, dass Alysia seine leibliche Tochter ist. Von allem, was vorher in der schönen Villa in Frankfurt geschah, weiß er bis heute nichts. Bei der Inhaftierung von Frau Kratz konnte es sich ebenfalls nur um ein großes Missverständnis handeln.

„Sie ist genauso unschuldig wie Sie und ich, Herr Kriminalhauptkommissar. Nachforschungen zum Beweis ihrer Unschuld würden alles klären. Sie aber wollen ihre Schuld beweisen, weil das BKA sich ja niemals irrt. Oder?"

Jetzt ist es an EKHK Pauli den Kopf zu schütteln. „Sie sind ein gutgläubischer Mensch, Herr von Alsberg. Sie sehe nur, was Sie sehe wolle. Awwer dem is net so." Pauli sprach endlich wieder in der Edwin sehr vertrauten Frankfurter Mundart.

„Was wollen Sie damit sagen?"

„Nun, die Beweise von Abhörspezialiste aus dem BKA in Wiesbade zeige eindeutisch, dass von de Wohnung der Frau Kratz aus, deutschlandweit und einische Male auch nach Üwwersee Gespräche geführt worn sin (wurden), in dene es sehr anschaulisch um die Verschiebung von illegale Droge ging. Außerdem konnt man uns E-Mails der Dame vorlege, die unzweifelhaft von ihr mit „E. K." unnerschriwwe warn. Sie is hochverdäschtisch, gesetzwidrige Drogenhändel mit den von Herrn Kaffitz und ihrm eischene Mann produzierten Rauschgifte und Kokain, organisiert zu hawwe. Da Sie beide sich sehr gut kenne, muss ich davon ausgehe, dass Sie ihr dabei geholfe hawwe. Wie und wann waren Sie mit ihr zusammen aktiv? Besser, Sie sage mir des gleisch, dann wirkt sich des strafmildernd aus, wie Sie wisse."

Edwin wollte das Vorgetragene nicht glauben. Er war sich sicher, dass sowohl das Wiesbadener BKA als auch die Frankfurter Kriminalpolizei falsch lagen. Wie kann man etwas beweisen, was es nicht gibt, besser gesagt, was er nicht getan hatte? Ihm kam eine rettende Idee.

„Ich hatte seit einer gefühlten Ewigkeit Hausverbot in der Wiesenstraße 55 und habe mich bis zum Tod von Gotthilf Kratz immer daran gehalten. Bitte durchsuchen Sie das Haus der Familie. Dort werden Sie keine Beweise gegen mich finden, weil es überhaupt keine gibt. Ich bin unschuldig in jedweder Hinsicht. Vielleicht hat sich jemand per WLAN eingehackt und so den von Ihnen ermittelten Eindruck erweckt. Sind denn alle Telefonate und E-Mails von Bornheim aus geschickt worden, oder gibt es noch andere? Gleich wie, ich habe damit nichts zu tun. Sie können gerne auch meine Privatwohnung und mein Frankfurter Büro durchkämmen."

Pauli hörte geduldig zu, als Edwin verzweifelt zu seinem Anwalt blickte und noch einmal nachdrücklich seine Unschuld beteuerte.

„Das Haus der Familie Kratz hawwe mir längst untersucht. Überall hawwe mir Ihre Fingerabdrück gefunne (gefunden). Das Ergebnis von einem Gentest bezeugt zwar Ihre Vaterschaft, belegt aber keinesfalls, dass Sie im Drogengeschäft nicht aktiv tätisch warn. Es liegt doch nahe, dass Sie – verdeckt natürlich – mit Frau Kratz gemeinsame Sache gemacht hawwe. Der hauseigene PC wird gegenwärtig noch von unseren Technikern unnersucht. Isch muss jetzt in Preungesheim in der JVA noch ein Verhör durchführn. Bis zu meiner Rückkehr bleiwe Sie noch unser Gast!"

„Das geht nicht, Herr Pauli. Ich habe heute um 23:00 Uhr einen wichtigen Geschäftstermin, bei dem es um viel Geld geht. Bitte glauben Sie mir, dass ich mit Dealern und Fixern nichts zu tun habe und nie etwas zu tun hatte. Ich schwöre es Ihnen beim Leben meiner Mutter."

Obwohl Edwin eigentlich fest vor hatte, seine Tochter Alysia nicht mit hineinzuziehen, bat er nun, angesichts seiner Beweisnot, Kommissar Pauli um eine eingehende Befragung von ihr.

„Sie wird sicher bestätigen, dass sie seit wenigen Tagen ihrenErzeuger kennt. Außerdem wird sie im Alter von zwanzig Jahren mitgekriegt haben, ob das Haus in Bornheim ein Zentrum für Drogenkommunikation war. Die notwendigen regelmäßigen Aktivitäten konnten mit an Sicherheit grenzender Wahrscheinlichkeit nicht unbemerkt von ihr stattfinden. Sie ist eine aufgeweckte, interessierte Person, die ganz, ganz bestimmt gerichtsrelevante Aussagen zur Entlastung ihrer Mutter und meiner Person machen kann."

EKHK Pauli versprach, die anstehenden Untersuchungen beider Damen zu beschleunigen. Ob es allerdings eine Freilassung vor 22:00 Uhr gibt, ließ er offen.

Durch Geldbach erfuhr Edwin, dass er maximal 48 Stunden festgehalten werden kann. Damit wäre sein geplanter Übergabetermin heute kurz vor Mitternacht geplatzt. Obwohl ein Anfangsverdacht bisher nicht bestätigt werden konnte, wurde Edwin wieder in die Zelle gebracht. Eigentlich ist selbst

31

ein begründeter Verdacht noch kein Verhaftungsgrund für einen mit festem Wohnsitz. Wer hatte gezielt eine Falschaussage gegen ihn gemacht? Wieso kann er nicht einfach mit Geldbach gehen? Irgendeine andere Handlung von ihm musste zusätzlich gesetzeswidrig sein. Nur welche?

Wütend verlangte er etwas Lesestoff, Papier und Schreibstifte. Edwin war außer sich. Er verstand die Welt nicht mehr. Grenzenlose Empörung stieg in ihm hoch. Sein Gesicht wirkte auf einmal wie versteinert und seine Augen blitzten gefährlich.

„Gut, dass dieser Oberkommissar Huber mir jetzt nicht in die Finger kommt. Er hatte schließlich den Verdacht ausgelöst, dieser hirnverbrannte Spinner." Wutentbrannt ging er in seiner Zelle hin und her.

„Diesen Kanaillen werde ich zeigen, was es heißt, einen von Alsberg zu beschuldigen. Willkür, nichts als Willkür! Keine Fakten, aber jede Menge Mutmaßungen, unter denen nicht nur ich jetzt zu leiden habe. Wenn ich die Kaution für Erika nicht bekomme, wird sie in der JVA an ihrer Psyche zugrunde gehen. Gefängnisse sind einfach immer jammervoll", redete Edwin halblaut vor sich hin.

Von aller Welt verlassen, in einer vergitterten Zelle auf einer Pritsche sitzend, konnte er sich logischerweise niemandem mitteilen. In seinem Kopfkino sah er Bilder der verzweifelten Erika, der weinenden Alysia und seiner gebeugten Mutter in Farbe und schwarz/weiß hin und her springen. Er konnte weder lesen noch ein paar vernünftige Worte zu Papier bringen.

Gedankenverloren begann er mit dem Stift auf dem Block rauf und runter, nach rechts und links zu kritzeln. Was er danach vor sich sah, entsprach sehr seinem derzeitigen Zustand: verwirrt, unverstanden, ohnmächtig und wütend zugleich. Er legte sich auf das harte Holzbrett, starrte übelgelaunt an die schmutzige Decke und verzweifelte an seinen Gedanken. Ein Gefühl von Erschöpfung beschlich ihn und nahm schließlich völlig von ihm Besitz. Trotzdem konnte er nicht wirklich einschlafen. - „Dieser Pauli, ich bringe ihn um!!!"

KAPITEL 2

Gefährliche Großstadt

Kriminalität ist und bleibt insbesondere ein Großstadtphänomen. Die Stadtstaaten Berlin, Hamburg und Bremen liegen schon seit vielen Jahren laut Kriminalstatistik von 2014 vorne. Die gefährlichste Stadt Deutschlands ist mit 16.900 Fällen pro hunderttausend Einwohner allerdings Frankfurt am Main. So manches kriminelle Vorgehen lässt sich aus der Nähe zu großen Flughäfen ableiten und oft auch komplett erklären.

Das war schon immer so. Frankfurt ist ein Knotenpunkt, an dem sich ehrliche Zivilisationen mit mehr oder weniger verdorbenen Wirkungskreisen mischen. Menschen, die sich wie rechtschaffende Staatsbürger verhalten und Menschen, die sich als skrupellose Verbrecher in Aussehen und Gebaren nicht von diesen unterscheiden.

Die Polizei arbeitet in der Regel immer dann ziemlich erfolgreich, wenn es sich um Mörder, Entführer, Vergewaltiger oder große Drogendealer handelt. Während die allgemeine Aufklärungsquote nur bei 55 % liegt, werden über 90 % der Kapitaldelikte aufgeklärt. Nun sagen Prozentzahlen, also Anzahl Fälle pro hundert Bewohner, Bürger, Männer oder Frauen im Raum X bekanntlich nichts über die Häufigkeit der Fälle aus. Diese ist jedoch immer noch das Maß der Dinge.

Ein weiteres Problem: Die Kriminalstatistik gibt nur die Anzahl der Tatverdächtigen wieder. Wie viele von ihnen tatsächlich verurteilt werden, erfährt man durch sie nicht. Insbesondere bei Drogendelikten gibt es reichlich Verdächtige, aber vergleichsweise wenig Bestrafte. Sie werden `auf Bewährung´ wieder freigelassen und laufen uns jeden Tag über den Weg. Trotzdem gilt, dass man in Deutschland sicher leben kann. Erstaunlich!

Auch der Berliner Flughafen Tegel ist ein Schmelztiegel für Kriminelle. Seitdem Berlin wieder deutsche Hauptstadt ist, tummeln sich dort mehr als 150 Nationen täglich. Einige Reisende sind für die Polizei von besonderem Interesse.

So konnte man Anfang April viele Spezialisten der Mobilen Eisatzkommandos (MEK) der Länderpolizei dort antreffen, die eine kontrollierte Einreise und den überwachten Aufenthalt eines noch wenig bekannten wahrscheinlichen Drogenbosses garantierten. Das Kartell, dem er wahrscheinlich angehörte, agierte früher nur lokal in und um Mexico-Stadt, hatte aber bereits seit geraumer Zeit seine Finger nach Europa und somit auch nach Deutschland ausgestreckt, wie die Polizei berichtet.

Nur der geschulte Betrachter erkannte die, gegenüber anderen Tagen, etwas erhöhte Gedrängelage in dem ständig wuselnden Menschenstrom, der sich unablässig an den Schaltern der Fluglinien vorbeischob. Zur Beobachtung des Rollfeldes waren Polizisten sogar auf dem Dach der Ankunftshalle platziert. Man wollte auf alle Eventualitäten vorbereitet sein, nicht wissend, was passieren würde. Angemeldet war ein Privatjet aus Puebla (Mexiko), nichts wirklich Aufregendes also, wäre da nicht der Hinweis des BKAs gewesen. Die Herren dort waren sich absolut sicher, dass der Ankömmling, Hugo Ramon Hernández Juárez, ein hochkarätiger Krimineller ist. Echte Beweise dafür hatte indes bislang niemand. Lediglich sein zweiter Nachname Juárez ist identisch mit dem eines der Drogenkartelle. Auch dass er sich als Besitzer eines Bauunternehmens ausgab und mit einem Bombadier Learjet 60XR anreiste, machte ihn verdächtig. Angeblich befand er sich auf einer Geschäftsreise, will in Berlin investieren und die städtebauliche Situation vor Ort höchstpersönlich sondieren. Sehr ungewöhnlich! Sämtliche Sicherheitsbeamte mussten ihn gut im Auge behalten und jederzeit vorbereitet sein auf das Unerwartete.

Als der Mexikaner langsam dem Jet entstieg, stellten alle Observanten überraschend fest, dass der Verdächtige eher aussah wie ein völlig durchgeistigter Professor oder wie ein entrückter Künstler, so gar nicht wie ein Nadelstreifen tragender Drogenboss. Seine schwarzen zerzausten Locken wehten im Wind. Sie fielen jedem zuerst auf. Der achtundzwanzig Jahre alte Mittelamerikaner ist mit 1,80 m sehr groß. Sein Jackett war ebenso wie seine Hose zerknittert und verbeult. Seine Schuhe ähnelten Turnschuhen. Alle dachten das Gleiche:

„Hier muss es sich um eine Maskerade handeln. So sieht kein schwerreicher designierter Drogenboss aus. Da hat sich jemand unter einer Perücke versteckt und irreführende Kleidung angelegt, um nicht erkannt zu werden."

Bereits am Kofferlaufband der Gepäckausgabe, das speziell für ihn und seine Begleiter eingeschaltet worden war, machten, als Touristen getarnte Polizisten, unauffällig möglichst viele Bilder von ihm und seinen beiden Bodyguards. Selbst belanglose Gespräche mit seinen Beschützern wurden aufgezeichnet. Jetzt war er also da, der gefürchtete designierte Drogenkönig aus Mittelamerika. Oder sollte sich das BKA getäuscht haben und er war wirklich nichts anderes als ein Baulöwe, der im Geld schwimmt?

Für jedermann sichtbar brauste Hernández mit einer schwarzen Limousine in die Innenstadt. Niemand konnte sehen, wie er in der Tiefgarage des Keki-Hotels das Auto verließ und direkt zu seiner Suite ging. Sein Wagen parkte, jederzeit abrufbereit, auf einem der unterirdischen Hotelparkplätze.

Die in der Lobby des Hotels wartenden Kriminalbeamten bekamen ihn nicht zu Gesicht. Erst nachdem sie sich als

Kollegen ausgaben, also einen rhethorischen Kniff anwanden, erfuhren sie vom Personal, dass „der Mexe" mit seinen beiden Begleitern bereits die reservierten Zimmer bezogen hatte. Die Parkplätze im Untergeschoss werden vom hoteleigenen Sicherheitspersonal sowieso und ab jetzt zusätzlich von der Polizei überwacht. Neben der Ausfahrt auf der Rückseite des Hotelkomplexes arbeiteten zwei, als Gärtner verkleidete Kollegen. Zudem werden im und um das Hotel fast alle kritischen Punkte videokontrolliert. Viel Aufwand für eine unsichere Sachlage, eher zu viel?

Warten zermürbt selbst die erfahrensten Beamten. Alle ärgerten sich über die unnütze „Herumsteherei" im Foyer und in der Umgebung. Weder Vorgesetzte noch Mitarbeiter wussten irgendetwas von geplanten Aktivitäten des zerknitterten Herrn in Turnschuhen. Nichts wies auf solche hin.

Obwohl ansonsten immer um möglichst viele Kollegen bei einer Observierung bemüht, war man in diesem Fall einhellig der Meinung, dass ein oder zwei Kollegen zur Observierung ausreichend gewesen wären. Nichts tun können zermürbt selbst die seelenstärksten und bereitwilligsten Menschen.

Datenspeicher

Mit dem Smartphone rief Don Hernández, wie ihn seine Gefolgsleute nannten, unmittelbar nach seiner Ankunft im Hotel bei Bodo an. Er vereinbarte mit ihm ein Treffen kurz vor Mitternacht in einer kleinen Eckkneipe in Zehlendorf, Fischerhüttenstraße, zehn Kilometer südwestlich der Innenstadt. Ein simpler Autowechsel genügte, um die Observierenden in die Irre zu führen. Unbemerkt erreichten beide den Treffpunkt.

Die beiden Bodyguards sicherten Eingang und Hintertür, während die Verabredeten an einem der hinteren Tische ihre Köpfe zusammensteckten. Die hübsch-hässliche, bunte Tischdecke garniert mit einem halb vollen Aschenbecher und zwei Gläsern „Berliner Weiße" auf schmutzigen Bierdeckeln unterstrich den primitiven Kaschemmen-Charakter ihres Treffpunktes. Hier würde sie niemand vermuten. Die Gaststätte passte weder zu dem dunklen Anzug des blonden Berliners noch zu den Künstlerklamotten des schwarzgelockten Mannes aus Mittelamerika.

Beide kannten sich durch Bodos Schwiegervater, einem der Drogenbosse in Mexiko. In seinem Auftrag sollten sie gemeinsam herausfinden, wo die geheime Kundenkartei und sämtliche Lieferinformationen des im Gericht ermordeten Egon Kaffitz aus Frankfurt abgeblieben waren. Dieser hatte Bodo bei seinem letzten Besuch in Berlin verraten, dass alle wichtigen Informationen zu seinen Drogengeschäften, auf einem Stick gespeichert, im Safe einer Berliner Bank sicher hinterlegt seien. In welcher Bank und unter welchem Namen, verriet er damals nicht. Danach zu suchen, erschien beiden sinnlos, da zudem keiner wusste, ob diese Information der Wahrheit entsprach oder nicht. Es könnte sich auch um bloße Wichtigtuerei des Apothekers gehandelt haben.

Sie stimmten jedoch darin überein, dass der Berliner Fotograf, der im Auftrag ihres Chefs zufällig zu einem Besuch in Frankfurt weilte als Kaffitz zu Tode kam, sich eine Kopie besorgt haben musste. Sollte er die brisanten Informationen wider Erwarten doch nicht besitzen, dann weiß er vermutlich, wo sich die überaus wertvolle Adressensammlung mit dem Verteilerschlüssel und den Konten ihres früher wichtigsten Mannes in Deutschland befand.

Der selbsternannte „Berliner Bär" war in den Augen von Don Hernández immer schon ein unsicherer Kandidat. Keiner wusste, ob er wirklich loyal war, oder ob er zusätzlich auf eigene Rechnung handelte. Unverständlicherweise war er immer erreichbar, aber nie greifbar. Ein Magier, der sich in Luft auflöste, während man zusah. Tatsächlich kein Wunder, denn trotz seiner 1,60 Meter kleinen Gestalt, ist er drahtig, sportlich gebaut und wieselflink. Er wirkt freilich so unauffällig, dass man sein Aussehen bereits nach wenigen Sekunden vergessen hatte. Als gebürtiger Pole wohnt er schon sehr lange in Berlin. Niemand kennt seinen richtigen Namen. Seinen Fotoladen, den er schon seit Jahren zur Tarnung nutzt, hatte er unter dem Namen einer weitläufigen Verwandten aus Ostberlin angemeldet, die inzwischen in Rente lebt. Hernández verachtet ihn, obwohl er ihn noch nie gesehen hatte, ja er hasste ihn geradezu und wäre ihn gerne losgeworden. Das jedoch hatte ihm sein Boss, Bodos Schwiegervater, absolut verboten.

Widerspruch gab es für ihn zu keiner Zeit. Er gehorchte demnach nicht aus Einsicht, sondern weil er um die Folgen wusste, die ein Nichtbeachten von Befehlen in der Familia auslösen würde. Dass der zwergenhafte „Berliner Bär" ein unberechenbarer, eiskalter Auftragskiller war, wollte er einerseits nicht glauben, andererseits hatte er genau davor Angst.

Außerdem war ihnen klar, dass sich einer von ihnen um den Tablet-PC von Egon Kaffitz kümmern musste, der auch bei seiner Geliebten in Frankfurt liegen könnte. Da sie bis auf weiteres noch in Untersuchungshaft sitzt, reifte der Plan, ihre Abwesenheit für einen Einbruch zu nutzen oder ihre Tochter zur Herausgabe zu zwingen. Hugo, wie er in der Familia genannt wurde, befahl deshalb unmissverständlich:

„Bodo, du fliegst nach Frankfurt. Über die Tochter von Erika Kratz besorgst du das iPad, egal wie. Es darf auf keinen Fall in falsche Hände geraten, schon gar nicht in die der Polizei. Unser neuer Kontaktmann vor Ort, ein Koreaner, sollte dirdabei behilflich sein. Um es zu bekommen, ist jedes Mittel Recht, einfach jedes. du darfst keine Skrupel haben. Hier geht es um mehr als ein paar Informationen. Dieser Einsatz wird dein Gesellenstück, soll ich dir noch vom Vater Deiner Frau mitteilen. Verstanden?"

Bodo nickte mit ernster Miene. Man konnte von seinem Gesicht ablesen, wie unangenehm ihm diese Anweisung war. Aus Erfahrung aber wusste er, dass er sich bestimmten Befehlen von oben auf keinen Fall widersetzen durfte. Schließlich schwebte über allem sein übermächtiger Schwiegervater, seines Zeichens Herrscher eines Kartells, quasi einem Syndikat, mit Hauptsitz in Mexico-Mitte.

„Ich werde mich darum kümmern, wie befohlen. Wann fangen wir mit der Aktion an?"

„Du willst mich wohl gerade eben nicht verstehen, wie? Der Nachlass von Kaffitz ist alleine deine Angelegenheit. Du besorgst das iPad, ich die eventuell vorhandene Kopie auf dem Stick. Anders gesagt: Ich werde mich um den „Berliner Bär" kümmern. Mit ihm treffe ich mich morgen. Du fliegst schleunigst nach Frankfurt. Ist jetzt alles klar? Ich erwarte umgehend deinen Bericht über das Handy meines Bodyguards. Er gibt dir seine Nummer."

Hugo Ramon Hernández Juárez verabschiedete sich als erster. Bodo zahlte die Zeche im doppelten Sinn des Wortes.

Nachdenklich fuhr er nach Hause. Den Verkehr, die vielen Lichter der Stadt und die Ampeln nahm er nur unterschwellig wahr. Was, wenn er den Computer, beziehungsweise den Datenspeicher, nicht findet? Dann sollte er zumindest nachweisen können, dass dieser vernichtet wurde und dass keine Kopie existiert. Das müsste ausreichen. Er beschloss, seiner Frau von dem Auftrag nichts zu erzählen. In Frankfurt wird er sich zu allererst eine Pistole besorgen. „Für alle Fälle!"

In einer der Lufthansa-Maschinen, die meistens von Geschäftsleuten früh morgens genutzt werden, fiel er Business entsprechend gestylt nicht auf. Am Flughafen mietete er ein Auto mit Frankfurter Kennzeichen und fuhr, nach dem Besuch eines ihm bekannten Hehlers, direkt zum Eigenberg-Hotel in die Innenstadt.

Trüffelschweine

Unmittelbar nach der Befragung des verdächtigen Herrn von Alsberg schickte Pauli Kriminaloberkommissar Huber los. Zusammen mit zwei Beamten der Schutzpolizei sollte er die junge Alysia Kratz zu einer Zeugenbefragung ins Präsidium bitten. Sie erschien ihm im Augenblick als die wichtigste Helferin bei der Aufklärung der mehr als verworrenen Drogengeschichten. Einerseits würde er Herrn von Alsberg gerne glauben, andererseits fehlten ihm dafür die Fakten. Die Beweislast gegen Erika Kratz war freilich erdrückend. Informationen aus dem BKA, der Bundesoberbehörde in Deutschland, haben immer einen hohen Stellenwert. Die Mitschnitte von Gesprächen zwischen einer Frau aus Frankfurt und einem Mann in Mexico-City ergaben eine klare Sachlage. Das Telefonat kam eindeutig aus dem Hause Kratz, klang ihrer Stimme sehr ähnlich und passte zeitlich genau. Eine hochtechnisierte, wörtliche Analyse stand noch aus.

Huber parkte direkt vor dem Haus in der Wiesenstraße und stieg bedächtig aus seinem blauen Opel Astra Dienstwagen. Die beiden Polizeibeamten sprangen deutlich diensteifriger aus dem Streifenwagen. Einer nahm das Umfeld genauestens in

Augenschein, während der zweite zusammen mit dem Kollegen der Kripo strammen Schrittes auf das Haus zuging.

Das komplett erneuerte Altstadthaus vor ihnen war ein luxuriöses Domizil aus Beton und Stahl mit großen Glasfronten. Hier vermutete jeder schon von außen ein Höchstmaß an Komfort und Sicherheit. Sie klingelten. Niemand öffnete. Mehr nebenbei als gezielt rüttelte der Mann in Uniform am schmiedeeisernen Hoftor, das sich überraschend öffnete. Vorsichtig näherten sie sich dem Gebäude und bemerkten sofort, dass die moderne, zur Glasfront passende Haustür nur angelehnt war, demnach quasi offen stand. Fast gleichzeitig zogen sie ihre Pistolen, wie jedes Mal, wenn Gefahr im Verzug war und stießen die Tür ganz auf. In das geöffnete Haus rief Huber laut und vernehmlich hinein:

„Polizei, ist jemand zu Hause? Wir kommen jetzt rein!"

Sie warteten und lauschten. Kein Laut drang aus dem Haus an ihr Ohr.

„Hallo, Frau Kratz, sind Sie zu Hause? Wo können wir sie finden? – Alysia Kratz!"

Keine Antwort. Erneut waren keine Geräusche zu vernehmen.

Die beiden Beamten betraten nacheinander, vorsichtig um sich schauend, den Flur und begannen sofort, Zimmer für Zimmer zu durchsuchen. Nur ganz am Rande nahmen sie Notiz von der exklusiven Ausstattung, dem Eichenparkett, den Marmorböden und dem teils antiken, teils hochmodernen Mobiliar. Auch den zerbrochenen Stuhl in der Küche und den umgeworfenen Tisch, sowie die roten Spritzflecken auf der Kühlschrankfront registrierten sie, ohne ihre Nachforschungen zu unterbrechen. Ihr ganzes Augenmerk galt einzig und allein Personen, die eventuell sogar bewaffnet waren. Vorsicht war geboten. Doch weder Bewohner, noch Bedienstete oder gar Einbrecher waren zu finden. Sämtliche Zimmertüren standen weit offen.

Von dem sehr modernen und trotzdem fast gemütlich wirkenden Wohnzimmer aus sahen sie eine Terrasse, die geradezu einlud, die Abende in der untergehenden Sonne bei einem Glas Wein zu genießen. Wie Huber an der Griffstellung des Schiebeelements sofort erkannte, war es nur fest zugedrückt, ansonsten aber nicht verriegelt. Schnell zog er es zur Seite und rannte in den Garten, die Waffe noch immer schussbereit mit ausgestreckten Armen vor sich nach unten haltend. Während sein Kollege vorsichtig rund um das Haus ging, lief er gezielt auf einen kleinen, mit Rosen teilweise überwucherten Gartenpavillon zu, der ihn wie magisch anzog.

„Mit einem Bügelschloss verschlossen", rief er laut, während er an jedem der fünf Fenster stehenblieb und versuchte, zwischen den Lamellen des innen angebrachten Sonnenschutzes hindurch zu sehen, ohne Erfolg. So sehr er sich auch anstrengte, er hörte nichts. Plötzlich jedoch ein leises Wimmern, das eindeutig aus dem Inneren des Gartenhäuschens kam. Nur kurz, aber deutlich. Er rief nach seinem Kollegen, der herbeieilte und ohne viel Federlesen die Tür auftrat. Das Holz splitterte mit lautem

Bersten. Das Vorhängeschloss brach aus seiner Verschraubung und baumelte am metallenen Sicherheitsbügel.

Im Raum standen viele Gartengeräte und Sommermöbel. Aus der rechten Ecke, versteckt hinter aufgestapelten Stühlen, Tischen und mehreren Sonnenschirmen, hörten sie den winselnden Jammerton nun deutlicher. Nach Beseitigung aller Hindernisse sahen sie eine erbarmungswürdige, junge Frau, die zitternd mit weit geöffneten Augen vor ihnen saß, mit einem Abschleppseil an einen Stuhl und zwei Sonnenschirmfüße gefesselt. Sie erkannten die von ihnen gesuchte Alysia Kratz nicht sofort. Verklebte Haare hingen in ihr Gesicht. Blut lief von der Stirn über ihre Wangen und gab ihrem normalerweise bezaubernden Gesicht etwas Gespenstisches. Ihr Mund war mit braunem Paketband zugeklebt. Tränen liefen ihr über die Wangen. Sie schnaubte hörbar durch die Nase. Wie ihr wirrer Blick verriet, stand sie vor lauter Angst und Schrecken kurz vor einer Hysterie. Irgendjemand hatte ihr aufs Übelste mitgespielt.

„Bleiben Sie ruhig, Alysia. Sie sind in Sicherheit. Wir sind von der Polizei. Einen Moment noch Geduld, gleich haben wir Sie befreit. – Ruf' den Krankenwagen! Schnell!"

Huber freute sich, gerade noch im rechten Moment gekommen zu sein. Er band die Gefesselte los, befreite sie vom Klebeband, hinter dem noch einen Stoffknebel aus ihrem Mund zum Vorschein kam, und nahm sie zärtlich in den Arm. Selbst vom Pflaster befreit, brachte sie keinen Ton heraus. Sie starrte ihn groß an und ächzte. Behutsam hob er sie hoch und trug sie ins

Wohnzimmer, wo er sie vorsichtig auf eine mit Kissen überladene Ottomane legte. Sie bebte am ganzen Körper und war immer noch nicht in der Lage, auch nur ein Wort zu sagen. Leise weinte sie vor sich hin, von Stöhnen unterbrochen. Ihre Lippen waren spröde. Die viel zu trockene Zunge klebte an ihrem Gaumen. Ihre Pupillen waren weit geöffnet, ähnlich der von Drogenabhängigen. Vernehmungsfähig war diese junge Frau momentan jedenfalls nicht.

„Wo bleiben die Ärzte? Die sollen sich beeilen, bevor uns die glücklich Befreite noch kollabiert. Haben Sie schon die Spurensicherung angefordert?", rief Huber in den Raum. Er versuchte, ihren Kopf zu stützen und ihr etwas Wasser einzuflößen. Das Schlucken bereitete ihr Schwierigkeiten.

Der Notarzt fuhr vor. Er und Sanitäter mit Koffern eilten zur Verletzten, und untersuchten sie vorläufig. Ihr Kreislauf musste stabilisiert werden. Seitlich neben der Geretteten auf einer Transporttrage lief ein Sanitäter, der eine Infusionsflasche hochhielt. Im Krankenwagen gingen die Untersuchungen weiter, während ihr eine Sauerstoffmaske aufgesetzt wurde.

„Ist sie nach Ansicht der Ärzte schwer verletzt?", fragte Pauli aus der Zentrale mitfühlend.

„Soweit ich sehen konnte, und der Notarzt mir bestätigte, nicht wirklich. Aber sie ist furchtbar mitgenommen und sieht schlimm aus. Der Überfall muss ein paar Minuten vor unserer Ankunft stattgefunden haben."

„Rufen Sie umgehend noch einmal die Kollegen von der Spurensicherung dazu. Sofort!"

„Lieber Herr Kollege, Chef, das habe ich als erstes getan. Soweit sollten Sie mich doch kennen. Bisher ist noch keiner da", konterte Huber vorwurfsvoll. „Bis die kommen, gehe ich noch einmal ins Haus und suche nach Hinweisen, die auf den oder die Täter hindeuten könnten."

Schnell fügte er noch hinzu:

„Ach so, fast vergessen. Bitte fordern Sie noch zusätzliche Kräfte an, um die Straße zu sperren und die unmittelbare Umgebung absuchen zu lassen. Ja?!"

Als der Streifenwagen kurz darauf erschien, verabschiedete sich Huber von den beiden Polizisten, die mit ihm als erste zur Stelle waren, und bedankte sich für ihre Mithilfe per Handschlag. Dann fuhr er in das mit zirka dreihundert Betten relativ kleine St. Marienkrankenhaus. Pauli wollte ihm schnellstmöglich dorthin folgen, um bei der ersten Befragung von Alysia Kratz dabei sein zu können.

Beide arbeiten schon viele Jahre zusammen. So war es fast selbstverständlich, dass sie sich unabhängig voneinander die gleichen Fragen stellten:

„Wer mag hinter dieser brutalen Aktion stehen? Offenbar gab es in diesem Haus etwas ähnlich Wertvolles wie weiße Trüffel. Die Einbrecher wussten genau, was sie suchten, wussten aber wahrscheinlich nicht, wo sich das Objekt befindet. Normalerweise durchwühlen Schweine auf ihrer Suche nach Trüffel den Untergrund ziemlich heftig. In einem Haus würde man das gleiche Vorgehen Vandalismus nennen. Diese hier aber wollten das Versteck der Trüffel ohne langes Suchen aus der Tochter des Hauses herauspressen. Hoffentlich war die junge Frau Kratz während der Folter bei vollem Bewusstsein und wurde nicht ohnmächtig, damit sie möglichst umgehend noch gesicherte Aussagen zu diesen Brutalos machen konnte. Außerdem ist völlig unverständlich, wieso das ausgeklügelte Alarmsystem des Anwesens nicht ausgelöst wurde. Es entspricht den höchsten Sicherheitsstandards nach heutigem Stand. Warum überhaupt hatte man diese Frau so barbarisch überfallen? Spekulieren war ausnahmsweise erlaubt. Es ging höchstwahrscheinlich um sehr viel mehr als nur um Geld. Wertgegenstände, die einen herrlichen Ersatz für schwarze oder gar weiße Trüffel abgegeben hätten, gab es genügend. Doch daran bestand kein Interesse. Was also war es sonst?"

„Je länger isch drüwwer nachdenk, desto wischtischer wird die Befragung von dem Frollein. Wann endlisch erlaubt uns de Dokter en kurze Besuch an ihrm Krankebett? Es muss schnell gehandelt werden. Das Beste für die Lösung von eneme Fall wie dem hier sin zweifelsfreie Aussagen vonnere (von einer) Tatzeugin."

„Genau so ist es. Berücksichtigen wir alle Vorkommnisse der letzten Zeit, sind es wohl drei Delikte, die alle irgendwie zusammengehören könnten", vermutete Huber.

„Erstens: Der Tod des Hausbesitzers Gotthilf Kratz. Zweitens: der von seinem Vorgesetzten Kaffitz. Und drittens: der groß angelegte eventuell sogar internationale Drogenvertrieb von Deutschland aus. Die drei gehören zweifelsfrei zusammen. Ob der Überfall in der Villa und das nächtliche Treffen des Herrn von Alsberg ebenfalls damit in Zusammenhang stehen, müssen wir erst noch Stück für Stück entschlüsseln."

Gegenwärtig galt es, Mutmaßungen und Spekulationen sauber gegen Fakten abzugrenzen. Nur Fakten für eine lückenlose Beweisführung sind das Sammeln wert.

Trotzdem diskutieren die beiden Ermittler noch viele eventuell mögliche Tathergänge eingehend, während sie im unerwartet menschenleeren Flur des Hospitals auf den Arzt warteten, der schnellstmöglich ein Verhör der Überfallenen noch am Krankenbett auf der Station erlauben musste.

Befragung

Nach ungefähr zwei Stunden erschien endlich ein freundlicher, junger Assistenzarzt, der sich in einwandfreiem Deutsch als Dr. Kimjong vorstellte, geboren in einem kleinen Stranddorf in Ostasien, das etwa an der Stelle liegt, an der sich das Gelbe und das Japanische Meer treffen. Als Stationsarzt der Inneren Medizin hatte er die Verletzte eingehend untersucht.

49

„Bei ihrer Einlieferung faselte sie undeutlich von irrwitzigen, für mich völlig unverständlichen Vorgängen, die sie heute erlebt haben will. Auch während meiner medizinischen Untersuchungen brabbelte sie ständig Unverständliches vor sich hin. Glücklicherweise hat sie keinerlei Frakturen oder tiefe Fleischwunden, dafür aber blaue Flecken, also Hämatome, am ganzen Körper, insbesondere an Armen und Beinen. Lediglich die offene Wunde an ihrer Stirn gab etwas Anlass zur Besorgnis. Sie ist wahrscheinlich die Ursache für ihren psychischen Zustand. Da die Patientin zwar deutlich, aber nicht lebensgefährlich verletzt ist, reicht mein Schnell-Check fürs Erste. Nach Rücksprache mit meinem Chef und einem erfahrenen Schmerztherapeuten, genehmige ich Ihnen ein kurzes Interview."

„Vielen Dank für Ihr Verständnis. Wir gehen sofort zu ihr."

Das Hinterhergerufene: „Höchstens 3-5 Minuten", war eine klare Ansage für die beiden Kriminalbeamten.

„Frau Kratz, mein Name ist Huber und dies hier ist mein Chef, ErsterKriminalHauptKommissar Pauli. Wir gehören zur Kripo Frankfurt Mitte und müssen Ihnen ein paar unerlässliche Fragen stellen. Fühlen Sie sich in der Lage, uns zu antworten?"

Sie nickte langsam und mehrfach.

„Sollte es zu stressig für Sie werden, beenden wir Ihre Befragung sofort. Zuallererst berichten Sie uns möglichst umfassend von den Vorgängen in Ihrem Zuhause.

Mit großen Augen schaute Alysia die beiden Beamten einen nach dem anderen genau an. Dann begann sie leise und bedächtig, jedoch relativ flüssig, zu reden:

„Während ich mich heute Morgen am Tor von meinem Freund etwas länger verabschiedete, stand unsere Haustür offen, so wie täglich, wenn ich unsere Post hole. Ich war ja nur ein paar Meter weg und dachte keine Sekunde an Einbrecher oder ein ähnliches Problem. Diese Zeit müssen die Männer zum Eindringen genutzt haben, denn als ich zurückkam, standen mir in der Küche plötzlich drei Gestalten gegenüber, die ich noch nie zuvor gesehen hatte."

Sie unterbrach ihren Redefluss und trank einen großen Schluck Wasser.

„Wie sahen die Kerle aus? Bitte beschreiben Sie sie möglichst genau. Größe, Kleidung, Alter und so weiter, Sie verstehen?"

„Ja, klar, schon kapiert. Der eine war kleiner als ich, vielleicht 1,65 Meter groß, hatte einen dicken unförmigen Bauch, der über der Hose hing, dunkle Haare und ein rundes, rotes Gesicht. Er trug einen zerschlissenen dunklen Anzug und keine Krawatte. Der andere war deutlich größer, spindeldürr und hager. Sein Haar war gescheitelt und gegelt. Die alten Jeans hatten schon bessere Zeiten gesehen, waren schmutzig und voller abgeschabter Stellen."

Erneut stockte sie, hielt inne und schien zu überlegen.

„Wie alt waren die zwei? Und wer war der Dritte im Bunde?"

„Herr Kommissar, bitte, ich will Ihnen alles sagen was ich weiß. Dazu benötige ich allerdings etwas Zeit. Den Dicken schätze ich auf 50 Jahre, den Dürren etwas jünger. Am jüngsten war der Dritte. Er war höchstens so alt wie ich, dunkelbraune, ungepflegte Haare, Jeans, Tennisschuhe und ein T-Shirt. Auf seiner Stirn zeichnete sich eine unübersehbare Beule ab. Er wirkte sehr nervös, während er mit einem großen Taschenmesser vor meiner Nase herumfuchtelte."

„Trauen Sie sich zu, mithilfe unserer Zeichnerin, von dem Trio Portraits anzufertigen? Das würde bei den Ermittlungen sehr helfen."

Alysia nickte bestätigend:

„Selbstverständlich. Diese Visagen werde ich in meinem Leben nie mehr vergessen."

„Jetzt will isch noch wisse, wie Sie in des Gaddehaus gelangt sind. Von allein sin Se bestimmt net dorthin gelaufe, odder?"

Alysia musste bei dieser Vorstellung schmunzeln. Dieser Pauli war ein Witzbold. Dann fuhr sie fort:

„Die Verbrecher wollten von mir unbedingt wissen, wo sich unser Tablet befindet. Ich erzählte ihnen bereitwillig, dass die Polizei bereits alle PCs, iPads, Handys und iPhones mitgenommen habe und dass demzufolge kein technisches Gerät dieser Art mehr im Haus ist. Das wollten sie mir nicht glauben.

Ich wäre eine verdammte Lügnerin. Der Dicke befahl dem Jungen, mich an den Stuhl zu fesseln, was dieser mit großer Freude tat. Ich wehrte mich mit Händen und Füßen. Dabei fiel der Tisch um. Jedoch der Junge war stärker als ich. Als er mich schließlich unter viel zu viel Körperkontakt auf dem Küchenstuhl festgezurrt hatte, zückte er wieder ein Messer, dieses Mal ein Stillet oder so etwas Ähnliches und drohte, mein Gesicht zu zerschneiden, wenn ich ihm nicht den Aufbewahrungsort des iPads verraten würde. Ich versuchte gleichgültig zu wirken, obwohl er mir heftig Angst einjagte. Gebetsmühlenartig wiederholte ich, dass alle Technikgeräte unseres Hauses bei der Polizei liegen und ich nichts von diesem speziellen PC weiß. Sie glaubten mir nicht."

Nach einem weiteren Schluck Wasser fuhr sie fort:

„Sie lügen wie gedruckt," schnauzte mich der Dicke mit hochrotem Kopf an. Der Junge hielt sein Messer an meinen Hals, piekte mich etwas in die Wange. Er roch, nebenbei gesagt, fürchterlich nach Pommes Frites. Sie zerrten mich mit vereinten Kräften rücksichtslos vom Stuhl und umwickelten mich von oben bis unten mit einem Seil. Ich sah bestimmt aus wie eine Wurst. Alles tat sehr weh, insbesondere auch, weil ich mir beim Versuch, mich zu wehren, den Kopf am Kühlschrank blutig schlug. Ich bekam einen schlecht schmeckenden Stoffknebel in den Mund, den sie mir zudem mit Klebeband verschlossen. Der Lange nahm mich auf seine Schultern und transportierte mich, auf Geheiß des Dicken, in den Garten-Pavillon. Dort wurde die Wurstkordel wieder entfern. Sie banden mich erneut auf einem

Stuhl fest. Der Knebel wurde erneuert und mein Mund wieder zugeklebt, wie Sie selbst gesehen haben. Sie drohten, mich erbärmlich verhungern zu lassen, wenn ich dieses verfluchte iPad nicht herausrücken würde.

Mit den Worten: „Jetzt hast du viel Zeit, dir die richtigen Antworten zu überlegen. Wir kommen bald wieder. Wenn du dann nicht zwitscherst wie ein Vögelchen, werden wir nicht so schonend mit dir umgehen wie jetzt. Du hast das Messer gesehen," schloss der Dicke die Tür ab.

Mein Kopf brummte, ich hatte Durst, die Fesseln zerkratzten meine Haut, weil ich mich davon zu befreien versuchte. Schließlich blutete ich an Handgelenken und Knöcheln. Bedingt durch meine wütenden und heftigen Befreiungsanstrengungen floss frisches Blut von meiner Stirn und tropfte auf meine Bluse. Ich hatte das dringende Bedürfnis, mich überall zu kratzen, was logischerweise nicht klappte. Niemand war da, der mir hätte helfen können. Einfach schlimm! Ein sehr unbehagliches Gefühl der Ohnmacht überkam mich. Glücklicherweise standen Sie dann plötzlich vor mir. Wie lange ich eingesperrt war, weiß ich nicht. Das war´s im Wesentlichen."

Stationsarzt, Dr. Kimjong, erschien und brach energisch die Befragung ab. Ein Polizist wurde als Wache vor der Tür postiert. Personenschutz war eine zwingende Maßnahme. Die drei Einbrecher hatten schließlich damit gedroht, noch einmal vorbeizukommen.

Unabhängig davon, wie das elektronische „Gemälde" der Phantombildzeichnerin ausfallen werden, gaben die beiden Kommissare den Kollegen im Kommissariat eine Täterbeschreibungen durch, damit sie mit der Suche beginnen konnten. Ein Trio dieser Art war vielleicht sogar bekannt. Sollten alle Bemühungen nicht fruchten, könnte die bezaubernde, junge Frau Kratz nach ihrer Entlassung auch noch den Katalog durchforsten, wie die Kriminalpolizei im Allgemeinen ihre Verbrecherkartei nennt.

Außerdem musste die Spurensicherung unbedingt noch einmal das Haus in der Wiesenstraße 55 durchkämmen. Die Einbrecher hatten offenbar Informationen über ein wertvolles iPad, das man bisher übersehen hatte. Wieder drängt sich der Vergleich mit den Trüffeln auf, die versteckt unter der Erde auch nicht einfach so gefunden werden. Man benötigt ein speziell darauf dressiertes Schwein oder einen sehr gut ausgebildeten Hund als Helfer, um sie zu finden. Spürhunde gibt es bei der Polizei auch. Sie kamen bisher nicht zum Einsatz, obwohl es letztlich um Drogenhandel ging. Gab es in der Wohnung ein ausgefallenes Versteck, das bisher übersehen wurde?

Organisiertes Verbrechen

„Womit soll ich eigentlich wo genau anfangen?", fragte sich Bodo kurz nach seiner Ankunft im Terminal 1 des Frankfurter Flughafens. Sollte er Hugo in Berlin anrufen? Nein, auf keinen Fall, schließlich war diese Aktion seine Bewährungsprobe. So zog er es vor, sich zuerst einmal die Villa von Familie Kratz anzusehen. Schließlich wollte er sich seinem Schwiegervater beweisen und für weitere Einsätze empfehlen. In einem geleasten Wagen mit Frankfurter Nummer und Navigationsgerät würde er als ortsunkundiger Fremder sicher nicht auffallen.

Der Koreaner hatte sein Handy auf Anrufbeantworter geschaltet und klickte es nicht an, obwohl er wahrscheinlich mithörte. Bodo vereinbarte verpflichtend ein Treffen mit ihm um 13:30 Uhr im City-South-Hotel in Sachsenhausen, relativ weit weg vom Stadthaus in Bornheim.

Dann fuhr er in die Wiesenstraße. Seine Überraschung war groß, als er rund um das Kratz´sche Anwesen viele Polizisten bemerkte, die sehr geschäftig umhereilten und wichtig taten.

„Was ist hier geschehen?," fragte er einen der vielen Schaulustigen.

„Man munkelt, dass hier ein Mord verübt wurde", war die Antwort. Bodo parkte in einiger Entfernung und spazierte gemächlich zurück zum Tatort, der mit Flatterbändern abgesperrt war. Die Zahl der Neugierigen hatte sich inzwischen deutlich vergrößert.

„Wer wurde denn ermordet?"

„Das wissen wir nicht. Die Polizei verrät selbst uns Nachbarn kein Sterbenswörtchen."

„Sie suche noch noach dem Märdder."

Obwohl die Lage offensichtlich sehr ernst war, erheiterte Bodo diese Wortwahl innerlich sehr. „Kein Sterbenswörtchen" ist witzig! Und auch „Mörder" klingt auf Hessisch einfach niedlich und nicht nach einem Schwerverbrecher.

Ein Beamter in Zivil befragte die Umherstehenden, nach dem Gesehenen. Ihm durfte er auf keinen Fall in die Hände fallen. So entfernte er sich möglichst unauffällig. Niemand sollte, durch eine Notiz oder gar mithilfe einer Fotografie, seine Anwesenheit belegen können.

Da er noch genügend Zeit hatte, fuhr er langsam durch kleine Nebenstraßen nach Sachsenhausen. Auf seinem Weg zum Treffpunkt dachte er intensiv nach, wer ihm in die Quere gekommen sein konnte. Wenn jemand eine Antwort auf diese Frage hatte, dann das Schlitzauge. Erst nach dem Gespräch mit ihm wollte er Hugo in der Landeshauptstadt Bericht erstatten.

Pünktlich um 13:30 Uhr erschien der Bestellte am vereinbarten Treffpunkt. Überrascht stellte Bodo fest, dass der zirka 1,70 Meter große Mann eine Baseballkappe trug und keine Schlitzaugen hatte, bestenfalls eine Andeutung davon. Lächelnd begrüßte er Bodo, ohne seine Kopfbedeckung abzunehmen. Sein faltenfreies Gesicht gab dabei ein makelloses Gebiss preis, das oben von einem schmalen Oberlippenbart überdacht schien und von unten durch einen Kinnbärtchen gestützt wurde, das jedem alten Chinesen zur Ehre gereicht hätte. Sein undurchsichtiges Mienenspiel erschwerte Bodo die Einschätzung der Persönlichkeit leider mehr als erwartet. Jeans und T-Shirt waren völlig unauffällig. Lediglich der um die Schultern gehängte Pullover ließ, ebenso wie die Schuhe, auf einen bekannten und sehr teuren Hersteller schließen.

„Ich weiß von keinem Mord in der Wiesenstraße. Das ist bestimmt nur dummes Gerede", beantwortet er die erste Frage in fast akzentfreiem Hochdeutsch. „So wie Sie mich ansehen, sollte ich noch erwähnen, dass ich die deutsche Sprache im Goetheinstitut in Seoul gelernt habe."

„Ach so, natürlich", Bodo nickte verstehend und unaufmerksam zugleich. „Ich bin hier, um das iPad unseres hiesigen ehemaligen `Drogenkönigs´ zu besorgen. Was meinen Sie:`Wo sollte ich mit der Suche beginnen? ... und, um es gleich zu sagen: Sie müssen mir dabei helfen! Befehl von oben!"

Der Koreaner runzelte die Stirn. „Soviel ich weiß, habe ich hier in der Region das Sagen. Ich bestimme, was wie gemacht wird. Sollten Sie eigene Recherchen anstellen, wollen, bitteschön. Ich jedenfalls suche den Computer alleine. Ist das klar?"

Bodo ruderte zurück. „Natürlich, Herr, ... Wie heißen Sie eigentlich mit richtigem Namen?"

„Nennen Sie mich einfach Miller. Diesen Namen kennen hier alle. Lassen Sie die Finger von der jungen und der älteren Frau Kratz und machen Sie meine gut vorbereiteten Aktionen nicht kaputt. Das könnte sonst sehr ungemütlich für sie werden. Und jetzt muss ich gleich wieder gehen, Termine, Sie verstehen. War nett, Sie kennengelernt zu haben".

Despektierlich grinsend drückte er Bodo zum Abschied so fest die Hand, dass dieser unwillkürlich zusammenzuckte. Weg war er, ohne ein weiteres Treffen vereinbart zu haben. Bodo smartphonierte mit Berlin.

„Hugo, du hast mich in eine unmögliche Situation gebracht. Der Koreaner will alleine arbeiten, legt auf eine Zusammenarbeit mit mir keinen Wert. Davor hättest Dzu mich warnen müssen. Er erzählte mir, dass ihr Euch recht gut kennt. Trotzdem bist du nicht selbst hergeflogen, sondern hast mich geschickt. Warum? Wer hat dieses Durcheinander zu verantworten? Mein Schwiegervater? Was soll ich jetzt noch hier alleine in dem mir fast völlig fremdem Frankfurt anstellen? Ich komme zurück nach Berlin. Unser Boss sollte besser aufpassen, wem er welche Aufgaben zuteilt. Ich bin stinksauer. Was kannst du zu deiner Entschuldigung vorbringen? Rede endlich!"

Sein Redefluss wirkte überreizt, war nicht zu überhören und schon gar nicht zu stoppen. Mehrere Worte überschlugen sich, seine Stimme war grell und seltsam verkrampft. In seinen Mundwinkeln sammelte sich Speichel, der beim Sprechen lange Fäden zog.

„Lieber Boodooh, Halloooh! Stopp jetzt", unterbrach ihn Hugo Hernández energisch. Mit Cholerikern verstand er umzugehen, das merkte man.

„Ich bin, genau wie du, etwas verwirrt. Den `Berliner Bär´ konnte ich bisher nicht erreichen. Er hat sich noch nicht gemeldet. Er missachtet mich und meine telefonischen Fragen auf unverzeihliche Art, denkt wohl, er wäre der Chef. Was ist nur los in `Good Old Germany´? Das Beste wird sein, ich komme zu dir nach Frankfurt und wir agieren gemeinsam. Ich werde das Gefühl nicht los, dass hier erkennbar ein Aufstand geprobt wird. Wir müssen und werden ihn verhindern. Also, bis heute Abend in deinem Hotel."

Bodo gefiel die Entscheidung seines angeheirateten Verwandten überhaupt nicht. Allerdings witterte er jetzt die Möglichkeit, ihn für eventuelle Fehlschläge verantwortlich zu machen. Verantwortung zu übernehmen war nicht unbedingt seine Sache, obwohl diese Angelegenheit eigentlich „seine Baustelle" war. Hoffentlich erfährt sein Schwiegervater nie etwas von den Details.

Völlig unerwartet klingelt ein paar Stunden später sein Zimmer-Telefon. Das kann nur Hugo sein, dem noch etwas Wichtiges eingefallen ist. Als er abhebt, knurrt stattdessen eine kratzige Männerstimme in den Hörer:

„Sind Sie Boris Dormann, genannt Bodo?"

„Ja, wer spricht da?"

„Ich erwarte Sie sofort unten in die Hotelhalle,gegenüber der Rezeption. Dort erfahren Sie mehr."

„Ich werde erst kommen, wenn Sie mir sagen worum es geht. Also bitte, nennen Sie mir den Grund Ihres Anrufes? Hallo! Hallo!"

Sein telefonisches Gegenüber hatte aufgelegt. Der Portier wusste von keinem Telefonat. Er hatte keines durchgestellt. Hier musste demnach jemand von einem Haustelefon aus angerufen haben, oder aus einem anderen Zimmer. Seltsam. Wer konnte das sein?

KAPITEL 3

Bleiche Eminenz

In Arheilgen, einem Vorort von Darmstadt, lebte ein Mann, der keiner festen Beschäftigung nachzugehen schien. Er war groß, dünn, auffallend blass. Jeder hielt ihn für einen Hartz-IV-Empfänger, der gerne nachts durch die Straßen schlich. Nur wenige Menschen hatten ihn jemals bei Tag gesehen. Seine permanent neugierigen Nachbarn, die der Haushälterin durch geschickte Fragetechniken etwas über seine Tätigkeit zu entlocken versuchten, erfuhren relativ wenig, und selbst das Wenige war auch nicht immer zutreffend. Der örtlichen Polizei war er nicht bekannt. Sie hatte ihn lediglich auf ihren Nachtrunden schon, aus Richtung Darmstadt kommend, in der Frankfurter Straße gesehen.

Des Öfteren erhielt er große blaue und weiße Briefe, die amtliche Siegel trugen. Sie waren an J.G. Erbel adressiert. Die

Postausträger vermuteten, dass er irgendeine Position im Staatsdienst hatte. Er empfing außerdem niemals Besuch, den man über ihn hätte befragen können – bis zu diesem Nachmittag, als ein dunkel gekleideter Mann mittleren Alters bei ihm Einlass begehrte.

Es bedurfte der monatelangen Arbeit von drei Detekteien, J.G. Erbel ausfindig zu machen. Im Gegensatz zu anderen Menschen, die eine Geheimdiensttätigkeit witterten, nahmen die privaten Ermittler an, dass Erbel nicht vom Finanzministerium, sondern von einem Syndikat sein Geld erhielt. Mit diesem Wissen stand er vor der Tür in Arheilgen. Es sollte ein Leichtes für ihn sein, alle gewünschten Informationen zu erhalten, vorausgesetzt er durfte mit ihm Auge in Auge reden. Die Art und Weise wie die Haushälterin ihn an der Tür begrüßte, versprach nicht wirklich Gutes.

„Herr Erbel ist beschäftigt und empfängt niemand. Auf Wiedersehen."

Er setzte sein schönstes, gewinnendes Lächeln auf. Seine Zähne blitzten, seine gut gebräunte Haut leuchtete im schwachen Licht der Haustürlampe. Es war ein schöner Mann, der sie anschmachtete und sagte:

„Please – äähm, bitte, haben Sie doch die Freundlichkeit ihm mitzuteilen, dass Dr. Yes aus der Karibik ihn gerne sprechen möchte, in einer ganz besonderen Angelegenheit... Very special. – Bitte!"

Mit einem abweisenden Knall schlug die Tür vor seiner Nase zu.

Er hatte bei ihr fest auf sein Äußeres vertraut und darauf, dass sein Name bei ihrem Chef Erinnerungen hervorrufen würde. Jetzt sah es eher so aus, als ob diese beiden Punkte seinen Zutritt mehr verhindern als beschleunigen würden. Allerdings erwiesen sich seine Befürchtungen als völlig unbegründet, da ihm nach ein paar Minuten wortlos Einlass gewährt wurde.

Der Flur lag ebenso im Halbdunkel wie das Zimmer, in das er geführt wurde. Eigentlich war es ein Büro mit vielen Ordnern, ohne Blumen, kahl und unpersönlich. Hinter dem überdimensionalen Schreibtisch saß ein Mann zwischen fünfzig und sechzig Jahren. Sein hageres Gesicht hatte einen traurigen Ausdruck. Ganz vorne auf seiner Nase saß eine Halbbrille, über die hinweg er den Ankömmling gelangweilt ansah. Da er seinen Kopf gesenkt hielt, konnte Dr. Yes, trotz schlechter Beleuchtung, erkennen, dass seine Haare grau waren mit letzten Resten von rotblond. Seine Ohren ähnelten Segeln, rechts und links wie die Tragflächen eines Flugzeugs abstehend.

„Guten Morgen...oder besser... Guten Tag, Dr. Yes. Bitte nehmen Sie doch Platz. Normalerweise empfange ich keine Besucher, aber Ihr Name kam mir irgendwie bekannt vor. Wo habe ich ihn bloß schon gehört?"

Seine blaugrauen Augen fixierten unbewegt, fast starr, den Besucher, der, während er sich setzte, nicht aufhörte zu reden.

„Ich denke, in Schweden, Sir. Ich weiß, dass Sie nur aufgrund von fingierten Indizien dort gelandet waren. Sie lebten in einer Zelle zusammen mit einem meiner Mitarbeiter. Er erzählte mir, dass Sie für mein Vorhaben genau der richtige Mann wären. Wegen guter Führung wurden Sie früher entlassen. Obwohl er noch immer einsitzt bin ich ausnehmend gut informiert. Stimmt es, dass Sie jetzt im Staatsdienst tätig und mit besonderen Aufgaben befasst sind?“

„Nein, nein! Ich bin kein Polizist, falls Sie das gemeint haben sollten. Manche Menschen haben eine vollkommen falsche Vorstellung von anderen. So entstehen bei Dritten Eindrücke, die sich immer weiter von der Wahrheit entfernen.“

„Dann stimmt es wohl auch nicht, dass Sie ein abgebrannter, finanziell ruinierter Mensch sind, der angeblich so verschuldet ist, dass er schon mehrfach gerichtliche Vorladungen erhalten hat …??“

„Eine momentane Verlegenheit“, wehrte Erbel ab. „Haben Sie nicht auch manchmal finanzielle, na ja, sagen wir einmal, Talfahrten durchzumachen?“

„Wenn Sie wünschen, kann ich Ihnen mit ein paar Euro aushelfen. Ich habe schon Leuten mit bestem Leumund aus 'dem Tal' geholfen. Kein Problem für mich. No problem, you understand?“

Mit seiner linken Hand zog er ein Bündel Banknoten aus der Hosentasche. Es waren viele Hundert-Euro-Scheine, grün, dünn, gerollt, und durch ein Gummiband zusammengehalten.

Erbel ergriff mit seiner faltigen, schlaffen Rechten den obersten, schaltete die Zusatzbeleuchtung für den Schreibtisch ein und prüfte mit Kennerblick und Lupe die Wasserzeichen.

„Whow, echte Scheine", bemerkte er trocken und gab die Banknote offensichtlich widerstrebend zurück.

„Gewaschene Syndikatsgelder aus Falschgeldhandel, nicht wahr? Stecken Sie sie wieder ein. Ich habe kein Interesse. Die Idee, Sie durch meinen vorgespielten Geldmangel anzulocken, hat offenbar funktioniert. Jetzt kenne ich Sie und Sie kennen mich. Apropos kennen: Kennen Sie eigentlich einen Mann namens Sürrow? – Ach nein, das war vor Ihrer Zeit. Haben Sie nie von ihm gehört? War so etwas wie mein Vorgänger. Er sagte oft: Der Junge kennt die Regeln, der Alte die Ausnahmen. Daher sind gewisse Positionen mit Alten besetzt. Das wird sich nie ändern. Sie sind noch zu jung. Warten Sie noch ein paar Jährchen. – Guten Tag, Dr. Yes. Sie finden sicher alleine hinaus."

Erbel beugte sich über die Arbeit, die er wegen seines Besuchers unterbrochen hatte. Dieser hatte sich etwas irritiert erhoben.

„Noch eine Anmerkung, bitte. Drogen …"

„Geschichten erzählen Sie besser meiner Haushälterin. Sie mag Märchen. – Auf Wiedersehen!"

Erst auf der Straße fielen ihm noch unzählige Punkte ein, die er den Alten eigentlich hatte fragen wollen. Jetzt hatte er die Chance vertan. Dabei war er sich sicher, dass Ebel genau die Informationen hat, die er dringend benötigt. Oder vielleicht doch nicht? Dieses Gespräch hatte ihn völlig verwirrt, das abschließende Orakel ebenso. Wie viel weiß dieser alte Mann?

„Ich werde ihn noch einmal beehren, und alles aus ihm herauspressen, ob er will oder nicht. Notfalls mit roher Gewalt. Versprochen! Ich muss wissen, wie viel er über mich, die Familia und unseren Drogenhandel tatsächlich weiß."

Mangels Gesprächspartner redete Yes halblaut mit sich selbst.

Teilentlastung

Zurück im Präsidium hatten EKHK Pauli und KOK Huber viele Fakten in ihren Übersichtsplan einzutragen. Und doch, um Entscheidungen treffen zu können, waren es eigentlich zu wenige. Fotos und Phantombilder der Verdächtigen waren inzwischen eingetroffen. Kollegen überprüften, ob die drei Einbrecher im System zu finden sind, die die junge Frau so brutal überfallen hatten. Wenn nicht, sollte eine Öffentlicjkeitsfahndung eingeleitet werden.

Gemeinsam informierten sie kurz darauf den Staatsanwalt. Er hätte am liebsten Edwin sofort entlassen, genehmigte beiden dann aber noch drei Stunden, um dessen Mitschuld im Drogengeschäft von Frau Erika Schäfer zu beweisen. Die große, digitale Uhr im Eingangsbereich des Präsidiums zeigte 16:05. Das versprach eine lange Nacht zu werden.

Der Überfall hatte auf jeden Fall Vorrang. Alysia im Krankenhaus musste unbedingt erneut, dieses Mal zu ihrem „neuen" Vater, befragt werden.

Außerdem waren die zwei Detektive der EvA-Detektei bereits einbestellt und warteten im Flur. Der von Pauli befragte Det 1 erzählte freimütig von dem guten Arbeitsverhältnis der privaten Ermittler untereinander und bezog wie selbstverständlich seinen Chef mit ein. Dass er mit Drogenhandel zu tun haben könnte, hielt er für völlig abwegig.

„Er ist und bleibt ein Ehrenmann. Ich bin mir sicher, dass er durch den drogenproduzierenden und -vertreibenden Apotheker Kaffitz mehrere Millionen Euros verloren hat. Für mich stand dieser charakterlose Apotheker hinter der Entführung seiner Mutter. Er presste ihn finanziell aus. Die Art und Weise der damaligen Geldübergabe würde keinen Sinn machen, wäre er selbst an dem Geschäft beteiligt gewesen. Wie Sie selbst am besten wissen, weil Sie dabei waren, ist das viele Geld von ihm, immerhin sechs Millionen, unwiederbringlich futsch. Er wird es nie wieder zurückbekommen."

„Sage Sie mal, Herr Det 1, wie heiße Sie eigentlisch mid dem rischtische Name? – Wieso sin Sie so sischer, dass hier kein Kuhhandel in großem Stil betriwwe worn is? Zuerst jetzt Ihrn Name und dann die Fakte."

„Ich heiße Rolf Ohm, bin nicht verheiratet, war ehemals Profifußballer bei der Frankfurter Eintracht. Unmittelbar nach meiner schweren Meniskusverletzung wechselte ich ins Büro EvA. Dort erhielt ich meine Ausbildung als privater Ermittler. Fakt ist, dass Herr von Alsberg gar keine Zeit gehabt hätte, außerhalb des Terminplanes, den er uns wöchentlich zur Verfügung stellte, noch krumme Dinger zu drehen. Wir sehen uns fast jeden Tag und sind oft gemeinsam bis spät in die Nacht am Observieren und Diskutieren. Auch in den letzten Wochen vor und nach der Beerdigung von Herrn Kratz war das der Fall. Sehen Sie, hier habe ich unsere Einsatzpläne für Sie mitgebracht. Änderungen haben wir alle immer sofort auf den neuesten Stand gebracht. Unsere Halbtagskraft im Büro, Miss Fifty, macht zudem regelmäßig Gegenchecks. Somit können keine Personennamen oder Uhrzeiten unbemerkt verschoben werden. Der Plan dient allerdings nicht zur ständigen Kontrolle unserer Tätigkeiten, sondern ist für unsere Sicherheit wichtig. Jeder weiß immer, wo sich der andere aufhält und hakt nach, wenn er sich längere Zeit nicht meldet. Die eventuell notwendig gewordenen Änderungen können Sie leicht an den roten Markierungen erkennen. Hier ist der von Ihnen geforderte Beweis", schloss er seine Rede fast triumphierend, bevor er sich auf dem unbequemen Stuhl zurücklehnte und die Beine weit von sich streckte. Sein selbstgefälliger Gesichtsausdruck änderte sich sofort, als er die beiden steilen Falten zwischen Paulis Augenbrauen sah.

„Sie warn Eintrachtkicker, wirklisch? Ich bin zwar kein Stadiongänger, aber irgendwie doch informiert üwwer Ergebnisse und Spieler. Ihren Name hab ich nie gehert. Wie kommt das?"

„O.K. Eigentlich unwichtig für unseren Fall, aber wenn`s sein muss: Ich war Ersatzspieler für viele Jahre, kam probehalber von den Amateuren zu den Profis, konnte mich dort leider nicht halten. Großverdiener, wie man sie aus einschlägigen Journalen kennt, war ich leider nie. Zufrieden?... Heute spiel ich bei den Alten Herren des FC Langen, halte mich so fit, auch wenn manches Mal die Nachbesprechung im Clubhaus wichtiger ist als unser Spiel selbst."

„Wir prüfen das selbstverständlich ebenso wie den von Ihnen mitgebrachten Plan. Vielen Dank, Sie können gehen."

Kriminaloberkommissar Huber verhörte im Nachbarraum Det 2 lehrbuchmäßig, ohne einführende Worte, nüchtern und sachlich.

„Für das Protokoll: Wie heißen Sie wirklich? Wie alt sind Sie? Woher kommen Sie? Was machen Sie heute? Was haben Sie früher gemacht? Wie ist Ihr Familienstand? Schießen Sie mal los!"

„Der Familientradition entsprechend taufte man mich dereinst auf den Namen Frank, mit Nachnamen Wollt. Ich bin 48 Jahre alt, komme aus Südbaden, genauer aus Murg bei Waldshut, bin ledig, habe keine Kinder, bin angestellt als Privatermittler bei EvA. Det 2 ist mein interner Deckname. Früher war ich als Autoverkäufer für VW an verschiedenen Orten in Deutschland tätig. So kam ich auch nach Worfelden, meinem heutigen Wohnort. Dort bin ich fest ins örtliche Vereinsleben integriert, insbesondere bei der Fastnacht."

„O.K. Doch jetzt beschreiben Sie mir Ihren Chef, so detailliert wie möglich."

„Gut, ich versuch's: Herr von Alsberg ist ein sehr korrekter Mann mit viel Geld. Die EvA-Detektei ist eigentlich nur so etwas wie sein Hobby, das er mit viel Enthusiasmus und Freude betreibt. Er ist für mich so transparent wie eine Glasscheibe. Krumme Sachen könnte er nie machen, ohne dass es mir auffallen würde. Bevor ich zu ihm in die Detektei kam, war ich bei einem seiner neidischen Mitbewerber in Offenbach angestellt. Ich musste ihn in seinem Auftrag ausspionieren. Ich glaube, er hat ihn heute noch im Visier und würde schon längst angeprangert haben, wenn etwas Ungesetzliches vorgefallen wäre. Von Alsberg ist sauber, glauben Sie mir. Deshalb wechselte ich auch drei Monate nach Beginn seiner Überwachung wohlüberlegt in sein Büro. Wann genau soll er, nach Ihrer Meinung, für die Drogenmafia tätig gewesen sein?"

Huber vermied die Antwort. Es gab keine unmittelbaren Beweise für von Alsbergs Tätigkeit. Lediglich durch seine Liebe zu Erika Kratz war er für ihn dringend tatverdächtig. Vermutlich hatte er nachts, im Auftrag seiner Freundin, alle gefundenen EMails abgeschickt war demnach zumindest Mitwisser.

Gerade als er beginnen wollte, seinem potentiellen Zeugen vorsichtig von seinen Verdächtigungen zu erzählen, kam per Polizeikurier die Meldung aus der forensischen kriminaltechnischen Untersuchung (KTU), dass auf keinem der technischen Geräte aus dem Hause Kratz ein verdächtiger Hinweis auf Herrn von Alsberg zu finden war. Lediglich einige relativ kurze Telefonate auf dem Handy aus jüngerer Zeit zeugten vom Kontakt der beiden. Alysia hatte vergleichsweise viel häufiger und länger mit ihrem Freund telefoniert beziehungsweise den PC benutzt. Huber war tief enttäuscht und zeigte das auch, als er knurrend zu Det 2 sagte: „Sie können gehen."

Alle seine Verdächtigungen schienen sich jetzt gerade in Luft aufgelöst zu haben. Gerade noch rechtzeitig fiel ihm ein, dass er von Alsberg beschatten lassen wollte. Er sprach von einem Termin heute Abend, den er unbedingt einhalten musste. Geheime Kommandosache! Für ihn ist klar, dass der appetitlich aussehende Apfel Alsberg doch an einigen Stellen faul, um nicht zu sagen wurmstichig, ist. Er gab seine sofortige Observierung in Auftrag. Ob er später zur Ablösung kommen könnte, war unsicher. Sicher war in seinen Augen nur, dass der „Freund der Drogenhändlerin" bestimmt bei illegalen Geschäften aktiv mitgemischt hatte. Er ging zu Pauli.

Der Besitzer der Detektei EvA war kurz darauf wieder ein freier Mann, sieht man einmal von seiner Beschattung ab.

Strolche

Die Kollegen waren bei den Personenabfragen fündig geworden. Viele Fotografien dringend verdächtiger Einbrecher hingen schon an der Informationstafel im Konferenzraum. Ein kleiner Teil davon ergänzt durch Fakten und Hinweise. Auch die aus der Wiesenstraße waren dabei. Pauli und Huber erkannten sie sofort. Der links und die beiden ganz rechts, entsprachen genau den von Alysia Kratz beschriebenen Personen. Daran gab es keine Zweifel.

Alle drei kommen aus Darmstadt. Sie wohnen im Martinsviertel, der „alten Vorstadt", den Einheimischen besser bekannt als das „Watzeverdl". Auch die Technische Universität Darmstadt gehört mit ihren Hauptgebäuden in dieses Viertel. Sie sind im System gespeichert, da sie als Kleinkriminelle schon mehrfach ins Netz der Polizei gegangen waren.

Der Dicke, wahrscheinlich der Anführer der Bande, ist bekannt unter dem Namen „Kugelblitz". Den Namen erhielt er, da er schnell und, trotz seines Leibesumfangs, wieselflink ist. Auch zerstörte er aus purer Wut schon mal gerne Sachwerte wie Autos, Automaten, Briefkästen oder auch Haustüren. Seine cholerischen Schimpfwörter-Ausbrüche über alles und jeden sind gefürchtet. Die Polizei und die Regierung hatte er sogar schon so verspottet und beleidigt, dass er dafür in Verwahrung genommen worden war. Ihm widerspricht so schnell niemand ungestraft. Besser ist, man geht ihm aus dem Weg. Heftige Prügeleien, Wirtshausdemolierungen und Körperverletzungen wurden ihm schon mehrfach vorgeworfen. Bisher kam er jedoch immer ohne Haftstrafe davon. Kleinere Geldstrafen und mehrtägige Sozialleistungen hätten ihn eigentlich schon längst zur Vernunft bringen sollen. Jedoch funktionierte bei ihm diese Form der Bestrafung nicht. Nach wie vor stand er gegen kleines Geld für kriminelle Handlungen zur Verfügung. Ebenso wie die beiden anderen ist er schon seit Jahren arbeitslos, schlängelt sich als Schnorrer und Gelegenheitsarbeiter durchs Leben. Ein schlimmer Finger mit völlig fehlender Einsicht, die eine Besserung bewirken könnte.

Auch der Lange hat einen Spitznamen, den die meisten Menschen für seinen echten halten. Er wird „Pim" genannt, nach einer Komikfigur aus den fünfziger Jahren im Darmstädter Tagblatt, das heute nicht mehr als Tageszeitung, sondern nur noch als kostenloses Wochenblatt existiert. Immerhin ist durch den Namen noch ein wenig aus der früheren Epoche erhalten geblieben.

Genau wie der Darmstädter Sonderling trägt Pim meistens einen schwarzen, zerbeulten, alten Fastnachtszylinder, der seine lange spindeldürre Figur noch größer erscheinen lässt. Seine ungewöhnliche Gestalt mit dem zerdrückten Hut löst hie und da mitleidiges Grinsen aus, was er zu seinem Vorteil auslegt. Selbst den Hund seiner Schwester, eine weiß-schwarz gefleckte

Deutsche Dogge mit Namen Zorro, nutzt er für seine Zwecke. Wenn er den großen, achtzig Kilogramm schweren und mit achtzig Zentimetern Schulterhöhe insgesamt fast einem Meter hohen imposanten Wach- und Schutzhund mit kräftigem, wohlproportionierten Körperbau an der Leine führt, bleiben viele Menschen stehen, um den Hund zu bewundern. Er ist mit seinen vielen, über den ganzen Körper gut verteilten lackschwarzen Flecken ein besonders schönes Exemplar. Der Rüde ist buchstäbliche das Gegenstück zu seinem Herrn. Ein sehr dünnes, langes, muskellos erscheinendes, klappriges Individuum mit einem Hund, der Adel, Kraft und Eleganz ausstrahlt, fällt auf. Mit seinem ausdrucksvollen Kopf ist er der Apoll unter den Hunderassen. Will ihn zum Beispiel auf dem Luisenplatz jemand streicheln, muss er dafür bezahlen. Schließlich bezeichnen einige Zeitgenossen „Pim mit Zorro" schon als Gesamtkunstwerk und …

„Kunstwerke koste halt Geld, gell!"

Bittet jemand, eine Fotografie von beiden machen zu dürfen, verlangt er dafür mal einen, mal zwei Euros, oder sogar mehr. Bemerkenswert ist, dass die meisten Leute zahlen ohne zu murren. Fast jeder in Darmstadt kennt das ungleiche Paar.

Der Polizei war er schon durch extensive Saufgelage oder wegen Belästigung von Passanten aufgefallen, wenn er bettelnd durch die Innenstadt zog. Ihm sind Ausnüchterungszellen gut bekannt. Gefängnisse dagegen nicht, da er nie verurteilt wurde.

Der Jüngste entsprach auf dem Bild haargenau der Beschreibung der jungen Frau Kratz. Obwohl erst dreiundzwanzig Jahre alt, hat auch er schon einen Beinamen, den er wie einen Orden vor sich herträgt und pflegt. Man nennt ihn „Das Messer", weil er fast immer irgendein Stilett oder auch ein Butterfly in der Hand hält und damit imponiert. Von beiden Typen besitzt er etliche Variationen, sogar ein echtes Balisong. Selbst wenn niemand zugegen ist, fuchtelt er mit diesem oder mit einem feststehenden Messer in der Luft herum, angeblich um die Handhabung zu perfektionieren und um in Übung zu bleiben. Ein Balisong-Trainer-Messer ist in seinen Augen nur ein Spielzeug. Damit könne man die Öffnungs- und Schließtechniken (das Flippen und Manipulieren) nicht wirklich üben, wie er meint. Mehrfach wurde er wegen räuberischem Diebstahl von Autos festgenommen, durfte aber, weil im Besitz eines festen Wohnsitzes, bald darauf wieder gehen. Einmal stand er wegen Tötungsversuch vor Gericht. Man warf ihm vor, einen älteren Mann im Dunkeln überfallen und mit dem Messer schwer verletzt zu haben. Leider konnte der Pensionär vor Gericht nicht einwandfrei bestätigen, dass es dieser Junge war, der auf ihn eingestochen hatte.

„Er war maskiert und sagte immer wieder: Geld her! Das habe ich ihm aber nicht gegeben. Seine Stimme klang ganz anders als die von diesem Menschen. Was für ein Messer es war, konnte ich nicht erkennen."

Da keine Tatwaffe gefunden wurde, musste die Polizei ihn wieder entlassen. Noch heute prahlt er mit seiner Tat, die er wahrscheinlich nie beging.

Die Einbrecher waren somit Kleinkriminelle, die einen Erpressungsversuch mit schwerer Körperverletzung ausführten. Zusammen mit der Freiheitsberaubung von Alysia Kratz, handelte es sich um für Strolche ungewöhnliche und eher unwahrscheinliche Taten.

„Das hawwe die Gauner bestimmt net allein ausgeknowelt", brummelte Pauli vor sich hin. Huber gab ihm Recht. Wieder waren die beiden einer Meinung. „Warum sind wir das nicht auch im Falle des feinen Herrn von Alsberg?", ging es ihm durch den Kopf.

Dieser trotz seines stets seriösen Auftretens auf ihn bigott wirkende Mensch ließ ihn einfach nicht los. Seine Observierung konnte er sich heute aus Zeitgründen ohnehin abschminken. Vielleicht brachte die Beschattung durch den Kollegen den gewünschten Erfolg.

Alle drei Darmstädter Kleinganoven mussten schnellstens in den Verhörraum nach Frankfurt gebracht werden. Die um Unterstützung gebetene lokale Schutzpolizei sollte sie abholen. Pauli informierte das Polizeipräsidium Darmstadt. Dort erfuhr er, dass die Gesuchten um diese Uhrzeit bestimmt in einer nicht durch ein Wirtshausschild von außen erkennbaren Hinterhof-Kneipe in der Dieburger Straße sitzen. Ihre Festnahme war folglich nur eine Formsache.

Gemeinsam mit ihren Kollegen aus der Nachbarstadt gingen die Frankfurter Polizisten in den besagten Hinterhof. Dort wunderte man sich nicht sonderlich über das Auftauchen der Gesetzeshüter.

„De Kugelblitz, de Pim un des Messer, die sin nett do", schallte es Ihnen aus mehreren Kehlen munter entgegen. „Die hawwe mer seid gestern net meh gesehe."

Auch die Wirtsleute wussten nichts anderes zu berichten. Allerdings fiel den Beamten auf, dass die Wirtin sich deutlich mit ihren Antworten zurückhielt und schuldbewusst einem Augenkontakt mit den Polizisten auswich.

„Frau Wirtin, Sie kommen jetzt mit in unseren Dienstwagen. Dort setzen wir unsere Befragung ungestört fort. Folgen Sie bitte meinen Kollegen", sagte infolgedessen einer der Uniformierten in streng dienstlichem Ton.

Unter dem lauten Protest ihres Mannes und einiger Gäste ging die Frau eingeschüchtert mit. Im Hinterhof war es wie auf Kommando plötzlich ganz still. Alle Anwesenden blickten der Abgeführten hinterher. Im Radio dudelte gerade passend das Lied „Du hast mich tausendmal belogen, Du hast mich tausendmal verletzt…"

„Jetzt aber Butter `bei die Fische´, liebe Frau. Wann haben Sie die drei zum letzten Mal gesehen? Falschaussagen können bis zu einer Haftstrafe führen, ist Ihnen das klar? Also, wann?"

Die Wirtin stotterte etwas von: „Des misst heit Middag gewese seu. Die sin awwer glei widder gange. Meh waas isch net." (Mehr weiß ich nicht.)

„Wohin wollten sie gehen? Das wissen Sie doch bestimmt. Raus mit der Sprache."

Wieder kamen die Worte nur schwerfällig über ihre Lippen: „Ei die hawwe ebbes (etwas) verzählt von eneme wischtische Termin, den se in Frankfurt hawwe. Do misste se glei noch emoal (einmal) hie."

„Wie wollten die drei dorthin kommen, wissen Sie das? Keiner von ihnen besitzt ein Auto, oder doch?"

„Nadierlisch hawwe die e Auto. De Messer holt des immer aus de Stadt. Mit dem foahrn se hie. Kann isch jetzt widder gehn?

Mit großem Beifall wurde die Wirtin von ihren Gästen empfangen, während die Polizisten die Frankfurter Zentrale informierten. Von dort gab man sofort ein Fahndungsgesuch an alle Streifenwagen durch. Man vermutete die drei in einer „Äppelwoi-Kneipe" oder einem Imbiss in Sachsenhausen. Es konnte lange dauern, bis man sie findet. Huber meldete sich bei seinem Chef ab, um den Bewacher des Herrn von Alsberg abzulösen. Pauli wollte unbedingt noch einen ihm seit vielen Jahren bekannten Fachmann befragen. Wer das war, verriet er entgegen seiner sonstigen Gewohnheit diesmal nicht. Wie sollte ein Experte für Kleinkriminelle hier helfen? Gibt es so eine Funktion überhaupt?

Gefahren der Nacht

Wieder stand Edwin von Alsberg am linken Ufer des Mains gegenüber von den Unikliniken. Heute regnete es nicht. Der Himmel war durch den fast völlig runden Mond und die vielen Lichter der Großstadt heller als sonst. Alle Personen vor dem Hauptgebäude der Kliniken schienen es in dieser späten Stunde sehr eilig zu haben. Hektische Betriebsamkeit pur. Bestimmt beobachtete man ihn von dort aus im Licht der Laterne genau. Aufmerksam starrte er hinüber zur Klinik, bemerkte jedoch nichts Auffälliges. Seine Ungeduld wuchs.

Er spielte die ihn jetzt erwartende Szenerie in Gedanken so bedächtig durch, wie ein Schauspieler es vor der ersten Probe versucht. Sein Plan: Sofort, ruck zuck, ins Auto springen, wenn es vorfährt. Schon alleine bei dem Gedanken daran, wäre er vor Angst fast gestorben. Jedoch schien es die einzige reelle Chance zu sein, die Kaution für Erika zu bekommen und nicht stattdessen eine Kugel einzufangen. Sein Zigarettenkonsum überstieg inzwischen deutlich die selbst auferlegte, maximale Tagesration. War er gerade noch ängstlich, so war er jetzt dermaßen nervös, dass er keine klaren Gedanken fassen konnte. Seine Hand mit der Fluppe zitterte so stark, dass die Asche von selbst auf seinen Mantel fiel. Nur gut, dass der Fremde aus Amerika einigermaßen gut Deutsch sprach. Wer ist dieser Mann? Wieso hat er so viel Geld? Und warum ist er bereit, die riesige Kaution zu übernehmen? Vielleicht sind 850 tausend Euro gar nicht viel für ihn?

Sofort hineinspringen, ohne darüber nachzudenken.

„Egal, wie auch immer, ich halte alle Trümpfe in der Hand, nur ich." Mit diesem Gedanken versuchte er, sich selbst zu beruhigen. Wieder ertappte er sich dabei, wie er mit sich selbst redete. Ob das schon die beginnende Alters-Debilität ist? Mit aller Macht verdrängte er diese Frage.

„Erika ist jedes Opfer wert. Sie ist die Mutter meiner Tochter. Ich werde alles tun, um sie wieder aus dem Gefingnis zu befreien".

Dass Alysia im Krankenhaus lag, hatte man ihm bei seiner Entlassung erzählt. Es interessierte ihn brennend, wie es dazu kommen konnte. Doch darüber erfuhr er von den Polizisten im Präsidium nichts. Seine jetzige Aktion war wichtiger als ein Krankenbesuch. Er ging davon aus, dass seine Tochter trotzdem von seinem fürsorglichen Denken wusste.

„Nicht so schlimm, schließlich ist sie nicht lebensgefährlich verletzt, hat nur ein paar Schrammen davongetragen und wird sicher morgen wieder entlassen, spätestens übermorgen. Sie ist jung und wird auch ihre Psyche schnell wieder in den Griff bekommen", besänftigte er sein schlechtes Gewissen.

Seine letzte Zigarette zerfiel gerade in Staub und Asche. Warten zermürbt selbst den stärksten Mann. Im Anblick des Krankenhauses gegenüber fühlte er sich einfach nur jämmerlich. Gleich musste er kommen, der Fremde aus Amerika, der so viel

Geld hat, sein Todbringer oder ein glückverheißender Haftbefreier, wer weiß.

Dezent hupend blieb die schwarze Limousine zwanzig Meter vor ihm stehen. Im Lichtkegel ging er darauf zu. Die rechte hintere Tür öffnete sich wie von Geisterhand. Er stieg ein. Niemand saß im Fond des Wagens, der sich sofort automatisch verriegelte. Ohne eine Begrüßung fuhr der Chauffeur los.

„Wohin geht die Reise, bitte?" Der Angesprochene zuckte nur mit den Schultern. Da Edwin an seiner Situation offenbar nichts ändern konnte, versucht er es erst gar nicht. Er will sich die Fahrtroute genau einprägen. Da die Heckscheiben getönt sind, war es selbst auf beleuchteten Straßen im Wageninneren sehr dunkel. Das alte Kopfsteinpflaster verursachte so große Erschütterungen, dass das Schreiben von Notizen nicht möglich war. Er starrte abwechselnd aus dem Seitenfenster und durch die Frontscheibe. Obwohl er sich in dieser Gegend glaubte gut auszukennen, konnte er bald keine Straße mehr zweifelsfrei zuordnen. Es ging in südlicher Richtung auf der Landstraße voran. Soviel war klar. Mehr nicht! Plötzlich sah er das Ortsschild „Wixhausen, Stadt Darmstadt", vorbeirauschen. Der nächste kurz darauf erscheinende gelbe Hinweis galt „Griesheim", was ihn zusehends mehr verwirrte. Seine Fragen nach dem Ziel der Fahrt überhörte der Chauffeur geflissentlich. Was hatte man mit ihm vor? Die Limousine bog in einen kleinen Wald ein, der vollkommen im Dunkeln lag.

Zwei Männer öffneten die Wagentür, stülpen ihm einen fürchterlich nach Chlor stinkenden Papier-Sack über den Kopf und führten ihn mit festem Griff davon. Er spürte, wie es einen steilen Weg hinauf ging und eine Tür geöffnet wurde.

Endlich „enttütet", sah er einen Tisch mit mehreren Stühlen in einer ansonsten völlig leeren Lagerhalle mit großen Fenstern oder war es eine Turnhalle? Es könnte aber auch ein Raum mit gänzlich anderer Verwendung sein. Er nahm Platz, ohne seinen Gegenredner wahrzunehmen. Hinter einem Paravent versteckt, begann die Stimme, die er bereits gestern während des Regens aus dem Wageninneren gehört hatte.

„Well, everything O.K. with you?"

Edwin erwiderte nichts. Er befürchtete, gefoltert zu werden, wenn er nicht verrät, wo sich das gesuchte Gerät befindet.

„Wo haben Sie den Laptop, or the iPad? Ich gebe Ihnen kein Geld, wenn Sie mir das nicht sofort geben. Ohne Ware keine Money, klar?"

„Natürlich! Wie ich ihnen bereits sagte, bekommen Sie das iPad erst, wenn die Kaution Erika befreit hat. Garantiert! Nach der Gerichtsverhandlung können Sie das geliehene Geld wieder abholen lassen. Sie tragen kein Risiko. Die gesetzlich vorgegebenen zehn Prozent Zins auf diesen Betrag zahle ich Ihnen jedoch nicht. Dafür sind wir schließlich Partner und Geschäftskollegen. Eine Hand wäscht die andere, nicht wahr."

Edwin merkte, dass er gerade Oberwasser bekam. Er hatte wirklich alle Trümpfe in der Hand.

Sein mysteriöses unsichtbares Gegenüber zögerte mit der Antwort. Ein Knistern lag in der Luft. „Schweigen heißt Kontrolle übernehmen", schoss es Edwin durch den Kopf. Trotzdem unterbrach er es als erster mit einem Vorschlag:

„Wenn Sie mir nicht glauben, dann geben Sie das Haftgeld direkt Herrn Geldbach, der für eine korrekte Abwicklung sorgen wird, ohne Ihren Namen zu nennen. Er ist Rechtsanwalt und Notar...notary, you know. Diese Berufsgruppe ist auf der ganzen Welt per Eid zum Schweigen verpflichtet. Kein Risiko für Sie."

Erneut keine Reaktion. Wieder war dieses unheimliche Knistern förmlich zu spüren. Edwin begann zu schwitzen. Der unsichtbare Mann rief zwei Bedienstete herbei, mit denen er intensiv tuschelte. Was war geschehen?

„Listen (Zuhören)! Ich gebe jetzt diesen beiden „man" hier einen Scheck, ausgestellt auf Ihren „lawyer and notary" (Rechtsanwalt und Notar). Sie werden ihm diesen sofort, jetzt, heute Nacht vorbeibringen. Damit kann er Frau Kratz freikaufen. I don't want any... keine Provision, dafür aber das iPad. Erst wenn er es mir gebracht hat, werde ich Sie freilassen. So lange bleiben Sie hier in einem der Räume. Ein Fluchtversuch ist aussichtslos. No chance! Sie werden bewacht."

Edwin versuchte zu widersprechen. „Mein Anwalt ist um diese Uhrzeit bestimmt nicht zu erreichen. Das ganze Geschäft ist ohne meine Gegenwart zum Scheitern verurteilt. Lassen Sie mich mitgehen."

„Nehmen Sie Ihr Smartphone und rufen Sie den Herren an. Keine Tricks, sonst geht es Ihnen schlecht, das versichere ich Ihnen. Wenn Sie den Ort hier erwähnen, ist mein Mitarbeiter beauftragt, Sie zu erschießen."

Rechtsanwalt Peter Geldbach war sehr erstaunt und verärgert über einen Anruf zu mitternächtlicher Stunde auf seiner Notfallnummer. Nur widerwillig folgte er den Anweisungen seines Auftraggebers. Das Ganze sah ihm doch sehr nach einem illegalen Geschäft aus. Seine Mandantin bekommt die Kaution von einem Mister unbekannt, wahrscheinlich einem Ganoven. Er gibt seinen Namen dafür, ohne zu wissen, woher das Geld stammt.

„Herr Geldbach, dann stellen Sie eben um Gottes Willen die Kaution in meinem Namen. Das wirft zwar unangenehme Fragen auf, aber Erika ist frei. Besser wäre, wenn Sie sich selbst als Geldgeber ausgeben, der in geheimem Auftrag handelt und für eine schnelle Abwicklung des Falles sorgen muss. Frau Kratz ist unschuldig, das wissen Sie. Die Zahlung über eines Ihrer Unterkonten fließt sofort nach der Gerichtsverhandlung wieder zurück zum „Spender" und Sie sind es los. Selbst das Finanzamt dürfte keine Fragen mehr stellen, auch weil jede Art

Zusatzbezahlung wegfällt. Schriftverkehr gibt es ohnedies keinen."

Edwin konnte durch das Telefon hindurch förmlich sehen, wie sich Geldbach verbog. Würde er, der Korrektesten einer, sich auf diese Aktion einlassen? Andererseits würde ihm diese ungeliebte Machenschaft Dankbarkeit zeitlebens sichern. Das musste ihm etwas wert sein.

Richtig vermutet. Der Saubermann war zwar eigentlich unwillig, aber letztlich einverstanden.

Edwin versicherte Dr. Yes (er musste der Mann hinter der spanischen Wand sein, wer sonst) schließlich mehrfach, dass er sofort alle zur Verfügung stehenden Informationsquellen erhalten wird, wenn Frau Erika Kratz frei ist. Besser wäre, wenn sich jemand nach ihrer Entlassung aus der JVA um sie kümmert, jemand vor dem sie keine Angst hat.

Ohne auf seine Anspielung einzugehen, packte ihn einer der beiden, des Sprechens anscheinend unfähigen Hünen mit brutalem Griff, während der andere Stricke und Schnüre holte. Ab ging es dann eine Treppe hinunter in einen eher kleinen Raum, der früher auch eine Sauna gewesen sein könnte. Es roch jedenfalls stark nach Chlor, Staub und altem Schweiß. Dem Schmutz auf den Sitzbänken nach zu urteilen, stand dieser Teil des Hauses schon sehr lange leer.

Sie fesselten seine Hände fest hinter dem Rücken und zogen den Strick zwischen seinen Beinen hindurch nach vorne, umwickelten damit seine Beine und knüpften ihn weit oben an ein Gestell mit Bänken, das, fest mit dem Boden verschraubt, mitten im Raum stand. Ein längeres Seil, locker um seinen Hals gelegt, befestigten sie an der gleichen Stelle. Die beiden Wortlosen prüften eingehend den Sitz der Fesseln und versicherten sich, dass Edwin keinesfalls mit seinen Händen oder seinen Zähnen an die Stelle gelangen könnte, an der er mit dem Gestell verbunden war. Dann verschlossen sie die Tür von außen und legten, wie deutlich zu hören, einen Querbalken oder etwas Ähnliches davor.

„Hoffentlich keine der eisernen Einbruchsicherungen mit Schlössern rechts und links", schoss es Edwin durch den Kopf. Dabei war diese Überlegung völlig überflüssig, da er keine Möglichkeit sah, sich von den Fesseln zu befreien. Eine Literflasche mit Wasser hatte man ihm hingestellt. Das war reine Schikane. Gefesselt wir er war, hätte er überhaupt nicht daraus trinken können, selbst wenn er es gewollt hätte.

„Hoffentlich muss ich keine Toilette aufsuchen", war sein erster völlig irrationaler Gedanke als er alleine im Raum stand.

Herausgerissene Schränke zeugten davon, dass dieses Gebäude schon bessere Zeiten erlebt hatte. Die schmale Drahtglasfront unter der Decke konnte man unmöglich ohne Leiter erreichen. Außerdem waren dort die Fenstergriffe ebenso demontiert wie die Klinke der Tür, die sich nach innen öffnen ließ. Um sie zu aufzubrechen brauchte man ein Stemmeisen oder eine andere Art Hebel. Rostige Schrauben im Boden hielten die Bank bombenfest, wie er durch hilfloses Zerren am seinen Fesseln feststellte. Hier kam er ohne fremde Hilfe niemals raus. Reine Verzweiflung machte sich in ihm breit. Er wollte niederknien und beten, konnte aber seine Knie nicht beugen. Schon wieder saß er für unbestimmte Zeit in einer nicht komfortablen Zelle. Mit seinem Hosenboden wischte er die Latten einer Pritsche vom Staub frei und legte sich hin. Er wollte schlafen, damit die Zeit möglichst schnell verging.

Langsam begriff er, dass er den Verbrechern um Dr. Yes hoffnungslos ausgeliefert war. Was würden sie mit ihm tun, wenn sie erst einmal das iPad haben? Logisch, sie würden ihn als lästigen Mitwisser vernichten.

„Weg hier, nur raus aus dem Haus und schnellstens verschwinden", war sein alles beherrschender Gedanke.

Er dachte an einen Entfesselungskünstler, der sich aus ähnlicher Lage wie seiner jetzigen befreien konnte, weil er schlank war und seinen Körper maximal in der Mitte zusammenklappen konnte. Edwin ist auch schlank, doch, ob das alleine reicht? Einen Versuch war es jedenfalls wert. Er drückte seinen Oberkörper auf die ausgestreckt gefesselten Beine, so maximal er es nur konnte. Diese Klappmesserübung musste ihm gelingen, völlig gleich wie. Dann versuchte er, seine gefesselten Hände unter dem Allerwertesten hindurchzuführen. Das war nicht einfach und eine sehr schweißtreibende Prozedur zudem. Wieder und wieder bog er sich, so weit wie es ging, nach vorne, um durch seine Arme hindurch schlüpfen zu können. Die dünnen

Fesseln schnitten mehrfach tief in seine Handgelenke. Es blutete. Gut nur, dass seine Stricke langsam ein wenig nachgaben. Erst als er die Hoffnung schon fast aufgegeben hatte, waren sowohl sein Körper als auch seine Arme so deutlich vorgedehnt, dass ihm das Kunststück gelang. Jetzt konnte er mit seinen Hände bis hinter seine Fersen greifen. Der Strick um seine Beine war dann relativ schnell an den Eisen des Gestells aufgerieben und entknotet.

„Puh, das wäre geschafft", stöhnte er, vor Schweiß triefend. Mit den Zähnen entwirrte er die Schnüre, die um seine Hände geschlungen waren. Endlich ohne Fesseln, trank er einen großen Schluck aus der Flasche. Dann inspizierte er die Tür seines muffigen Gefängnisses eingehend. Ihre Füllung war nicht massiv. Hoffnung keimte in ihm auf. Er rief nach seinem Bewacher, erhielt aber keine Antwort, selbst nach mehrfachem Rufen nicht. Schließlich war er fest davon überzeugt, dass vor der Tür kein Posten stand. Yes hatte gelogen. Man hatte ihn unbewacht zurückgelassen. Das spornte ihn weiter an, den Ausbruch bedingungslos voranzutreiben.

"Copperfield müsste man sein. Der konnte sogar durch die Chinesische Mauer hindurch gehen," schoss ihm unvermittelt durch den Kopf.

Er stieß, ohne groß Anlauf zu nehmen, mit seiner rechten Schulter gegen die Tür, was diese kaum merklich erzittern ließ. Eigentlich hätte er an ihr ziehen müssen. Das war ohne Griff oder Stemmeisen allerdings schlicht unmöglich.

„Dreckding, vermaledeites!", fluchte er laut. Mit voller Wucht trat er nun mehrmals gegen das Schloss, jedoch ohne Erfolg. Seine feinen Maßschuhe waren dafür auch nicht gefertigt worden. Mit dem Schwung von vier schnellen Schritten warf er seinen ganzen Körper diesmal gegen die Mitte der Tür. Das tat sehr weh, aber er hörte deutlich, wie es im furnierten Holz der Tür zu knacken begann. Freudig vernahm er die ersten Anzeichen dafür, dass dieses Hindernis überwindbar war. Vor Wut schnaubend, wiederholte er den zerstörerischen Vorgang mit aller ihm zur Verfügung stehenden Kraft so oft, bis die Füllung zersplitterte und einen wenn auch kleinen Durchlass freigab. Er vergrößerte ihn mit Händen und Füßen. Seine Schulter schmerzte sehr. Im Eifer der Aktion hatte er völlig vergessen, dass ein Smartphone in seiner Tasche steckte.

Ein Stockwerk höher waren alle Fenster nur große, feststehende Glasscheiben, deren zerschlagen sicher viel Lärm verursacht hätte. Das wäre ihm einerlei gewesen, aber weit und breit waren kein Stuhl, kein Stein und auch sonst kein Gegenstand zu sehen, der hart genug schien, seinen „gläsernen Ausbruch" erfolgreich zu beenden. Wie er vor geraumer Zeit bei einem Vortrag über allgemeine Sicherheitstechnik am Haus gelernt hatte, riss er, zurück im Untergeschoss, mit einem schnellen Ruck an dem einzigen Fenstergriff, den er fand. Tatsächlich brach dieser nach einigen Fehlversuchen mit einem lauten Knall ab. Durch das so geöffnete Fenster konnte er das Gebäude verlassen. Um seinen Fluchtweg nicht für jeden sichtbar zu hinterlassen, klemmte er mit einem Kartonschnipsel den Griff wieder in die ursprüngliche Stellung und holte von einem Busch hinter dem Haus einen

Grünholzzweig. Diesen steckte er unter den Schenkel des Fensters, während er es mit einem kräftigen Ruck von außen zuzog. Jetzt sah es wieder aus wie verriegelt. Dass hier jemand ausgebrochen war, konnte man nicht erkennen.

Ohne sich lange mit der Orientierung aufzuhalten, entschwand er im Dunkel des angrenzenden Wäldchens. Nur schnell weg hier. Kaum in Sicherheit galten seine ersten Gedanken Erika:

„Hoffentlich hat man sie inzwischen auf Kaution freigelassen. Ich muss unbedingt Geldbach erreichen."

In sämtlichen Hosen- und Jackentaschen suchte er verzweifelt nach seinem Handy. Nichts! Es war verschwunden. Weitere Suche zwecklos. Aber mit etwas Geld und mit seinem Ausweis hoffte er, irgendwo ein Taxi zu finden, das ihn nach Darmstadt zu seinem Haus auf der Mathildenhöhe fährt, gleichgültig in welcher Gegend er hier gelandet war?

Hätte er geahnt, dass zur gleichen Zeit Kriminaloberkommissar Huber auf der anderen Seite des Hauses vor dem ehemaligen Hallenbad saß und auf seine Kollegen von der Polizeistation Pfungstadt wartete, alles wäre total anders gelaufen. So aber machte er sich zu Fuß auf den Weg. Zwischen den meist unbeleuchteten Häusern sollte selbst um diese Uhrzeit eine Transportmöglichkeit zu finden sein. Er lief ziellos durch die Straßen. Keine Menschenseele weit und breit zu sehen. Die Polizei durfte er nicht einschalten, denn dort würde man ihn bestimmt wieder festsetzen. Sein Benehmen konnte bei bestem Willen niemand für unschuldig halten. Wie sollte er seinen

Aufenthaltsort erklären, ohne den Bereitsteller der Kaution zu enttarnen? Um fast vier Uhr morgens war es bei halber Straßenbeleuchtung noch dunkle Nacht.

Als er von Ferne einen Streifenwagen erblickte, zuckte er unwillkürlich zusammen. Inzwischen befand er sich mitten in der Stadt Pfungstadt, gegenüber der Mälzerei. Vorsichtig bewegte er sich in Richtung Ampel zur Eberstädter Straße. Von dort nämlich hörte er vereinzelt Geräusche fahrender Autos.

Tatsächlich traf er nach ein paar Minuten einen Zeitungsausträger des „Darmstädter Echo", der zu früher Stunde schon mit seinem Kleinwagen unterwegs war. Nach einigen, finanziell großzügig untermauerten Überredungskünsten von Edwin, zeigte dieser sich bereit, ihn nach Hause zu fahren. Während der Fahrt blickte er aus den Augenwinkeln oft zu Edwin hinüber, ohne dabei ein Wort zu sagen. Klar, dass sein Fahrgast in der zerschlissenen Kleidung keinen vertrauenswürdigen Eindruck machte. Schließlich erreichten sie die Mathildenhöhe, wo er ihn mit Scheinen bar auszahlte. „Scheinbar" glücklich.

In seinem Badezimmer versorgte Edwin zuallererst, die bei seiner Flucht entstandenen, immer noch brennenden Verletzungen. Einer der Büsche, durch die er sich in stockfinsterer Nacht zwängen musste, trug wohl Dornen. Auch der Stacheldraht, der oben auf dem Begrenzungszaun angebracht war, hatte beim ungelenken Drüberkraxeln Blessuren hinterlassen. Viele kleine Kratzer bluteten zum Teil erneut heftig, nachdem er den Schorf abgewaschen hatte. Abtupfen, alaunisieren, desinfizieren und warten, das musste jetzt sein. Die mit Blut verschmierten Badetücher warf er achtlos auf den Boden.

Nach fünf Uhr lag Edwin völlig entkräftet endlich in seinem Bett und schlief unmittelbar ein. Die beiden randvoll mit Whiskey gefüllten Stamper hatten ihre Wirkung nicht verfehlt.

Noch im Einschlafen murmelte er eine Entschuldigung an Erika, die er, so kaputt wie er war, keinesfalls anrufen konnte, obwohl er genau wusste, dass sie und seine Tochter auf ein Lebenszeichen von ihm warteten.

Was für ein Tag!

Bodo

Im Eigenberg-Hotel, Frankfurt-City, angekommen, erlebte Hugo Ramon Hernández Juárez eine Überraschung. Obwohl sie ein ungemein wichtiges Treffen fest vereinbart hatten, war Bodo ausgegangen. Niemand wusste wohin. Das Hotelpersonal war auch nicht darüber informiert, wann er zurückkommen wollte. Irgendjemand hatte ihn heute bereits sehr früh am Morgen versucht telefonisch zu erreichen, aber keinen Namen genannt, war an der Rezeption zu erfahren.

„Wo ist dieser Unglücksrabe? Was hat er schon wieder für Probleme?", führte Hugo Selbstgespräche. „Damn it!"

Voller Zorn wollte er seine Leibwächter losschicken, um ihn suchen zu lassen, so wie er es in Mexiko immer tat, wenn ihm etwas nicht gefiel. Doch, wo sollten sie beginnen? Sie kennen sich in dieser Großstadt überhaupt nicht aus. Außerdem hatte er bei seiner Ankunft auf dem Flughafen gleich bemerkt, dass er auch hier genauestens beobachtet wird. Wahrscheinlich sitzen Ermittler in diesem Hotel und beschatten ihn rund um die Uhr. Er musste vorsichtig agieren. Dass überdies noch andere Personen an ihm Interesse haben könnten, kam ihm nicht in den Sinn. Er überlegte krampfhaft, wie er sich am besten verhalten sollte. Wo war Bodo?

Im Raum Frankfurt kannte er lediglich die Handynummer des Koreaners. Über Mailbox ließ er ihm ausrichten, dass er schnellstmöglich ins Eigenberg-Hotel zu kommen habe. Er war sich sicher, wenn einer Bodos Aufenthaltsort kennt, dann dieser Mann.

Noch einmal befragte er den Concierge, ob denn ein Besucher von Boris Dormann, genannt Bodo, gesehen wurde. Vielleicht verließ er gemeinsam mit einem Fremden das Hotel? Nach einigem Überlegen und angespornt durch eine finanzielle Gedächtnisstütze, erinnert sich dieser plötzlich doch an nicht alltägliche Vorkommnisse heute Morgen:

„Der Zimmerkellner berichtete mir von einem ein wenig asiatisch aussehenden Mann mit Baseballmütze Oberlippen- und Kinnbart, den er auf der Etage von Herrn Dormann getroffen habe. Ich selbst habe ihn aber weder kommen noch gehen sehen."

„Wann genau war das?"

„Heute zur Frühstückszeit, da bin ich mir sicher. Julio brachte einigen Gästen das Breakfast aufs Zimmer. Unser `Room-Service´ gehört zum absolut zuverlässigen Personal des Hauses. Was er sagt stimmt!"

Als Juárez sich im Weggehen zum zweiten Mal bedankte, fiel dem Portier noch „rein zufällig" ein, dass er Herrn Dormann nicht zum morgendlichen Buffet hatte gehen sehen. Das war ungewöhnlich.

Juárez nickte, holte sein Handy aus der Jackentasche und rief in Berlin an. Vielleicht weiß seine Frau mehr. Auch dort hörte er nur den Anrufbeantworter. Er bat um Rückruf.

Der Koreaner hatte sich immer noch nicht gemeldet.

„Was erlaubt sich dieser Mann? Er steht in unseren Diensten, hat alle Befehle auszuführen, sonst nichts. Dafür wird er bezahlt. Na warte, Cowboy, wenn ich Dich erwische."

Bodo war wie vom Erdboden verschluckt. Hugo Juárez hatte keine Idee, wer oder was hinter der selbstherrlichen Aktion des Berliners stecken könnte. Seinen ein paar Brocken Deutsch sprechenden Leibwächter schickte er in die einzige, ihm bekannte Drogenszene rund um die Flussstraßen Mosel und

Weser. Irgendjemand weiß immer etwas Brauchbares zu berichten.

Zurück in seinem Zimmer wurde ihm ein Besucher gemeldet, der ihn unbedingt zu sprechen wünschte. Da er ihn nicht kannte, zog er es vor, ihn im Foyer zu empfangen. Er ließ sich von seinem Leibwächter ankündigen wie einen Boss.

„Don Hernández will come. Please wait a little."

Trotz seiner Größe war es ein graues, unscheinbares Nichts von einem Mann, das neben dem Tisch stand und wartete. Während er Juárez eine halbe Stunde später seine schlaffe, faltige Hand entgegenstreckte, stellte er sich eigenartig blasiert wirkend vor. Dabei schaute er ihn kein einziges Mal an.

„Mein Name ist Erbel. Sie kennen mich wahrscheinlich. Ich war schon mehrfach in Mexiko in Urlaub. Bei einer Feier auf der Hazienda Ihres Clanchefs, Herrn Juárez, haben wir uns damals gesehen. Ich kenne ihn recht gut. Seine Freunde nennen ihn Don Acapulco, nicht wahr? Wie sind Sie eigentlich mit ihm verwandt? Sie tragen seinen Namen, sind Sie vielleicht sogar sein Sohn?"

Als ob er die Antwort schon wüsste, fuhr er fort:

„Ich liebe die mexikanische Küche. Hmmm, sehr gut. Hier im Rhein-Main-Gebiet gibt es einige Restaurants mit Speisen aus Ihrem Land. Sie schmecken leider nicht annähernd so gut, wie die auf der anderen Seite des Teichs. Stimmt´s? Die mexikanische Küche ist ein Fest für die Sinne, farbenfroh, scharf und voller überraschender Kontraste. Wie heißt Ihr Lieblingsessen, Sir?"

Beim letzten Satz hob er den Kopf und Juárez konnte zum ersten Mal in sein hageres Gesicht blicken. Er sah seine wässrig-grauen Augen und die Druckstellen einer Brille auf beiden Seiten der Nase. Irgendwie war ihm dieser Mann unheimlich und wirkte auf ihn beklemmend. Rein gar nichts half bei seinen Erinnerungsversuchen weiter. Was sollte die wahrscheinlich nur vorgeschobene Fragerei nach seinen verwandtschaftlichen Beziehungen zu Don Acapulco? Er versuchte, ihn sich jünger und nicht so wackelig vorzustellen. Doch auch das half nicht weiter. Erinnerung an ihn gab es nicht: totale Fehlanzeige, nichts, so sehr er auch nachdachte. Er musste herausfinden, wer er ist. Völlig beherrscht ließ er sich nicht anmerken, wie groß sein Misstrauen gegenüber diesem alten Klappergestell war. Woher wusste er von seiner Anwesenheit im Hotel? Gehörte er etwa zur deutschen Polizei?

Diese ihn eben noch dominierenden Überlegungen schoben sich jedoch vollständig in den Hintergrund, als er höflich nach mexikanischen Gewürzen gefragt wurde. Freudig verwirrt hörte er sich antworten:

„Ich koche leidenschaftlich gerne, wissen Sie. Vielleicht, wenn wir uns einmal besser kennengelernt haben, zelebriere ich Ihnen meine Spezialität: Cochinita Pibil. Kennen Sie das? Nein? Schade, schmeckt sehr lecker. Es ist ein gulaschähnliches

Gericht aus Schweinefleisch, mit „Achiote" gefärbt. Leider gibt es diesen Würzstoff hier in Deutschland nicht."

„Jetzt darf ich Sie berichtigen, Herr Juárez. Dieses Würz- und Färbemittel von Fleisch gibt es auch hier. Es heißt bei uns „Annatto". Ich kenne einen Spezialitäten-Laden, der es führt. Dort gibt es auch Tequila, Mezcal oder Pulque. Leider glaubt der Eigentümer, Chili con carne und Nachos kämen ebenfalls aus Mexiko. Dabei sind diese Speisen aus USA, genauer gesagt aus Texas. Richtig?"

Juárez war begeistert. Dieser Alte kannte sich wirklich aus. Fraglich sonderbar und gleichzeitig fantastisch. Dessen ungeachtet war er wohl kaum zu ihm gekommen, um über Essen und Geschmacksverstärker zu plaudern.

„Toll, was Sie so alles wissen, Herr …, wie war noch Ihr Name?"

„Erbel, J-Punkt G-Punkt Erbel"

„Ah ja. Jetzt aber zur Sache: warum sind Sie wirklich hier?"

„Natürlich, fast hätte ich's vergessen. Kennen Sie einen Dr. Yes? Ein Halbmexikaner, nicht wahr? Sie sollten mit ihm reden. Er war heute Morgen hier im Hotel, wussten Sie das? Was hatte er hier zu suchen? Er wollte sicher nicht zu Ihnen. Etwa zu viele Fragen? Gut! Der Portier wird Ihnen seine Anwesenheit bestätigen. Fragen Sie ihn, am besten gleich."

Als Juárez wieder zu seinem Sessel in der Vorhalle zurückkam, war Erbel nirgends mehr zu sehen. Selbst der in der Nähe stehende Bodyguard hatte sein Verschwinden nicht bemerkt.

„Ein eigenartiger Geselle. Warum wollte er unbedingt mit mir sprechen? Eine Warnung, ein Hinweis auf Dr. Yes? Aber dieser sitzt doch auf seiner Karibikinsel, weit weg von hier? Was geht hier vor? Alles um diesen Mann herum erschien mir mysteriös und rätselhaft",formulierte er halblaut vor sich hin, während er kopfschüttelnd zu seinem Zimmer ging.

Von Bodo gab es weiterhin keine Spur. Don Acapulco das Verschwinden seines Schwiegersohns zu erklären, war eine äußerst heikle Aufgabe. Erneut rief er dessen Tochter in Berlin an. Ohne Ergebnis! Mehr aus Unsicherheit als aus Überzeugung rief er schließlich doch den Kartellboss in Mexiko an. Das gefürchtet Donnerwetter von diesem blieb wider Erwarten aus. Ruhig, fast zu ruhig, hörte er sich den Bericht von Hugo Juárez an, brummelte etwas Unverständliches und versprach zurückzurufen.

Er wurde das Gefühl nicht los, dass sich gegenwärtig etwas Unangenehmes zusammenbraute. Wenn er nur wüsste, wo und wie er einen Hebel ansetzen könnte, um Bodo aufzutreiben. Mehrmals ruft er den Koreaner an. Immer wieder die Mailbox und kein Rückruf. Seine Wut auf ihn steigert sich bis zur Raserei.

Zur Ablenkung könnte er jetzt der inzwischen aus der U-Haft entlassenen Zielperson einen Besuch abstatten und das iPad verlangen. Als Mann der Tat schien ihm das die einfachste, beste und schnellste Lösung zu sein. Er benötigt dringend einen Erfolg.

„Time is money", dachte er, nicht ohne sofort an diesem Vorhaben zu zweifeln.

„Lass´ deine Finger davon!", warnte ihn nämlich sein Bauch in solchen Dingen ein verlässlicher Partner.

Kribbelig, weil zur Untätigkeit verdammt, saß er in seinem Hotelzimmer und sah sich CNN-Berichterstattungen im Fernsehen an. Besser wäre gewesen, er hätte das Lokalfernsehen eingeschaltet, auch wenn er die deutsche Sprache nicht perfekt beherrschte. Dort wurde aus aktuellem Anlass über den Eisernen Steg in Frankfurt berichtet.

Sicheres Versteck

Kriminaloberkommissar Huber hatte inzwischen den Polizeikollegen bei der Beschattung von Alsbergs abgelöst und Posten vor den Unikliniken bezogen. Er beobachtete mit einem Nachtglas, wie sich seine Zielperson eine Zigarette nach der anderen anzündete. Im Freien, selbst gegenüber eines Krankenhauses, war das ja (noch) erlaubt.

„Dass der Mann so nervös ist, zeigt mir, dass hier etwas passieren wird. Die Vorzeichen sind eindeutig. Ich warte ab, auch wenn die Nacht noch so lange dauert. Ich sitze ja im

Warmen. Der Arme dort kann bestenfalls die Straße auf und ab gehen, um sich aufzuwärmen. Er hatte bestimmt keine lange Wartezeit eingeplant", berichtete er den Kollegen in der Zentrale.

Tatsächlich konnte Huber beobachten, wie kurz darauf seine Zielperson in eine große schwarze Limousine stieg. Er notierte die Autonummer und folgte dem Gefährt unauffällig. Die Fahrt ging über die Autobahn bis zur Ausfahrt Langen, dann über Landstraßen nach Griesheim und weiter nach Pfungstadt. Ein sehr umständlicher Weg, bei dem das Navigationsgerät niemals helfen konnte. Auf diese Weise sollten eventuelle Verfolger abgeschüttelt werden. In der Kleinstadt hätte er fast den Anschluss verloren, da es dort viele Möglichkeiten zum Abbiegen gibt, zu viele für einen Ortsunkundigen. Die Dunkelheit kurz nach Mitternacht erschwerte eine unauffällige Verfolgung zudem. Schließlich fand er das nachtdunkle Auto wieder. Es stand neben dem ehemaligen Wellen- und Freibad im Schutz des Waldes. Das Aufblinken des Lichts beim Schließen der Türen hatte es verraten. Eine schwarze Limousine stand bereits dort. Er parkte hinter den Hecken auf dem großen leeren Parkplatz und stieg aus.

„Was hat man hier mit meinem Verdächtigen vor? Ein normales Treffen unter Freunden oder Geschäftskollegen war das bestimmt nicht, selbst dann nicht, wenn es sich tatsächlich um einen geheimen Auftrag handeln sollte", grummelte Huber vor sich hin. „Von Alsberg gerät immer tiefer in den Sog des Verbrechens. Ich habe es geahnt!"

Er beschloss, so lange keine Hilfe anzufordern, bis er wusste, was in diesem leer stehenden Gebäude passierte. Das Eingangstor zum Freibadgelände mit Drehtür war nur notdürftig verschlossen. Ohne bemerkt zu werden, überwand er die wenigen Meter bis zum Haus. Er rüttelte an sämtlichen Glastüren. Alle waren verschlossen. In einem der hinteren, oberen Räume brannte Licht. Durch Büsche und Hecken hindurch, versuchte er dorthin zu gelangen. Bevor er jedoch das bewusste Fenster erreichte, ging die Beleuchtung aus. Spots von Taschenlampen huschten durch das Haus. Gleich darauf wurde es hell im Parterre. Langsam und vorsichtig, gut durch Buschwerk getarnt, verschaffte er sich einen Überblick. Das teilweise mit fein genoppter Folie beklebte Glas verhinderte eine großflächige, direkte Beobachtung, schützte gleichzeitig aber seine Anwesenheit gegen Blicke aus dem Inneren. Immerhin sah er durch einige kleine Risse Personen vorbeihuschen. Die Insassen beider Autos befanden sich demnach hier in dieser modernen Ruine. Leider konnte er ihre Anzahl nicht feststellen.

Gerade als er sich hinter dem Hallenbad befand, verließ einer nach dem anderen den Betonbau durch den vorderen Haupteingang. Fast lautlos, und von ihm unbemerkt, cruisten sie mit den dunklen Karossen davon. Das relativ helle Licht im Erdgeschoss war zu einem funzeligen Notlicht geworden. Jetzt ließ sich optisch so gut wie nichts mehr im Gebäude erkennen. Er legte sein rechtes Ohr an die verschlossene, vordere Tür. Nichts zu hören. Auf dem beleuchteten Zifferblatt seiner Uhr sah er, dass es schon eine Stunde nach Mitternacht war. Um sich ein Bild von der Anlage zu machen, begann er das Umfeld und die Häuser gegenüber der Straße genau in Augenschein zu nehmen.

Den Hinweis auf der Eingangstür las er zweimal genau durch. Er lautete:

„Der Bade-Sauna-Park Pfungstadt ist aus Gründen des Brandschutzes auf unbestimmte Zeit geschlossen. Der Magistrat der Stadt Pfungstadt."

Jetzt erst schaltete er, trotz später Stunde, die örtliche Polizei ein. Sie hatten bestimmt einen passenden Schlüssel, oder wussten, woher einer zu bekommen war. Erwartungsgemäß waren die Polizeikollegen sehr ungehalten über seine viel zu späte Information. Zwei Streifenwagen, der eine Grün-Weiß der andere Blau-Silber, fuhren mit voller Besatzung los, um das Objekt zu umstellen. Mit sieben Personen eigentlich unmöglich, aber man wollte den Vorwurf entkräften, trotz nächtlicher Stunde nicht alles versucht zu haben. KOK Huber lief bereits ungeduldig auf und ab, als sie eintrafen.

„Bitte öffnen Sie mir die Tür. Ich vermute einen Gefangenen in diesem Gemäuer. Wahrscheinlich wurde er gefoltert und muss medizinisch versorgt werden. Vielleicht halten sich auch noch weitere Personen im Objekt auf. Sie könnten bewaffnet sein. Am besten, wir gehen gemeinsam hinein. Sie kennen sich aus, oder?"

„Awwer klar doch. Bis voriges Jahr sinn mir hier regelmäßisch geschwomme, gell Kall? Aach in de Sauna sin mer frieher schon mal gewese. Jetzt warte mer erst emoal uff den Kollege vom Ordnungsamt. Der hat nämlisch die Schlissel."

Nach mehr als dreißig Minuten ungeduldigen Wartens fuhr endlich der Schlüsselgewaltige schlaftrunken mit seinem Moped vor und öffnete die Pforte. Drei Beamte mit gezogenen Pistolen eilten in das leer stehende Gebäude.

„Sie gehen nach oben in den hinteren Teil, dorthin, wo vor fast einer Stunde noch Licht brannte. Sie kommen mit mir in die unteren Räumlichkeiten", flüsterte Huber im Befehlston und deutet die beiden Richtungen mit der Waffe in der Hand an.

„Unne sin die Umkleiden mit Duschen gewese", meinte sein Begleiter leise bemerken zu müssen. Es roch nach dem Staub, den sie mit ihren Füßen aufwirbelten. Die Wolken waren im Licht der Taschenlampen deutlich auszumachen. Die Tür des Raumes mit der Notbeleuchtung war eingetreten worden. Deutlich konnten beide sehen, dass von innen ausgeübte rohe Gewalt die Zerstörung hervorgerufen hatte. Davor lag ein Holzbalken auf dem Boden. Die typische Umkleidebank hatte jemand vom Staub befreit. Viele Spuren auf dem Fußboden ließen Schlimmes befürchten. Auch die umherliegenden Stricke und Seile ließen nichts Gutes vermuten. Jedoch ist kein Mensch weder im Parterre noch im Stockwerk darüber zu finden. Klassischer Fehlalarm? Huber versprach, gleich morgen früh die Spusi zu schicken. Die finden bestimmt etwas. Zwei Polizisten wurden dazu verdonnert, die Hallenbadruine während der Nacht und nach Anordnung bis auf Weiteres zu bewachen. Bevor er ging, erkundigte sich Huber noch über mögliche Fluchtwege. Insbesondere interessierten ihn Schlupflöcher im Zaun, der das ehemalige Hallenbad umgibt.

„Was meinen Sie: Wo könnte Herr von Alsberg geblieben sein? Sie wissen schon, der Herr, den ich von Frankfurt bis hierher verfolgte? Er konnte nicht raus, nicht einfach so verschwinden. Alle Ausgänge und Fenster waren verriegelt und sind es noch. Sie haben das selbst überprüft. Stimmt's?"

„Ja, das ist wirklich seltsam. Keines der Türschlösser ist beschädigt. Die Eingangstür ist verschlossen. Auch ein Besteck hätte Kratzer hinterlassen. Wahrscheinlich besaß er einen Schlüssel."

„Unsinn, dann müsste er ihn einem der Halunken abgenommen haben. Es könnte freilich auch sein, dass sie diesen Privatschnüffler einfach wieder mitgenommen haben. Wer hat dann die Tür eingetreten? Warum aber sind sie den weiten Weg ausgerechnet hierher gefahren? Welcher Frankfurter kennt schon Pfungstadt? Einer von Ihnen hat hier seine Wurzeln, da bin ich mir sicher. Trotzdem, schwer zu begreifen das Alles, nicht wahr?"

Bevor er ging erklärte Huber den beiden zur Wache eingeteilten Kollegen:

„Das war wohl eine Nullnummer, wie? Noch weiß ich nicht genau, worum es bei dieser Entführung geht. Wir vermuten, dass große Drogengeschäfte der Anlass sind, kennen aber bisher keine Fakten. Sollten unsere Annahmen stimmen, geht es um sehr viel Geld, das ohne Rücksicht auf Menschenleben direkt vor unseren Augen eingetrieben wird. Passen Sie also gut auf sich auf. Die Bande ist bewaffnet und skrupellos. Besonders schön wäre, wenn sie wenigstens einen Halunken festnehmen könnten. Vielen Dank für Ihren detaillierten Bericht."

Blutsbande

Hugo Juárez hatte nicht einmal den Hauch einer Idee, wo sich Bodo aufhalten könnte. Er wartete im Hotel auf Nachrichten seines Bodyguards und auf die Antwort des Koreaners. Jedoch keiner seiner Zuträger meldete sich.

„Dieser Koreaner, wenn ich den zu fassen kriege, diesen Hund. Ich mag den Burschen nicht!"

Das Klingeln seines Handys schreckte ihn hoch. Auf dem Display erkannte er, dass der Anruf aus Mexiko kam. Eine Frauenstimme erklärte, dass ein wichtiger Geschäftsfreund ihn demnächst besuchen werde. Er solle bis auf Weiteres das Hotel nicht verlassen, selbst wenn der avisierte Investor aus der Baubranche erst Morgen kommen sollte.

Ihm war sofort klar, dass das Verschwinden von Bodo, die Inhaftierung von Erika Kratz, der unauffindbare Berliner Bär und das seltsame Verhalten des Koreaners die gesamte Familia in Übersee in Alarmbereitschaft versetzt hatte. Offensichtlich ging es nicht mehr alleine um das ausgefeilte Handelssystem des Herrn Kaffitz. Es musste weit mehr dahinter stecken.

Die Wortwahl und der gesamte Sprachduktus verrieten ihm, dass Don Acapulco höchstpersönlich vorhatte, sich des „Projekts Deutschland" anzunehmen. Wenn er dieses Risiko auf sich nahm, trotz weltweiter Suche von Interpol nach ihm, dann war die Lage für alle äußerst ernst. Was genau konnte passiert sein? So sehr er auch nachdachte, er fand keine Erklärung.

Um überhaupt etwas zu tun, überprüfte Hugo seine Revolver samt Munitionsvorrat. Bevor er den Derringer (mit zwei „r") in seinen rechten Socken steckte, betrachtete er ihn nachdenklich. Ihn hatte er schon lange nicht mehr getragen oder gar benutzt. Er wusste, dass der von einem Henry Deringer (mit einem „r") im vorletzten Jahrhundert erfundene, sehr kleine einschüssige Vorderlader mit Perkussionszündung, damals die Taschenpistole eines jeden Berufsspielers war. Wegen schlechter Treffgenauigkeit war sie allerdings nur für Schüsse auf kürzeste Distanz geeignet. Sein kleines Schätzchen stammte aus Italien, war neuen Datums und hatte zwei Läufe, die mit Neun-Millimeter-Patronen bestückt werden. Bei einer Gesamtlänge von knapp zehn Zentimetern passte sie vorzüglich in sein Sockenhalfter. Er streichelte dieses kleine Wunderwerk der Technik, dessen Einsatz ihm schon einmal das Leben gerettet hatte.

Dann holte er aus einem gut getarnten Seitenfach seines Koffers ein relativ großes Klappmesser, das er an der Innenseite seines

Ledergürtels befestigte. Auch wenn er die schusssichere Weste aus seinem Trolley bisher noch nicht angelegt hatte, war er nun auf alle Eventualitäten vorbereitet.

Beide Bodyguards kamen ins Hotel zurück. Sie mussten unbedingt eingeweiht werden. Jetzt war er mehr denn je auf ihren Schutz angewiesen, das spürte er instinktiv. Etwas Katastrophales kam geradewegs auf sie zu.

Bodos Ehefrau, die Tochter von Don Acapulco, hatte immer noch nicht zurückgerufen. Den Text ihres Anrufbeantworters konnte er schon auswendig aufsagen, so oft hatte er ihn ausgelöst.

„Vermutlich weiß ihr Vater, wo sie ist", versuchte er sich zu beruhigen. So aufgewühlt wie er war, gelang ihm das jedoch nicht wirklich. Die Beklemmung, in der er sich gerade befand, staute seinen Groll mächtig auf. Er kam sich vor wie eine Bombe mit defektem Zünder.

Fragen über Fragen wirbelten in seinem Kopf herum. Wenn er nur wüsste, wann sein „Bau-Investor" in Frankfurt ankommt. Einen seiner Privatjets benutzt er sicher nicht. Der würde viele neugierige Polizisten zusätzlich auf den Plan rufen. Überhaupt: Wie schafft es ein so bekannter Mann wie Don Acapulco unbemerkt von den Behörden in ein fremdes Land zu fliegen? Er selbst wird schon seit seiner Ankunft in Berlin observiert, obwohl er kein polizeibekannter Verbrecher ist? Wie würde es dann erst seinem weltweit gesuchten Großonkel ergehen?

Beim Verlassen der Hotelhalle am nächsten Morgen schlich ihm ein Mann mit kleinem Hut und leichtem Trenchcoat hinterher. Dass es sich bei ihm nicht um einen Kripobeamter in Zivil handelte, merkte er spätestens, als der Fremde sich ungebeten zu ihm ins Taxi zwängte. Er hatte geraucht, das konnte Hugo riechen.

„Mein Name ist unwichtig. Man nennt mich El Asustin, was so viel wie „Der Angstmacher" heißt. Ich bereite das Treffen mit Don Acapulco vor. Du musst keine Angst vor mir haben, Hugo. Alles ist in Ordnung."

Mit den Worten „Fahren Sie zum Flughafen", schloss er seine kurze Vorstellung ab, ohne auf eine Antwort zu warten. Diesen Menschen hatte er noch nie zuvor gesehen.

Erst im Gedränge der Menschen im Terminal 2 auf dem Frankfurter Flughafen, stellte sich heraus, dass dieser „El Asustin" zum mexikanischen Juárez-Clan gehörte und seit Jahren in Deutschland wohnt. Er ist in Heppenheim an der Bergstraße mit einer Deutschen verheiratet und kennt den Flughafen wie seine Westentasche. Als langjähriger Angestellter des Sicherheitsdienstes kann er sich überall frei bewegen. Hugo beschloss, ihn schlicht „Asu" zu nennen, auch weil er nicht dauernd an die eigentliche Bedeutung des Spitznamens erinnert werden will.

Namensverkürzungen sind in Mexiko außerdem nahezu überall zeitgemäß üblich. So wird aus „Ignatius" einfach „Nacho", aus „Francisco" wird schon mal "Paco" und ein „Enrique" wird gerne auch „Kike" genannt. Während beide der Landung eines Fliegers aus Kanada entgegenfieberten, erfuhr Hugo ein wenig über das weitere Vorgehen.

„Wir erwarten einen kanadischen Baulöwen, der hier mit dir über Investitionen in Frankfurt und/oder Berlin verhandeln will. Ich habe ihm bereits ein Haus an der Bergstraße gemietet, in das wir gleich nach seiner Ankunft in getrennten Limousinen fahren werden. Dort soll er dir später den Rest selbst erzählen."

Hugo nickte. Die Frage nach seinen Bodyguards erübrigte sich. Auch sie werden zum Treffpunkt kommen. Er hatte nichts mehr zu bestimmen. Ab jetzt hatten andere das Sagen.

Wenn er jemals vorgehabt haben sollte, sein großes Vorbild, Don Acapulco, zu beerben, in dessen Fußstapfen zu schlüpfen, so hatte er gerade jetzt Angst davor. Er hoffte, in den nächsten Tagen einmal unter vier Augen mit ihm reden zu können, auch um zu erfahren, ob er die Prüfung für seine Aufnahme in den Führungszirkel der Familia bestanden hatte. Durch Blut an den Händen sollte er sich auszeichnen. Also hatte er, ohne irgendwelche Skrupel, einen Gegenspieler der Drogenmafia erschossen. Der Mord an einem Staatsanwalt in San Pedro (Mexiko) sollte als Beweis genügen und seine Beförderung automatisch auslösen. So war es ausgemacht.

Wie er von Asu erfahren konnte, werden zwei weitere Angehörige der Juárez-Familie noch zu ihnen stoßen. Alle drei sind mit deutschen Frauen verheiratet, besitzen einen Pass der Bundesrepublik Deutschland und wohnen im Großraum Rhein-

Main. Er ist der einzige von ihnen mit richtiger Familie, hat eine Tochter und einen Sohn. Die Gegend zwischen Main und Neckar ist ihm sehr vertraut. Hier pflegt er auch gute Beziehungen zu wichtigen Leuten.

„Wenn alle eingetroffen sind, bilden wir eine kleine paramilitärische Einheit, die sofort zuschlägt, wenn nötig. Vielleicht ist unser Chef aber auch einsichtig und wir fahren in absehbarer Zeit ohne Kampfhandlungen wieder nach Hause, mal schen", orakelte Asu noch beiläufig.

Dass er bereits Waffen im angemieteten Haus gehortet hatte, verriet er nicht. Er wollte Hugo nicht erschrecken, der ihm viel zu jung und unerfahren aussah für das geplante Vorhaben.

Don Acapulco

Wie in letzter Zeit bei den verschiedensten Fluglinien fast schon üblich, hatte auch der Flieger aus Kanada Verspätung. „Delay-Time 45 min" stand auf der Anzeigetafel. Asu und Hugo setzten sich abseits der übrigen Wartenden auf zwei wie verloren vor einer Trennwand stehende Stühle. Jetzt blieb ihnen reichlich Zeit für eine ungestörte Aussprache.

„Sag mal, Hugo, ich war schon längere Zeit nicht mehr in meiner Heimat. Ist die `Vetternwirtschaft´ immer noch wichtiger als die Gast- und die Landwirtschaft? Wie? Das habe ich mir gedacht. Wir haben inzwischen in Griechenland und in Bayern fast die gleichen Verhältnisse. Aber nur in Bayern funktioniert das System einigermaßen. Siehst du das genauso?"

Sein Versuch, ihn aufzulockern, durch Augenzwinkern untermalt, stieß auf taube Ohren, wurde geflissentlich überhört. Nur ihn selbst brennend interessierende Fragen quetschte er flüsternd zwischen den Zähnen hervor.

„Wer ist mein Onkel `Don Acapulco´ eigentlich? Ist er wirklich der Bruder meiner Mutter? Wieso hat er seine Tochter einen nahezu mittellosen Deutschen heiraten lassen? Es gab viele schwerreiche andere Bewerber, wie mir meine Mutter verriet. Und außerdem: Warum wurdest du von unserem Clan-Chef beauftragt, eine offenbar sehr wichtige Aktion vorzubereiten und nicht ich? Ich bin doch sein Neffe und wusste bis heute nicht, was hier vor sich geht. Das ist unfair. Kannst du mich wenigstens darüber in Kenntnis setzen?"

Die Fragen sprudelten inzwischen nur so über seine Lippen. Der Angstmacher schüttelte lächelnd den Kopf.

„Nicht alles auf einmal, lieber Hugo. Zuallererst stelle ich dir Don Acapulco so vor, wie ich ihn sehe. Wie du weißt, ist er Boss unseres Kartells in Mexiko und somit unser aller Befehlsgeber. Er hat eine selbst durch minimale Kränkungen leicht verletzbare narzisstische Persönlichkeit, die häufig sein Ego massiv beeinträchtigt. Das erkennt man daran, dass er ständig versucht, seine Selbstwertzweifel durch Herausstellen eigener Großartigkeiten zu bewältigen. Er ist nur schwer, beziehungsweise gar nicht, durch menschliche Zuwendungen zu erreichen. Genau die aber wären eine sinnvolle Therapie für ihn. Terroristische Anschläge, Überfälle, Morde und insbesondere unzählige Wutausbrüche zählen zu den von ihm gerne durchgeführten `Heldentaten´. Sie dienen dazu, seinen Machthunger zu befriedigen. Er ist kein Choleriker, wie manche glauben. Seine emotionalen Entladungen haben einen selbstverherrlichenden Hintergrund. Für andere Menschen empfindet er nichts. In seinem tiefsten Inneren ist er bösartig. Er urteilt häufig merkbar unsozial, genau wie andere Katastrophenverursacher der Welt vor ihm. Leute wie Hitler, Stalin, Mao und so weiter, meine ich.

Unsere Welt wurde immer schon von extrem dominanten Männern regiert. Das wird sich auch in Zukunft nicht ändern. Charaktereigenschaften wie ehrgeizig, hartherzig, ruhmsüchtig und geldgierig, ihrer Verantwortung sich nicht immer bewusst, haben sie in die Führungsposition gebracht. Sie sind machtgeile Profilneurotiker. Denke immer daran, wenn du mit Don redest."

„Das siehst du völlig falsch, Asu. Ich lernte ihn als liebenswerten Menschen kennen, als ich ihn vor sechs Monaten zum ersten Mal besuchte. Er bezahlte sogar Groupies, die Loblieder in mitreißenden Rhythmen über ihn im ganzen Land sangen. Diese Verherrlichung in Liedern führte dazu, dass er nie Probleme mit Nachwuchs für seine Organisation hatte. Es gibt Menschen, die ihn geradezu vergöttern. Das täten sie nicht, wenn er sie ausbeuten und erniedrigen würde. Er ist für mich ein großes Vorbild und wird es auch bleiben."

„Na, na, na,! So simpel geht es auf der Welt nicht zu. Die Kartellboss-Groupies sehen in ihm einen Freund, der ihre Familien beschützt. Dass er in Wahrheit ein Monster ist, ist ihnen völlig egal. Sie beten ihn an als den Gott, der ihnen mit Geld, Advokaten und Bestechungen hilft, wann immer sie es benötigen. Sie bezeichnen sich alle als seine Freunde. Aber wehe, wenn sie ihn enttäuschen. Dann werden sie gnadenlos vernichtet, hin und wieder ihre Familien gleich mit. Durch diese skrupellosen Machenschaften hält er sich an der Macht. Er ist ein Diktator der brutalen Art.

Wir, du und ich, wir haben einen Sonderstatus, weil wir mit ihm verwandt sind. Sollte es einmal unangenehm für ihn werden, interessiert ihn aber selbst das nicht die Bohne. Illoyalität, selbst wenn er sie nur vermutet, wird mit dem Tod bestraft. Eine Rechtfertigung wartet er nicht ab. Er handelt sofort!"

„Das klingt in meinen Ohren so, als ob Don Acapulco ein Scheusal in Menschengestalt wäre. Aber das ist er nicht. Ich kenne viele Typen in der ganzen Welt, die jederzeit einsatzbereit für ihn, sozusagen 'Gewehr bei Fuß' stehen. Du gehörst doch auch dazu. Wie kannst du dann so viele schlimme Dinge über ihn erzählen? Eine narzisstische Persönlichkeitsstörung ist doch keine Krankheit und schon gar nicht ein Freibrief für Gräueltaten. …und die Welt braucht Alphatiere, oder etwa nicht? Ich werde mit ihm reden."

„Tu das, mein Lieber! Tu das! Ich jedenfalls werde mich ihm ohne viele Worte bedingungslos unterordnen, in jedem Fall.

Meine Frau und meine zwei Kinder sind es mir wert. Apropos, es ist klar, warum ich hier das Management übernehmen sollte und nicht du. Im Gegensatz zu dir kenne ich mich in Deutschland und insbesondere im Rhein-Main-Gebiet gut aus. Eigentlich logisch, oder? Sein Flugzeug müsste gleich landen. Lass uns zur Ankunft gehen."

Schweigend gingen beide dorthin, wo schon viele Abholer auf ihre Gäste warteten. Hier konnten sie sich nicht ungestört unterhalten, und genau das bezweckte Asu, denn er verspürte keine Lust, die vielen noch offenen Fragen von Hugo zu beantworten.

Nach und nach kamen immer mehr Passagiere, zum Teil in größeren Gruppen, durch die sich automatisch öffnende und wieder schließende Schiebetür aus undurchsichtigem Glas. An der plötzlichen Nervosität von Asu bemerkte Hugo, dass jetzt der Boss durch die Tür trat. Ein kleiner ziemlich dicker, fast fetter Mann, höchstens 1,60 Meter groß, gefolgt von zwei größeren dunkelhaarigen Männern, die mehrere Koffer vor sich her schoben. Don Acapulco war nicht wiederzuerkennen. Seine frisch rasierte, glänzend weiße Vollglatze ging nahtlos in das bleiche Gesicht über, das ohne Schnurrbart kahl und nichtssagend wirkte. In einem unauffälligen, graublauen Büroanzug schritt er, ohne die Wartenden zu begrüßen, strammen Schrittes in Richtung Tiefgarage, in der Hand einen weißen Panamahut.

Beiläufig fragte er in gedämpfter Stimme: „Alles O.K.?" Zur Bestätigung nickte Asu heftig und wirkte dabei sehr dienstbeflissen, bevor er in Richtung Kassenautomat davoneilte.

„Abwärts, vierte Etage", rief er, während er die Tickets löste.

Hugo fühlte sich wie ein Nichts, ein Niemand, von dem keiner Notiz nahm. Mechanisch folgte er dem kleinen Tross. Im Fahrstuhl nach unten starrten alle nur vor sich auf den Boden, ohne ein Wort zu wechseln. Auf Parkdeck U4 erhielten sie Schlüssel von drei bereitstehenden Wagen der Oberklasse in verschiedenen Farben. Im weißen Audi fuhren Asu und er, im schwarzen Mercedes Don Acapulco mit einem Bodyguard und im dunkelblauen BMW der zweite mit allen Koffern und Taschen. So wurde der Eindruck eines kleinen Konvois vermieden. Während der Fahrt blieben sie per Handy in ständigem Kontakt.

Auf der A 5 ging's mit relativ hoher Geschwindigkeit bis zur Ausfahrt Seeheim-Jugenheim, Alsbach-Hähnlein, Bickenbach. Obwohl Hugo viele Fragen auf der Zunge lagen, hielt er sich zurück. Er fand albern, dass ihm niemand Aufmerksamkeit schenkte, nicht einmal die Verwandten.

KAPITEL 4

Vorzeichen

Es war morgens sechs Uhr als Pauli unsanft wachgeklingelt wurde. Noch im Halbschlaf ertastete er sein Handy.

„Dieser Huber, muss er mich jetzt schon so früh wecken. Immer dasselbe mit ihm. – Ja", knurrte er gereizt in den Hörer. „Was gibt´s, Huber?"

„Guten Morgen, Herr Pauli. Hier spricht der Dienstgruppenleiter vom frankfurter Polizeirevier, Kommissar Franz Kerner. Sie müssen sofort kommen. Wir haben eine Leichensache zu bearbeiten. Am besten, Sie fahren direkt zum „Eisernen Steg" an den Main. Vor Ort sind schon unsere Kollegen vom Revier, von der Spurensicherung und der Notarzt KOK Huber wird ungefähr gleichzeitig mit Ihnen eintreffen."

„Männlisch oder weiblisch?"

„Männlich, erhängt!"

„Alles klar, isch komm."

Tatsächlich erschienen beide Kommissare zur gleichen Zeit an der Fußgängerbrücke „Eisernen Steg", die, aus vernietetem Stahlfachwerk gebaut, den Römerberg mit Sachsenhausen verbindet. Dem Volksmund nach dient sie nur dem Zweck,

Passanten von „Hibb de Bach nach Dribb de Bach" zu bringen. (Vom einen Ufer des Mains auf die andere Seite)

„Wo is die Leich?"

„Genau in der Mitte der Brücke", war die Antwort des aufgeräumt salutierenden Polizisten, der beide zu dem eigentlich für Rollstuhlfahrer und Kinderwagen gedachten Aufzug begleitete.

Auf den fast hundert Metern zum Tatort hatten sie weder Augen für die schöne Frankfurter Skyline, der die Stadt den Namen „Mainhattan" verdankt, noch für das immer wieder sehenswerte Museumsufer. Eiligen Schrittes gingen sie achtlos vorbei an tausenden von Schlössern, die von Liebespärchen zum Zeichen ihrer Treue am Geländer der Brücke befestigt worden waren, bevor sie den Schlüssel in den Fluss warfen. An der Stelle, an der die gebogene, stählerne Trägerkonstruktion der Brücke ihren tiefsten Punkt erreicht, stand eine größere Menschenmenge. Man grüßte bekannte und unbekannte Kollegen höflich nach rechts und links. Doch kein Leichnam war auszumachen. Etwas verdutzt fragte Huber den Gerichtsmediziner in weißem Schutzoverall, der gerade seine dünnen Einmalhandschuhe überstreift:

„Sagen Sie mal, Doktor, wo ist die Leiche geblieben? Ich kann keine sehen."

„Dort müssen Sie hinschauen, ...unter die Brücke ...da hängt sie wie ein Wäschestück an der Leine. Nein, wohl eher wie ein

Klammersack, denn um seinen Hals können Sie einen Strick erkennen. Hat sich wohl erhängt. Wir werden sehen. Man holt ihn gerade herauf."

Pauli und Huber haben in vielen Dienstjahren bei der Kriminalpolizei schon Einiges zu sehen bekommen, aber einen Menschen, der mitten unter dem Frankfurter Lokalheiligtum „Eisernen Steg" über dem Main baumelt? Nein, das gab es bisher noch nicht. Alle Anwesenden waren mehr oder weniger geschockt. Selbst denjenigen, die den Strangulierten nicht selbst hatten unter der Brücke hängen sehen, ging ihre Vorstellung kräftig unter die Haut.

„Irre, einfach irre", stammelte Huber, während Pauli sich nach der Person erkundigte, die den Toten `gefunden´ hatte. Es war ein Kollege von der Wasserschutzpolizei, der ihn bei der ersten morgendlichen Kontrollfahrt auf dem Main zufällig hängen sah. Das war eine, für Ortskundige nicht zu erwartende, Information, denn täglich gehen ungefähr zehntausend Menschen über den „Steg". Außerdem befinden sich auf der Altstadtseite die Anlegestellen für Ausflugsschiffe, an denen sich ebenfalls viele Menschen aufhalten. Auch bei den schwimmenden Restaurants und den Tretbootverleihern auf der Sachsenhäuser Flussseite ist fast immer etwas geboten. Trotzdem hatten nicht Menschen vom Ufer aus den Mann am ungewöhnlichen `Galgen´ ausgemacht, sondern ein uniformierter Staatsdiener von einem auf dem Main fahrenden Schiff aus.

„Polizeikommissar Müller, mein Name, ich habe ihn heute Morgen um kurz nach fünf Uhr als erster unterm Eisernen Steg hängend entdeckt. Er drehte in seinem dunkelblauen Anzug etwa vier bis sechs Meter über unserem Schiff ein wenig im Wind. Arme und Beine hielt er leicht gespreizt, fast wie der `Struwwelpeter´, hatte aber schwarze Haare, gekämmt mit Scheitel. Sein Gesicht sah aschfahl, totenbleich, gespenstisch und unwirklich aus. Sogar braune Lederschuhe trug er, allerdings ohne Strümpfe. Einfach gruselig das gesamte Bild. Ich bin froh, dass der nicht auch noch gezappelt hat, wie ...“

Ein strafender Blick von Pauli ließ ihn verstummen.

Inzwischen hatte man den Toten geborgen und zur genaueren Untersuchung auf die Brücke gelegt. In den Taschen fand sich keinerlei Hinweis auf seine Identität, kein Personalausweis, keine Papiere, kein Handy, einfach nichts. Das Label von `Saks Fifth Avenue´ im feinen dunklen Anzuge blieb der einzige, kaum erwähnenswerte Hinweis bisher. Auffällig, dass man die Leiche samt Kleidung und hellbraunen Slipper sorgfältig gereinigt hatte, bevor man sie, mit einem Strick um den Hals, vom Steg hinunterließ. Diese Aktion konnte nur im Schutz der Nacht einigermaßen unbemerkt durchgeführt worden sein. Am Hinterkopf fiel eine ungewöhnliche, nicht mehr blutende Stichwunde ins Auge, umgeben von einem großflächigen Hämatom, das unter den schwarzen Haaren nur von Profis auszumachen war.

„Die Schädelfraktur lässt auf einen Stich mit einem stumpfen breiten Messer schließen, ein abgebrochener Dolch, ein Stück Moniereisen oder etwas Ähnliches", wagte der Mediziner eine erste Prognose. „Natürlich unter Vorbehalt! Dieser Mensch war auf jeden Falls schon tot, bevor man ihn unter die Brücke hängte. Die Leichenstarre war damals allerdings noch nicht eingetreten, sonst hätten sich die Arme nicht mehr spreizen können als man ihm zum Hinablassen noch zusätzlich zum Strick eine reißfeste Schnur an Jacket und Hose befestigte, oder?"

Während er sich langsam aus der Hocke erhob, fuhr er routiniert fort, die Kommisare zu informieren:

„Soweit ich bei meiner oberflächlichen Untersuchung feststellen konnte, ist der Tod bereits vor etwa sechs bis acht Stunden eingetreten. So in etwa kurz nach Mitternacht plus minus dreißig Minuten. Wie ich bereits andeutete, wahrscheinlich durch Einwirkung brutaler Gewalt. Sein Genick wurde nicht erst durch die Strangulation gebrochen. Es steht demnach fest, dass der Fundort nicht der Tatort ist. Wie lange er schon hier hing, kann ich noch nicht genauer sagen."

„Haben Sie Anhaltspunkte gefunden, die auf einen Kampf schließen lassen?", fragte Huber.

„Kampf? Nein! Einige Folterspuren, ja. Sonst rein gar nichts, nicht einmal Kratzspuren, die auf einen Befreiungsversuch hinweisen würden. Der Ort für den Stich ist allerdings sehr ungewöhnlich. Der Form der Wunde nach könnte jemand versucht haben, ihn mit einem metallenen Gegenstand einzuschüchtern. Dabei verursachte dieser, vielleicht sogar ungewollt, die tödliche Verletzung", antwortete der Arzt schon im Gehen.

„Des Ganze sollte wohl wie en Selbstmord aussehen, Huber. Schlescht vorgetäuscht, sehr schlescht. Am beste, wir fange sofort mit de Ermittlungen an, gell. Nach em Mittagesse treffe wir uns in de Gerichtsmedizin."

Noch unter dem Eindruck des gerade gesehenen barbarischen Mordes, erfreuten sich beide im Wegfahren dann doch noch an der Schönheit der Brücke mit ihren konkav geschwungenen Metallbögen. Sie ist eine markante Stahlkonstruktion über den schmutzigen, unter der inzwischen aufgegangenen Sonne aber herrlich leuchtenden Main. Frankfurt ist eine schöne Stadt.

Im Büro ergänzte jeder seine Auflistung der noch zu erledigenden Aufgaben, passte sie den neuen Erkenntnissen an und glich sie der Einfachheit halber gleich per Telefon ab.

Alysia Kratz im Krankenhaus befragen zu: Stiefvater, Vater, Mutter, Einbrecher, eventuell Freund.

Die drei Ganoven, Kugelblitz, Pim und Messer mithilfe der Polizeikollegen finden. Festnahme! Überstellung nach Frankfurt.

Edwin von Alsbergs Spur verfolgen. Das Gelände um das alte Hallenbad in Pfungstadt erneut absuchen lassen. Vernehmung.

\#   Halterabfrage zur schwarzen Limousine. Ermittlung und Befragung. Amtshilfe durch Polizeikollegen aus Darmstadt und Pfungstadt.

\# Verhör von Frau Erika Kratz in der JVA zu Drogenaktivitäten und bezüglich des Überfalls auf ihre Tochter. (Hintergründe, gesuchte Objekte, Zeitplan, Ehemann Gotthilf Kratz, Egon Kaffitz, Dealer- und Lieferantenlogistik und Aktivitäten des Edwin von Alsberg)

\# Identität des Toten am Eisernen Steg ermitteln. Wollte der Mörder der Polizei oder jemand anderem eine Botschaft senden? Eine Warnung oder Abrechnung vielleicht? Kein Freitod! Ergebnisse aus der KTU beachten.

„Puh, das sind verdammt viele Punkte, die wir in kurzer Zeit erledigen müssen. Wir benötigen dringend Unterstützung. Der Staatsanwalt muss der Gründung einer Sonderkommission (Soko) zustimmen, insbesondere, wenn sich bestätigt, dass die Gräueltaten alle zusammenhängen", schlug Huber vor.

Pauli nickte. Er möchte aber vorher noch prüfen, ob man vielleicht die nach dem Mord des Apothekers im Gerichtssaal gegründete Soko auch für ihre Zwecke nutzen könnte.

Ermittlungen

Pauli informierte zuerst die Staatsanwaltschaft, dann das LKA und das BKA über seine spärlichen Fakten. Die Art und Weise

122

wie man mit Herrn von Alsberg umgegangen war und der Mord vom Eisernen Steg ließen ihn auf Ländergrenzen überschreitende Aktivitäten einer Bande schließen. Dafür ist immer Wiesbaden zuständig, natürlich mit Unterstützung der örtlichen Kriminaldirektionen. Auf das Gespräch mit dem BKA freute er sich besonders, denn er hoffte, nach langer Zeit wieder einmal zu einem ihm bekannten und sehr geschätzten Kollegen Kontakt aufnehmen zu können.

„Erster Kriminalhauptkommissar Pauli, mein Name. Bitte verbinde Sie mich mit Herrn Polizeirat Sürrow, vielleicht auch Polizeioberrat inzwische. Sage Sie ihm, es geht um organisierte Kriminalität in der Drogenszene. Vielleicht erinnert er sich noch an mich. Pauli, Frankfurt."

„Moment bitte, ich verbinde Sie." Jetzt hieß es Geduld bewahren. Er wartete und wartete, ständig nervtötend unterbrochen von dem Hinweis in Automatensprache: „Please, hold the line!" Fahrig trommelte er mit seinen Fingern auf der Schreibtischplatte. Worte wie: vergeudete Zeit, unnützes Warten, Systemfehler und andere, negative Stimmung verbreitende Ideen, gingen ihm durch den Kopf. Endlich, es knackte in der Leitung. Eine ihm unbekannte Stimme meldete sich:

„Kriminalhauptkommissar Thorsten, Sie wollten mit Herrn Sürrow verbunden werden. Das geht leider nicht, da er bereits vor zirka eineinhalb Jahren aus dem Polizeidienst ausgeschieden ist."

„Was, das überrascht misch aber sehr. Hm! Wer bearbeitet zurzeit bei Ihne die internationale Drogengeschäfte? Ich erinnere mich, dass es früher ein eigenes Rauschgiftkommissariat gab. Gibt es das noch? Ich brauch dringend Ihre Hilfe. Bitte verbinde Sie misch mit dem Zuständigen."

„Das würde ich gerne tun, Herr Kollege, muss mich aber an die Regeln halten. Die besagen, dass ich mir jetzt Ihre Telefon-, oder Handynummer notiere und Sie zurückrufe. O.K.?"

Pauli stimmte gelangweilt und genervt zu.

„So en Quatsch", murmelte Pauli noch beim Auflegen des Hörers.

Beim LKA klappt es hoffentlich besser. Er will, besser gesagt, er muss eine Sonderkommission Drogen ins Leben rufen und braucht dazu die Unterstützung der Kollegen aus dem Landeskriminalamt. Ohne ihre Hilfe sind die vielen derzeit vorliegenden Delikte nicht effizient zu bearbeiten.

Huber schickte den Kollegen der Darmstädter und Pfungstädter Polizei alle Informationen, die sie für die Suche nach Edwin von Alsberg benötigen. Er hoffte, über den Halter der dunklen Limousine die Namen des geheimen Geschäftsfreundes zu erfahren, in dessen Auftrag die Detektei EvA vorgab aktiv zu sein. Das war schnell erledigt.

Im St.-Marien-Krankenhaus erfuhr er kurz drauf von einer Stationsschwester, dass die Patientin Kratz von einem

Bekannten abgeholt worden war, der sie nach Hause bringen wollte. Da der Abholer ungefähr ihr Alter hatte, schöpfte Huber keinen Verdacht. Er ging davon aus, dass es sich um ihren Freund handelte, von dessen viel zu ausgiebiger morgendlicher Verabschiedung vor dem Haus, sie erzählt hatte. Der am Krankenzimmer wachende Polizist war überraschenderweise schon weggegangen, ohne sich abzumelden.

Sauer darüber und dementsprechend mürrisch rief Huber im Innenstadtrevier an. Ungehalten beschwerte er sich über den unzuverlässigen Kollegen. Dort wusste man nichts von einer Entlassung der unter Polizeiaufsicht stehenden Kranken. Niemand hatte eine Meldung gemacht.

„Herr Huber, glauben Sie uns, wir hätten Sie, beziehungsweise Ihr Büro, sofort über die neue Sachlage informiert. Wir schicken umgehend einen oder besser zwei vom Bereitschaftsdienst vorbei, die Ihnen bei der Suche nach `dem Frollein´ und dem Kollegen helfen. Der ist übrigens immer über alle Maßen zuverlässig, das sollten Sie beachten, wenn sie wieder einmal von ihm reden."

Alle Glocken in Hubers Gehirn begannen zu klingeln. Ein ehrenwerter Kollege und dann nicht auf Posten?

„Pauli, Sie müssen hierher kommen. Irgendwer hat die kleine Kratz entführt! Nichts läuft reibungslos heute. – Na ja, es ist eben so wie immer."

Gemeinsam mit den zwei Polizisten der Bereitschaft begann er das Krankenhaus zu durchsuchen, tatkräftig unterstützt von einer sehr energischen Oberschwester namens Julia, die unbedingt jede Aufregung von „ihrem Spital" fernhalten wollte. Als schließlich eine ihrer Schwesternschülerinnen den dringend benötigten sachdienlichen Hinweis geben konnte, merkte Huber, wie sie befreit aufatmete. Ein Problem weniger für sie.

„In unserer Kammer für saubere Wäsche steht mitten im Raum ein Container mit schmutziger Bettwäsche, der dort nicht hin gehört. Seltsam oder auch komisch!"

„Führen Sie uns bitte sofort dorthin. Vielleicht hat sich jemand als Pfleger verkleidet, Zutritt verschafft."

„Nein, nein, Herr Kommissar, der Abholer war ein junger Mann in zivil mit lustigen, dunkelbraunen Wuschelhaaren. Ich habe ihn selbst gesehen. Er trug Turnschuhe und war überhaupt wenig vornehm gekleidet. Als er mit der Patientin schnellen Schrittes das Krankenzimmer verließ, sah ich Ihren Kollegen nicht vor der Tür sitzen."

Oberschwester Julia drehte, einem Automatismus folgend, hastig ihren Schlüssel im Schloss der Tür, doch sie war nicht abgeschlossen. Prüfend nach rechts und links blickend öffnete sie und schlüpfte hinein. Auf den ersten Blick schien der Raum leer zu sein. Doch in dem mit Schmutzwäsche befüllten Container bewegte sich etwas. Es war der Gesuchte, der ziemlich benommen, nur mit fein gerippter weißer Unterhose und -hemd bekleidet, mit den Beinen strampelte. Denkbar, dass er bewusstlos war, als man ihn hinein hievte. Durch vorsichtiges Umkippen des Wagens rutschten Wäsche samt Körper auf den Fußboden. Mit verdrehten Augen lag er vor ihnen, sah mit starrem Blick von Einem zum Anderen und nahm doch offenbar Niemand und Nichts wahr. Die Nachwirkungen einer Narkose waren deutlich festzustellen.

„Wieso hat noch keiner einen Arzt gerufen?", grollte Huber. „Sie sehen doch, wie es um dieses mitleidserregende Mannsbild steht, oder?"

Die Regale, die Schränke und die angrenzende Toilette wurden ergebnislos nach der Uniform, der Pistole und der Mütze des Polizisten durchsucht. Auch seine Schuhe waren nirgends zu finden. Die junge Pflegerin half dem hinzu geeilten Arzt bei der ersten Untersuchung des Gefundenen, bevor sie ihn zu viert mit vereinten Kräften auf eine Liege hoben.

„Wann können wir mit ihm redde, Herr Dokter?" Der gerade eingetroffene Hauptkommissar war die Ruhe selbst.

„Ich habe ihm ein Hallo-Wach-Mittel gespritzt. Wenn dazu noch jemand einen Kaffee besorgt, dann ist er bald wieder funktionstüchtig", war die Antwort.

Dank des Koffeins im doppelten Espresso dauerte es tatsächlich nur wenige Minuten, bis er stotternd anfing zu sprechen.

„Leute, Leute, ist mir schlecht. Ich glaub´, ich muss mich übergeben." Er wollte aufstehen. Doch Huber und Pauli drückten ihn auf die Liege zurück.

„Gaaaanz ruhig, Kollege, ganz ruhig. Wir sind bei Ihne. Erkenne sie uns wieder?"

Der so Angesprochene nickte, wohl auch, weil ihm Oberschwester Julia im gleichen Moment einen Eimer reichte.

„Nur für den Fall, dass Ihnen wieder übel werden sollte", meinte sie, seinen Oberkörper mit der Bettstütze aufrichtend. „Sitzen Sie bequem so? Ja? Prima!"

„Also, das war so. Ich saß vor dem Krankenzimmer und beobachtete die Menschen, die in die Zimmer weiter vorne im Flur hineingingen und wieder herauskamen. Besucher und Pflegepersonal in ständigem Wechsel. Was sollte ich auch sonst tun. Den Kriminellenroman, den mir ein Patient schenkte, hatte ich schon ausgelesen. Niemand befand sich in der Nähe meines Sitzplatzes als ich zum Kaffeeautomaten ging, um mir einen Milchkaffee zu holen, die Zimmertür immer im Blick. Dort traf ich den Stationsarzt, der sich einen Cappuccino holte. Er drückte auch einen für mich und gab ihn mir lächelnd. Ich ging zurück zu meinem Wachposten, wo ich in Ruhe mein Getränk schlürfte. – Ja, sonst war nichts. Bis Sie mich jetzt hierher gefahren haben. Was ist eigentlich passiert? Wo ist das Mädchen?"

„Schad, dass Sie net mehr wisse. Wo is de Dokter?"

„Der befindet sich mittags normalerweise im Arztzimmer, eine Etage höher."

„Gut, mir gehn dorthin. Sie melden sich, wenn Ihre Uniformteile gefund worrn sinn. Jetzt melde Se Ihrm Vorgesetzte zuerst mal den Verlust von Ihrer Waffe, gell."

Der Stationsarzt, erklärte man Ihnen, untersucht gerade eine Neuaufnahme und darf nicht gestört werden. Das interessierte die Kommissare wenig. Er musste sofort zur Befragung kurz vor die Tür in den Flur kommen. Keine Widerrede erlaubt!

„Herr Dr. Kimjong, wie konnte ein starkes Schlafmittel in den Kaffee gelangen, den Sie dem, eine wichtige Zeugin bewachenden Polizisten, ausgaben. Sie erinnern sich bestimmt noch an die Situation vor dem Kaffeeautomaten", begann Huber das Gespräch.

„Aber natürlich, meine Herren. Ich drückte je einen Cappuccino für den Bewacher und mich. Er ging damit zurück zu seinem Sitzplatz. – Sie glauben doch wohl nicht, dass ich ein Sedativum oder Hypnotikum unbemerkt in seinen Kaffee gemixt hätte. – Also wirklich! Alleine Ihre Vermutung ist eine Unverschämtheit. Ich bin doch kein Krimineller, ich bin Arzt! Eine Frechheit, mich überhaupt in Betracht zu ziehen."

„Sie wissen, wir tun nur unsere Pflicht. Wenn Sie es nicht waren, wer war es sonst? Bemerkten Sie vielleicht eine auffällige Person auf dem Flur? Denken Sie gut nach, bitte."

„Ich sah viele Menschen im Flur umherlaufen. Besonders ins Auge fiel mir dabei keiner, wohl aber, dass Ihr Kollege später nicht mehr vor der Tür stand. Konnten Sie schon herausfinden, wo er abgeblieben ist?"

Mittlerweile war dem für die Sicherheit von Patientin Kratz Zuständigen eingefallen, dass er, den dampfenden Kaffee auf seinem Stuhl abstellte, um im Zimmer einen Kontrollgang zu machen.

„Ich musste mich doch ab und zu vergewissern, dass es dem Grund für meine Wache gut geht. Nach höchstens ein, zwei Minuten oder vielleicht auch nur Sekunden postierten ich wieder vor der Tür. Der Kaffee war immer noch zu heiß zum Trinken."

Hier war sie, die gesuchte Erklärung. In dieser Zeit musste das Getränk präpariert worden sein. Doch, woher konnte jemand so schnell kommen und genau so schnell wieder verschwinden, dass die strafbare Handlung niemand auffiel?

„Sehe Se mal, Huber, grad newe dem observierte Zimmer is en Zugang zum Treppehaus. Dür uff, Zeug in de Kaffee unn wieder weg, dauert nur en Augeblick. Alles leischt zu verstehen, wenn man sich auskennt. - Mir zwei Hübsche fahrn jetzt in die Wiesestraß zu Mutter und Tochter Kratz. Aach der selbsternannte ˋFreundˊ misst dort zu finde sei, gell?!"

Schwalbennest

In einem der Vororte von Seeheim an der Bergstraße, an den Berghang geklebt wie ein Schwalbennest, befindet sich eine kleine aber sehr feine Villa. Man hatte die vormals steile Böschung etwa vier bis fünf Meter hoch weggebaggert und die gewonnenen Erdmassen dazu benutzt, ein Plateau zu formen. Auf dem steht jetzt ein Haus mit wunderbarem Garten, der in asiatischem Stil angelegt ist. Rechts und links auf den Ecken der u-förmigen betonierten mächtigen Stützmauer dienen zwei Türmchen als optischer Abschluss zum Tal. Fast zehn Meter hoch ragt die künstlich aufgeschüttete Barriere aus dem von Natur aus schon sehr abschüssigen Hang empor. Nur Fassadenkletterer hätten sie überwinden können. Wer zum Haus gelangen will, muss die perfekt überwachte Auffahrt benutzen. Dafür gibt es keine Alternative. Die Böschung hinter dem Gebäude ist nicht nur steil, sondern auch üppig mit Bäumen und Büschen bepflanzt. Das Anwesen in seiner ganzen Pracht lässt sich nur per Helikopter aus der Luft einsehen. Ein ideales Versteck für jemand, der ungestört sein möchte.

Alle drei Limousinen brausten, von der Autobahn kommend, durch den Ort Jugenheim hindurch in Richtung Odenwald. Der voranfahrende Asu kannte den Weg, denn er war es, der dieses Kriminellen-Kleinod entdeckt und gemietet hatte.

Eigentümer ist ein honoriger Hotelmanager, der viele Monate des Jahres, oder manchmal auch für Jahre, in den verschiedensten Hotels der Welt die Leitung übernimmt und während dieser Zeit sein nicht benutztes Domizil vermietet. Gebaut hatte er es für sich und seine Familie als Rückzugsort aus der Hektik des Alltags. Ruhe und Entspannung sind in sehr schöner, ruhiger Umgebung in diesem, nach eigenem Geschmack eingerichteten Haus, garantiert.

Die Anfahrt führte auf den letzten Metern über Feld- und Waldwege. Asu musste sich sehr auf den Fahrweg konzentrieren, denn der unverhoffte Abzweig nach rechts ist eine gut versteckte Spitzkehre, die man leicht übersieht. Jetzt ist der Weg beidseitig von Büschen gesäumt und an einigen Stellen von Bäumen derartig überwuchert, dass man ihn für einen natürlichen Hohlweg halten könnte. Unerwartet wechselt der Straßenbelag wieder zu Asphalt. Der nun geteerte, breitere Weg geht bis vor das von zwei hoch gemauerten Pfosten gehaltene, zweiflügelige Eisentor. Per Sensor öffnet es sich automatisch. Alle drei Limousinen fahren in den relativ kleinen, engen Vorhof, auf dem schon das Auto der beiden Bediensteten von Hugo steht. Einige Parkplätze hat man mit weißer Farbe gekennzeichnet. Ohne diese Markierungen wäre das für die Rückfahrt notwendige Wenden schon bei mehr als drei Autos langwierig und nur etwas für Könner.

Noch vor dem prachtvollen Hauseingang begrüßten sich die fünf zum ersten Mal sehr herzlich, nahmen sich in die Arme. Hugo stellte seine Leute vor. Dabei hörte er die Namen der beiden Leibwächter von Don Acapulco und wusste sofort, dass auch sie zum Juárez-Clan gehören. Paco und El Potrillo (zu Deutsch: der

Hengst) sind ihm geläufige Beinamen, die er allerdings bislang keiner Person zuordnen konnte.

Das Innere der Villa gefällt durch großzügige Platzaufteilung und dunkelbraunes Parkett. Vornehm sieht es hier aus und luxuriös. Grandiose, prachtvoll anmutende Skulpturen aus Sri Lanka und überdimensionierte Bilder verstärken den großartigen Gesamteindruck. Der herrlich freie Blick über das Tal kann vergessen lassen, dass man hier abgekapselt von der Umwelt und verborgen wie eine Auster wohnt, allerdings bestens vernetzt mit der Welt über alles derzeit technisch Mögliche. Neben dem großen Eisentor sind sowohl die Fenster als auch die Rollläden und alle Türverriegelungen nur computergesteuert zu öffnen, beziehungsweise zu schließen. Die wichtigsten Beleuchtungselemente werden durch Sensoren automatisch oder per Funk ein- und ausgeschaltet. Wer das Steuergerät hat, kann sämtliche Ein- und Ausgänge von jedem Winkel des Anwesens aus öffnen oder schließen. Staubsauger-Roboter reinigen die Zimmer täglich, ohne dass man sich darum Gedanken machen muss. Der automatische Rasenmäher ist somit fast schon eine Selbstverständlichkeit.

„Das ist der absolute Wahnsinn", schrie Paco plötzlich aus dem Zwischengeschoss. „Eine Toilettenschüssel in Form eines Elefanten. Sogar die Farbe stimmt. Fehlt nur noch, dass er anfängt zu tröten. Kommt alle her und schaut Euch das an!"

„Wo ist unser Koch? Ich habe Hunger", brüllte Don Acapulco in das fröhliche Lachen der anderen hinein. Sofort wich die gute

Laune einer übertriebenen Geschäftigkeit. Asu ging mit El Potrillo, dem Hengst, in die Küche, Hugo kümmerte sich mit seinen Dienern um die Getränke. Insbesondere der von zu Hause mitgebrachte Pulque (gegorener Agavensaft) und Tequila waren Lieblingsgetränke ihres Chefs. Bis das Essen aufgetischt wurde, hatte er schon einige Schnäpse getrunken und schrie mit hochrotem Kopf nach Unterhaltung, womit er käufliche Frauen meinte. Doch darauf reagierte, fast teilnahmslos, keiner der Anwesenden.

Schon kurz nach dem Abendessen siegte der unvermeidliche Jetlag über seine sexuellen Begierden. Er schlief auf dem überdimensionierten Sofa ein. Sie deckten ihn fürsorglich zu und gaben ihm Kissen, obwohl sie ihn, seiner Flüche und unausgegorenen Drohungen wegen, genau genommen hassten. So als ob sie Watte in den Ohren hätten, hörten sie ihn noch schreien, obwohl er schon längst eingeschlafen war.

Bevor sie selbst zu Bett gingen, inspizierten sie alle verfügbaren Waffen eingehend und bereiteten sie für einen sofortigen Einsatz vor. Über ihre Zuteilung wurde man sich schnell einig.

Morgen gibt es bestimmt eine Fülle von Aufgaben zu erledigen. Dass sie den wahren Grund für das Auftauchen von Don Acapulcos in „good old germany" immer noch nicht kannten, bereitet keinem Kopfzerbrechen. Er wird schon wissen, was er tut. So, wie in der Vergangenheit immer, wenn eine Situation drohte brenzlig zu werden. Große Auseinandersetzungen mit der lokalen Polizei fürchteten sie nicht.

Alysia

Wie durch einen Schleier nahm Alysia wahr, dass sie das Krankenhaus zu Fuß verließ, gestützt durch eben den jungen Mann, der sie gestern noch mit seinem Stilett das Fürchten lehrte. Doch sie hatte keine Wahl. Sie musste ihre Entlassungspapiere unterschreiben und diesen unmöglichen Menschen begleiten. Er drohte nämlich, Ihre inzwischen aus der JVA entlassene, geliebte „Mam" zu Tode zu quälen, wenn sie nicht augenblicklich mitkäme. Nur ihre Anwesenheit könne sie retten. Er schien genau zu wissen, dass man Eltern am meisten zusetzt, wenn man ihren Kindern etwas antut. Das gilt selbstverständlich auch umgekehrt. Eine Androhung reicht meistens schon aus, um selbst das geheimste Wissen aus ihnen herauszupressen. Es ist nur allzu menschlich, zuerst das Schrecklichste anzunehmen, und sich dann schnell von diesem Druck befreien wollen.

Die Ideen des ungepflegten, jungen Abholers und seiner beiden halbseidenen Kollegen, dem kleinen Dicken und dem großen Dürren, waren denkbar primitiv. Wenn Messer sein seit 2003 in Deutschland verbotenes Balisong der Tochter unter die Haut steckt und Saft ablässt, würde ihre Mutter mit Sicherheit das gesuchte iPad rausrücken. Die Schreie der so gequälten und das tropfende Bild würde sie niemals aushalten. Schon alleine das

Spielen mit einem Butterfly-Messer löst schlimme Vorahnungen aus und hat eine einschüchternde Wirkung. Damit sollte der Junge beginnen.

Benommen, wie sie aufgrund der eingenommenen Schlaftabletten war, verstand Alysia die bösartigen Gedanken der Verbrecher nicht. Ihr ging es ausschließlich um eine schnelle Lösung des Problems, das die Verbrecher für sie und ihre Mutter darstellten.

„Wenn ich nur meinen Vater Edwin sprechen könnte. Der wüsste sicher, was jetzt als Erstes zu tun wäre. Zu Hause werde ich ihn sofort anrufen. Ich muss `Mam´ unbedingt aus den Klauen dieser Strolche befreien", dachte sie während der kurzen Autofahrt durch Bornheim.

Das Darmstädter Nummernschild, das sie sich genau einprägen wollte, hatte sie bereits nach dem Schließen der Haustür vergessen. Die leichten Trübungen in ihren Augen wollten einfach nicht verschwinden. Im Wohnzimmer rannte sie ihrer Mutter mit offenen Armen entgegen. Ihre innige Umarmung ließ viele Spannungen abfallen und sämtliche Dämme brechen. Beide weinten bitterlich, unterbrochen von tiefem Schluchzen. Diese Dramatik unterbrach der Dünne abrupt, als er sie auseinanderriss.

„Wo ist das verfluchte iPad?"

„Es ist nicht mehr hier. Ich habe es bereits an die Herren gegeben, die dafür bezahlt haben. Mehr gibt es nicht zu sagen. Was man nicht besitzt, kann man auch nicht weitergeben."

„Sie lügen erbärmlich schlecht. Also noch einmal: Wo ist es?", schrie nun der Dicke wütend und packte sie am Arm.

Sie befreite sich ruckartig und drückte ihre Tochter schützend an die Brust, während ihr die Tränen über die Wangen liefen.

„Lassen Sie uns endlich in Ruhe. Das Ding, das so viel Unglück über uns gebracht hat, ist weg, ein für alle Mal. Es ist weg. Begreifen Sie das doch! Was wollen Sie mit den gespeicherten Informationen überhaupt anfangen? Wissen Sie, wie brisant die Angaben für einige sehr wichtige und mächtige Menschen auf der Welt sind? Mit diesen Herrschaften wollen Sie sich ganz bestimmt nicht anlegen. Die sind mit Sicherheit eine oder zwei Nummern zu groß für Sie. Für wen arbeiten Sie, bitte?"

„Das geht Sie nichts an. Wir stellen hier die Fragen."

Mit den Worten: „Passt gut auf die beiden auf!", verließ der Dicke das Zimmer, angeblich um zu telefonieren. Der Junge spielte bedrohlich mit seinem Balisong und schnauzte:

„Setzen Sie sich aufs Sofa und halten Sie den Mund, sonst werde ich sie mit meinem Messerchen tätowieren. Ich bin gerade nicht zum Spaßen aufgelegt. Los jetzt!!!"

„Junger Mann, was macht Ihr Kollege draußen vor der Tür. Ich glaube, er verduftet noch schnell, bevor die Kriminalpolizei kommt. Das wird ziemlich bald passieren. Das Verschwinden meiner Tochter aus dem Krankenhaus hat man gewiss schon bemerkt..."

„...und du, verrückter Messerheld, du wurdest bestimmt schon identifiziert. Nach Eurem Überfall auf mich gestern hat die Polizei eine Phantomzeichnung von jedem von Euch erstellt. Ihr drei seid der Polizei bestens bekannt und zur Fahndung ausgeschrieben seid Ihr auch, so sicher, wie das Amen in der Kirche."

Das hatte gesessen. Die beiden Damen konnten sehen, wie die Augen des Jungen flackerten. Sichtlich irritiert schielte er erst zur Haustür und gleich darauf zur Terrassentür, um einen Fluchtweg durch den Garten abzuschätzen. Jedoch der Dürre beruhigte ihn.

„Lass dich net verrickt mache. Die zwaa wolle doch bloß, dass mir uns in die Hoarn (Haare) krieje. Mir warte uff de Kugelblitz... un Sie Plappermäulscher halte ab jetzt de Mund. Iss des klar?!"

Demonstrativ setzte er sich zwischen beide auf das Sofa. Gerade als er gemütlich Platz genommen hatte, hörte man in der Ferne Sirenen von mehreren Polizeiautos. Ohne lange zu überlegen, rannten die zwei ungebetenen Gäste zu ihrem Komplizen vor das Haus. Durch das Fenster der Eingangshalle konnten beide Frauen sehen, wie die drei zuerst erregt aufeinander einredeten und dann im Schweinsgalopp zu ihrem Auto rannten. Mit quietschenden Reifen und qualmendem Auspuff rasten sie davon. Wieder umhalste sich Mutter und Tochter weinend, dieses Mal aber vor Glück.

Die Kripo mussten sie nicht informieren. Sie würde ohnehin binnen kurzem auftauchen, dachten beide. Die Sirenen, die die Verbrecher in die Flucht trieben, stammten allerdings von Streifenwagen der Verkehrspolizei und hatten mit ihnen absolut nichts zu tun. Aber woher sollten die Beteiligten das wissen?

Sie hörten das Freizeichen von Edwins Handy, aber niemand nahm ab. Wieder nur die Mailbox.

„Bitte komme schnellstens in die Wiesenstraße. Wir werden bedroht. Melde dich! Ich bin sehr in Sorge um dich. Meine Auslösung aus der JVA mithilfe von Peter Geldbach hat geklappt. Das iPad ist bereits ausgehändigt. Alysia hat sich selbst aus dem Krankenhaus entlassen. Wir warten sehnsüchtig auf dich. Bis später."

Kaum dreißig Minuten später klingelte die Türglocke. Vorsichtig lugten beide, hinter Vorhängen versteckt, hinaus auf die Straße. Keine Menschenseele war zu sehen. Sie dachten an einen dummen Jungenstreich und öffneten nicht, sondern beobachteten weiter. Wer sonst als die Kinder aus der Nachbarschaft sollte bei ihnen klingeln und sich nicht zu erkennen geben? Dann jedoch sahen sie seitlich vom Tor Kriminalhauptkommissar Pauli und Oberkommissar Huber stehen, die versuchten, das ganze Anwesen zu überblicken. Als der Toröffner summte, kamen die beiden ins Haus.

Fragen gab es mehr als genug. Insbesondere unverständlich, dass Alysia mit dem Menschen freiwillig mitging, der sie noch vor Kurzem heftig misshandelt hatte. Eine intelligente, junge Frau konnte sich nur aus übergroßer Furcht auf ein derartiges Wagnis eingelassen haben. Was hatten die Strolche gegen sie in der Hand?

Mit den Worten: „Setzen Sie sich, bitte. Ich glaube wir vier benötigen dringend eine frisch gebrühte Koffein-Spritze", übernahm Erika, wie gewohnt, zu Hause das Kommando.

Bei herrlich duftendem Kaffee erfuhren die Kommissare, dass Alysia ihrem Peiniger nur gefolgt war, weil dieser drohte, ansonsten ihre Mutter umzubringen.

Sie erzählte sehr ruhig und gefasst. Zum ersten Mal fiel den Polizisten auf, wie hübsch diese junge Frau ist. Zirka 1,74 Meter groß, nicht zu schlank, wohlproportioniert, lange Beine, braune Rehaugen und fast schwarze Haare, wie ihre Mutter. Die kleine, inzwischen verschorfte Platzwunde auf der Stirn war überschminkt und beeinträchtigte somit den ausnehmend attraktiven Gesamteindruck kaum noch. In Punkto Kleidung schien sie den Stil ihrer Mutter zu kopieren. Modisch elegant und doch jugendlich. Es war eine Freude, sie anzusehen, trotz der momentan verständlichen und trotz Make-up noch erkennbaren Krankenhausblässe.

„Ein echter `Hingucker´. Es wäre schade, wenn sie später hinter Reagenzgläsern und Erlenmeyer-Kolben in einem Labor versauern würde", dachte Pauli und schmunzelte. Seine schwärmerischen Gedanken wurden durch ihre Schilderung des Hergangs jäh unterbrochen.

„Das Personal schöpfte keinen Verdacht, da ich selbst auf Anweisung den Abholer als meinen Freund vorstellte und der Polizist angeblich keine Einwände hatte. Er war schon gegangen, ohne sich zu verabschieden. Seltsam! Schon kurz nachdem er, wie schon häufig zuvor, mit mir geplaudert und gelacht hatte, kam der Wuschelkopf in mein Zimmer. Alles wäre mit meinem Bewacher abgesprochen. Er habe sich noch bei ihm für die Beendigung einer langweiligen Wache bedankt, sagte mein Erpresser, dieser Lügner!"

Sie atmete tief durch und trank einen großen Schluck Kaffee.

„Arm in Arm führte er mich aus dem Krankenzimmer. Vor der Tür saß niemand. Der Flur war menschenleer. Komisch, finden Sie nicht auch, Herr Huber?"

„Ja, sehr! Es scheint, als hätte irgendwer zuerst alle Besucher vertrieben, dann den Kollegen betäubt und ihn weggeschafft. Ausgerechnet in einem von Ihrem behandelnden Arzt gespendeten Cappuccino trank er das Hypnosemittel. Wir fanden ihn, total benommen und ohne Kleidung im Wäscheraum. Wieder ansprechbar fragte er zuerst nach Ihnen."

„Doktor Kimjong hat damit bestimmt nichts zu tun. Zuvorkommend und herzlich kümmerte er sich fürsorglich um mich. Er gab mir Schmerzmittel und später das Schlafmittel, das mich noch immer ein ganz kleines bisschen unaufmerksam macht. Er ist großartig, ein cooler Typ. Wen sonst haben Sie in Verdacht?"

„Wir sind uns ziemlich sicher, dass es Messer war, der aus dem Treppenhaus kommend, ihn betäubte und dann in einem Wagen für Schmutzwäsche im Abstellraum versteckte."

„Sehr interessant. Das Schlafmittel muss demnach sehr, sehr schnell gewirkt haben. Um gleich nachdem der Polizist mein Zimmer verlassen hatte, vor mir stehen zu können, brauchte er für den Transport einen Helfer. Wo ist der geblieben?"

„Also, widder emoal der imaginäre, unsichtbare Dritte. Des glaub isch net. Wir müssen noch weiter ermittele. Rischtisch is, dass der Betäubte viel zu schwer für den jungen Mann war. Alleine hat er den nie in den Container verfrachtet. Wir schnappe den Kerl, egal wie lange es dauert. En Kollege verletzen ruft den ganze Polizeiapparat uff de Plan. - Ansonste: geht's Ihne beide gut? Ja. Dann Danke für de Kaffee. Wir melden uns."

„Vorher möchte ich mir allerdings noch einmal Ihr Gefängnis ansehen. Vielleicht finden wir dort etwas, das bisher übersehen wurde. Der kleinste Hinweis genügt manchmal", beeilte sich Huber anzumerken. Alle vier begaben sich zum Pavillon in den Garten.

Alysia wollte der Erinnerung ausweichen. Sie ging alleine etwas weiter nach links. Plötzlich stieß sie einen schrillen Schrei aus und rannte wie von Furien gehetzt zurück ins Haus. Irritiert eilte

Huber zu der Stelle, an der sie gerade noch stand. Er zückte sein Handy.

„Wir haben einen Mord zu melden. Doktor, kommen Sie bitte in die Wiesenstraße 55 und bringen Sie die Kollegen der Spusi mit."

Mit den Worten: „Kennen Sie diesen Herren? Frau Kratz", drehte er den auf dem Gesicht liegenden Körper auf den Rücken. Erika schrie auf und flüchtet in die Arme von Pauli:

„Das ist Schorschie, unser Gärtner. Ein äußerst liebenswerter Mensch, der seit vielen Jahren unseren Garten pflegt, ehrlich und verlässlich in jeglicher Hinsicht. Wer bringt so jemand um? Glauben Sie, dass die drei es taten, um in unser Haus zu kommen? Er besitzt als langjähriger Vertrauter sowohl einen Haus- als auch einen Torschlüssel – aber die sind doch keinen Mord wert, oder?"

Tatsächlich waren zwar Geldbörse und Papiere, aber keine Schlüssel bei ihm zu finden. Schaudernd ging Erika zurück ins Wohnzimmer, um nach ihrer Tochter zu sehen.

Die beiden Kriminalbeamten untersuchten den Tatort noch eingehend, bevor die Pathologen eintrafen. Von ihnen hofften sie zu erfahren, wie der Gärtner zu Tode kam.

„Stark blutende Kopfwunde, verschorft, liegt wohl schon seit heute Morgen hier. Suchen Sie nach einer spitzen Hacke oder einem dicken Stein. Später mehr."

„Des solle die Kolleesche mache."

Sagte´s, drehte sich um und ging. Huber verabschiedete sich durch leichtes Senken seines Kopfes. Eine erneute Spurensuche in der Wiesenstraße war zwingend. Vielleicht gab es Hinweise auf weitere Personen. Das überließen die beiden Kriminalbeamten nur allzu gerne den Kollegen Von gestern lag noch ein gültiger Durchsuchungsbeschluss vor. Sie fuhren in die Gerichtsmedizin.

„Wieso haben wir vergessen, die Kripo nach Edwin zu fragen? Das wäre wichtig gewesen. Hoffentlich lässt er sich bald blicken", bemerkte Erika bereits ein paar Minuten später zu ihrer Tochter, während sie seine Nummer wählte.

Wieder nur Freizeichen und Mailbox. Sehr beunruhigend für beide Frauen. Jeder Ton wirkte wie ein Nadelstich in ihre Herzen. Alysia rief ebenfalls erfolglos per Festnetz in Darmstadt auf der Mathildenhöhe an. Achselzuckend drückte sie die Nummer ihrer Großmutter in Bremen.

„Liebe Oma, wann kommst du wieder nach Darmstadt? Du kannst auch gerne zu uns nach Frankfurt kommen, wenn du nicht bei Edwin übernachten willst. Hat er in letzter Zeit bei dir angerufen?"

„Alysia, ich werde in den nächsten Wochen bestimmt Bremen nicht verlassen. Mein neuer Butler ist eine große Hilfe für mich. Er kümmert sich um Alles. Kommt Ihr doch nach Bremen, wenn deine Mutter wieder auf freiem Fuß ist. Edwin meldete sich immer schon eher selten bei mir. Das ist ein gutes Zeichen, finde ich. No News is good News, nicht wahr."

Ihre Enkelin verabschiedete sich hastig, um nicht in weitere Fragen verstrickt zu werden.

„Puh, dieses Gespräch hätte ich mir auch schenken können. Was machen wir jetzt, Mam?"

„Wir warten!"

Edwin

Der Nachmittag neigte sich schon seinem Ende zu als Edwin in seinem Bett aufwachte. Sein Kopf brummte unerträglich, ohne jedoch zu dröhnen. Er fühlte sich weder ausgeschlafen, noch frisch und befreit von Zwängen oder gar zufrieden mit sich und der Welt. Die Ereignisse von gestern beherrschten sein Gehirn und machten seinem gesamten Innenleben arg zu schaffen. Langsam schlurfte er die Treppe hinab zur Küche, um sich einen Kaffee zuzubereiten. Sein verspätetes Frühstück fiel spärlich aus. Im Kühlschrank befand sich nicht einmal mehr seine konservierte Notration, nur kümmerliche Reste der vergangenen Tage. So saß er auf der Kante eines Küchenstuhls, hielt in der einen Hand eine große Tasse mit dampfendem Kaffee, in der anderen eine halb vertrocknete, leicht gewellte und dünn mit Butter bestrichene Brotschnitte. Vor sich hindösend, stopfte er das Essen einfach in sich hinein. Er hätte auch Heu oder Stroh vertilgt, ohne es zu merken, so sehr erdrückten ihn seine Gedanken. Nicht einmal weit weg von hier ließ sich ein mentaler Fluchtpunkt finden, an dem er sich hätte neu orientieren können. Er aß und schmeckte davon nichts. Das Koffein restaurierte glücklicherweise langsam Schluck für Schluck seine Lebensgeister, während er halblaut vor sich hin murmelte:

„Da wollten mich diese Schweinehunde einfach in einem stickigen Keller verstauben und vertrocknen lassen. Am liebsten würde ich es ihnen augenblicklich kräftig heimzahlen. Wenn ich nur wüsste, wo diese Schurken in Nadelstreifen wohnen.

Zur perfekten Regeneration werde ich nun ausgiebig in einem Bad entspannen und schnell wieder fit werden. Oder, gehe ich doch besser unter die Dusche? Wasser, Gel und Shampoo werden allen `Dreck´ der letzten Nacht auch leichter von mir weg in den Ausguss schwemmen als ein Vollbad. Da sitzt man nur in seinen Problemen, verdünnt sie bestenfalls mit seifigem Wasser. Die Gerüche dieser Schmierlappen müssen schnellstmöglich von meiner Oberfläche verschwinden!! Also: Dusche! Schön, dass die während meines dornigen Gestrüpplaufs entstandenen Kratzer schon relativ passabel verheilt und trocken sind. Der Anruf in Frankfurt muss warten."

Sein Handy war bedauerlicherweise verschwunden.

Wahrscheinlich lag es hinter der Schwimmbad-Ruine in Pfungstadt unter den Büschen. Immerhin hatte er Glück im Unglück und war fast unbeschadet nach Hause gekommen. Die

Fünfuhrnachrichten waren längst vorbei, als er das schnurlose Telefon aus der Station nahm und bei „seinen beiden Mädchen" anrief.

Für den Fall, dass auf dem Display erscheint: „Nummer unterdrückt", hatte die Polizei Anweisung gegeben, sich folgendermaßen zu melden:

„Hier bei Kratz. Ich bin das Hausmädchen Elfriede. Kann ich meiner Herrschaft etwas ausrichten?"

Als Edwin irritiert seinen Namen nannte und nach Alysia und Erika fragte, scholl ein befreites Lachen aus dem Hörer.

„Endlich, endlich! Wo bist du gewesen? Komm bitte schnellstens hierher, damit wir in Ruhe reden können. Beeil' dich! Wir warten schon ungeduldig auf dein Kommen."

Erika strahlte ihre Tochter an, legte eilig das Telefon weg und begann, in einer Art Übersprunghandlung, Tisch, Sessel und Sofa aufzuräumen, bevor sie im Badezimmer verschwand. Alysia sah ihr kopfschüttelnd zu.

Eine knappe Stunde später lagen sich die drei in den Armen. Edwin hatte zur Feier des Tages einen großen Strauß Frühlingsblumen, Kerzen, Champagner und Kaviar mitgebracht.

Die gefährliche Übergabe des iPad war alles in allem fast perfekt gelaufen, von diversen kleineren Verletzungen bei den Beteiligten einmal abgesehen. Unverständlich nur, dass die Strolche nach der Übergabe des iPad noch einmal ins Haus kamen und heillose Angst verbreiteten. Hatten sie im Auftrag eines zweiten Interessenten gehandelt, der von dem ersten nichts wusste? Wie aber muss man sich das vorstellen? Die hoch brisante Informationsquelle kannte doch niemand, außer den eingeweihten Personen um Dr. Yes, sowie Edwin und Erika. ... Welcher Brutalo könnte das sein, der um die Daten zu bekommen, mit Mord drohte, einen Gefangenen nahm und den Gärtner umbringen ließ?

Bald darauf verdrängten sie diese Gedanken, setzen sich an den goldenen, mit durchsichtiger, aber gravierter Glasplatte versehenen Couchtisch und stießen bei Kerzenschein mit Champagner in feinsten Gläsern aus Bleikristall an. Wie an einem familiären Feiertag, der im Kalender allerdings nicht markiert war, ließen sie es sich endlich wieder einmal richtig gut gehen. Abgerundet wurde dieses fröhliche, kleine Fest durch auf Buchweizenpfannkuchen gehäuften Kaviar. Auch die zweite Flasche Schampus war schnell geleert. Ihre Stimmung hätte besser nicht sein können.

„Lieber Edwin, jetzt wäre es eigentlich an der Zeit, die Kripo, also EKHK Pauli und so weiter, einzuschalten. Findest Du nicht auch?"

Augenblicklich war Edwin hoch konzentriert bei der Sache. Mit der linken Hand sich das Kinn reibend,blickte er an die Decke und überlegte dabei laut:

„Das ist eine gute Idee, liebste Erika, allein, was dürfen wir verraten? Es besteht die Gefahr, dass wir im Hinblick auf deine anstehende Gerichtsverhandlung durch Weitergabe unseres Wissens an die Polizei fahrlässig handeln. Wenn sie erfährt, wer der Kautionssteller aus Übersee ist, wird der bisherige Tatverdacht für dich in der Haft enden. Zudem haben wir es akut mit einem neuen Mord zu tun. Über dir schwebt leider immer noch das Damoklesschwert der Anklage. Auf der anderen Seite sollten wir berücksichtigen, dass du, nach der Übergabe der Daten an deinen mittelamerikanischen `Freund´, nur eine lästige Mitwisserin bist, die beseitigt werden muss. – Du brauchst, genau genommen, Polizeischutz rund um die Uhr."

„Ja, ich stimme dir zu! Für die Kripo bin ich Insiderin im Drogengeschäft. Ihr denkt das auch, oder?"

Das mit dieser Frage angeforderte „Nein" klang keinesfalls glaubwürdig. Edwins schief gezogener Mundwinkel unterstrich, dass er sich nicht sicher war. Sein Urteil war zwiespältig. Er liebte sie über alle Maßen. Soviel stand fest. Allerdings kannte er sie nach so vielen Jahren der Trennung nicht wirklich gut genug, um ihr blind vertrauen zu können. Das spürte Erika instinktiv. Ihr blieb nichts anderes übrig, als die Karten auf den Tisch zu legen und all ihr Wissen preiszugeben. Sie wollte schließlich unbedingt erreichen, dass ihr zumindest ihre Tochter vor allen anderen glaubt und vertraut:

„Alysia, von deinem Onkel Egon hatte ich erfahren, dass er als Apotheker immer gutes Geld verdiente und dass er Forschungsergebnisse aus `seinem´ Labor bestens verkaufen konnte, natürlich hinter dem Rücken deiner Großväter, zu deren

Pharmagroßhandel auch sein Laboratorium gehörte, wie du weißt. Dein `Vater´ Gotthilf - entschuldige bitte Edwin, Macht der Gewohnheit - hatte dies immer bestätigt. Durch die Aktivitäten der Polizei habe ich jetzt erst erfahren, dass es von Anfang an nur um die Herstellung und den Vertrieb von illegalen Medikamenten und Drogen ging. Wenn ich das früher schon gewusst hätte, ich hätte dem Spuk längst ein Ende bereitet. Das schwöre ich Euch."

Zur Unterstützung ihrer Aussage hob sie drei Finger der rechten Hand zum Schwur und legte danach ihre geöffnete Hand auf ihr Herz, so wie es die Amerikaner beim Singen der Nationalhymne tun.

„Mit Amerika beziehungsweise Mexiko habe ich noch nie in meinem Leben kommuniziert, auch wenn das BKA dies tausendmal behauptet. Ich war nicht einmal dort. Von meinem Computer wurden niemals E-Mails nach Übersee gesandt. Trotz eidesstattlicher Versicherung meinerseits war die Polizei nicht bereit, mir zu glauben. So ist die Gefahr groß, dass ich wieder im Knast landen werde. Der einzige, der mich von diesem Problem befreien könnte, wäre dieser ominöse Dr. Yes, der meine Kaution stellte. Ihn sollte die Polizei festnehmen, und nicht mich. Er ist der Mann, der im Hintergrund die Fäden spinnt, da bin ich mir sicher. - Oh, da fällt mir noch jemand ein, der mich retten könnte. In Berlin gibt es einen Laborleiter namens Bodo. Ihn werde ich anrufen. Er war mit Egon befreundet. - Hat jemand unser `kluges Buch´ mit den Telefonnummern gesehen?"

Nachdem beide ob der plötzlich aufkeimenden Begeisterung von Erika lächelnd verneinten, stellte sie die entscheidende Frage:

„Glaubt Ihr mir jetzt wenigstens?"

Das folgende „Ja" klang schon deutlich vertrauter und war somit für Erika vorläufig akzeptabel.

Edwin erzählte von den drei Männern in den schwarzen Limousinen, die ihn zum leer stehenden Hallenbad in Pfungstadt verschleppt hatten. Wieso sie diesen Ort aussuchten, blieb ihr Geheimnis.

„Ich werde Det 1 dorthin schicken. Er soll herausfinden, wer kommt, um mich abzuholen. Schließlich muss ich, nach deren Vorstellung, noch immer gefesselt in dem staubigen Raum liegen, oder? Irgendjemand wird kommen, um nach mir zu sehen. Vielleicht findet er dort auch mein Handy. Det braucht nur meine Nummer zu wählen und hören, von wo mein Klingelton, die Hymne des SV Darmstadt 98, zu hören ist. Ihr wisst schon: Die Sonne scheint, Ole, Ole, Ola. Lilien, oh Lilien, oh Lilien …, nein, nicht? Egal. – Wenn er diesen Fansong vernimmt, hat er es entdeckt."

Die beiden Damen lächelten, offensichtlich beeindruckt von seinem krächzenden Gesang. Sie nickten anerkennend, baten um weitere Erklärungen.

„Nun, wie Ihr wisst, bin ich voller Angst zum Treffen mit diesem `Dr. Yes´ gefahren. Bis heute weiß ich nicht, ob er es war, der mit mir verhandelte. In dem leer stehenden Gebäude redete er zwar mit mir, war aber hinter einem Paravent versteckt. Ich weiß somit auch nicht, wie er aussieht. Die beiden sprachlosen Bodyguards und den Fahrer könnte ich zur Not beschreiben. Nur, wen interessieren die Handlanger? Die Autonummer konnte ich nicht entziffern. War wahrscheinlich sowieso falsch. Was also könnte ich der Polizei sagen? Nur, dass du, Erika, in die Sache sehr verwickelt sein musst, weil man bereit war, für dich eine immens hohe Kaution zu zahlen. Als Vermittler wäre ich dann ebenfalls im Fokus. Besser wir lassen das mit dem Einschalten der Kripo sein. – Ich rufe jetzt zuerst in der Kanzlei Geldbach an und danach bei meinen besten Mann."

Ohne sein Smartphone war Edwin kommunikativ isoliert. Er musste die Festnetznummer seines Notars und Rechtsanwalts dem normalen Telefonbuch entnehmen. Dort fand sich nur die Nummer, unter der auf die Geschäftszeiten hingewiesen wurde.

Miss Fifty Percent im Büro der EvA-Detektei sollte ihm die benötigten Nummern auflisten und zusenden, auch wenn sie morgen eigentlich dienstfrei hatte. Sie kannte die des Öfteren vorkommenden, nicht voraussehbaren, Zeitplanänderungen zur Genüge.

Edwin widmete sich aufmerksam „seinen beiden Mädchen", wie er sie gerne nannte. Bei leiser Musik, Häppchen und Champagner gab es noch viel zu erzählen. Es war schon Mitternacht als sie zu Bett gehen wollten. Überraschend bat

Erika ihn, nach Hause zu fahren, da sie sich noch ungestört ein längeres Bad genehmigen wolle. Die Lust auf eine dampfende, gut riechende Badewanne voller schaumigem Wasser konnte er verstehen, nicht aber, dass er abgeschoben wurde, bei allem, was er für sie getan hatte. Seine Verärgerung darüber stand ihm auf die Stirn geschrieben. Er sprang abrupt auf, schnappte seinen Mantel und ging ohne Abschiedsgruß. Die gläserne Haustür knallte er so heftig hinter sich zu, dass sie drohte zu zerbersten. Seine gute Stimmung war dahin.

So hatte er sich das Wiedersehen nicht vorgestellt. Könnte es sein, dass sie ihn in Wahrheit gar nicht liebt? Dass sie ihm nur das Gefühl vortäuschte, weil sie ihn als Lakai und Schoffeur brauchte? Verstehe einer die Frauen!

Stinksauer darüber, dass er sofort nachgegeben hatte, fuhr er laut mit sich selbst zedernd nach Darmstadt.

Da Liebe und Wertschätzung aber nicht dem Kopf, sondern dem Herzen entspringen, hatte er ihr schon verziehen, noch bevor er an seinem Haus ankam. Verstehe einer die Männer!

Soko 6064

Im Polizeipräsidium Frankfurt liefen Funkverbindungen und Telefondrähte heiß. Einhellig war man der Meinung, dass die verzwickckten Vorgänge um den weltweit verbotenen Drogenhandel und die Morde ohne die schnelle Gründung einer

Sonderkommission nicht bewältigt werden können. Außerdem galt es noch eine Altlast: Der Mord im Gericht, der mit diesem Komplex in direkter Verbindung steht. Der Erhängte vom Eisernen Steg könnte ebenso dazu gehören, wie der tote Gärtner aus der Wiesenstraße. Eine zusätzliche Unterstützung der Ermittlungen wird dringend benötigt. Das hatte selbst der Staatsanwalt ohne das sonst übliche „Wenn und Aber" eingesehen.

Während jede Polizei alleine nur einspurig intensiv nach der Täterschaft suchen kann, ist eine Soko in der Lage, einer Vielzahl von Spuren gleichzeitig nachzugehen. Sie bietet sich immer an, wenn nach Tatortarbeit und Spurensicherung Verbrechen schnellstens aufgeklärt werden müssen, damit die Staatsanwaltschaft Anklage erheben kann. Eigentlich sind überörtliche Serienstraftaten Sache des LKA in Wiesbaden. Diese Behörde ist derzeit total überlastet. Man bittet daher Polizeidirektor (PD) Rottenbach aus Darmstadt, die Leitung der neuen Soko zu übernehmen.

Er und Pauli wählten pro Präsidium zusätzlich sieben Kommissare aus, die sich die Aufgaben in der Soko 6064 teilen. (Die Nummer ergibt sich aus den ersten beiden Ziffern der Frankfurter und Darmstädter Postleitzahlen.) Zusätzlich wurde die kleine Kommission integriert, die bereits nach dem Giftmord im Verhandlungsraum des Frankfurter Gerichts gegründet worden war. Auf einem kurzfristig anberaumten Treffen in den Räumen des Polizeipräsidiums Frankfurt informierte man alle über das bisher Bekannte und Vermutete. Die Aufgaben wurden aufgeteilt. Jeder wusste, dass gute Koordination aller Kräfte für das reibungslose Funktionieren einer Soko unabdingbare Voraussetzung ist. Bei PD Rottenbach aus Darmstadt laufen, wie vom LKA vorgeschlagen, alle Ergebnisse der Ermittlungen zusammen.

Pauli und Huber klären das Umfeld und die Hintergründe zu Familie Kratz. Dazu gehört auch der schon einige Zeit zurückliegende Mord an Egon Kaffitz im Gerichtssaal.

Die anderen Kollegen aus Frankfurt befassten sich mit dem Mord „Eiserner Steg", die aus Darmstadt mit Kugelblitz, Pim und Messer. Außerdem halten sie Kontakt zum Revier in Pfungstadt. Genau wie alle Übrigen werten auch sie aus, beschaffen neue Informationen und prüfen Alibis. Spusi und KTU liefern zudem neue Erkenntnisse. Dass außerdem die Detektei EvA observiert und mit der Befragung von Nachbarn bereits begonnen hatte, ging in der Hektik der Neugründung unter. Was kümmert es die Polizei, wenn „Hobbyfahnder" (abwertend für Detektive) versuchen, Kriminelle zu jagen.

Nach Edwin von Alsbergs Rückmeldung im Prasidium, wurde er um 14:00 Uhr zum Verhör einbestellt.

„Hallo, da sin Sie ja widder. Schön, Sie zu sehe. Hawwe Sie daheim neuerdings Katze? Na ja, Sie sehe e bisje verkratzt aus an de Händ und im Gesischd. Also, was war los?", eröffnete Pauli das Verhör.

Eigentlich hätte Huber vernehmen sollen, der sich deswegen unmittelbar, ohne auf eine Antwort zu warten ohne persönliche Nettigkeiten zu bemühen, merklich angefressen, in ruppigem Ton, einmischte:

„Herr von Alsberg, war die Person vorgestern Nacht im Mietwagen die gleiche, die Sie einen Tag später nach Pfungstadt verfrachtete?"

„Ja, eigentlich schon. Warum wollen Sie das wissen? Wofür ist das wichtig?"

„Geschäftspartner war das ganz bestimmt keiner. Warum hat er Sie in den Keller gesteckt? Wie sind sie rausgekommen?"

Edwin setzte sich mit einer Pohälfte auf die Kante des vor ihm stehenden Tisches. Seine Worte wählte er wohlüberlegt. Langsam begann er zu sprechen. Lieber zu wenig als zu viel verraten, hatte er sich vorgenommen.

„Es kam zu einem Geschäftsabschluss mit meinem Geschäftspartner. Er muss geheim bleiben dürfen. Warum man mich in das alte Hallenbad sperrte, weiß ich nicht. Da mich dort niemand bewachte, habe ich mich selbst befreit, das Fenster hinter mir zugezogen und bin nach Darmstadt gefahren. Die Kratzer habe ich mir im Gestrüpp hinter der Halle zugezogen."

„Aah, ja! Diese Hecke durfte ich ebenfalls kennenlernen. Ich hielt mich zur gleichen Zeit dort auf wie Sie. Also müssen Sie es

156

gewesen sein, der die Tür im unteren Geschoss eintrat. Wieso konnten Sie verschwinden, ohne dass ich es bemerkte?"

Edwin nickte gelangweilt. Wenn Huber doch selbst am Bad war - na ja, irgendetwas musste er ja fragen.

„Wie heißt Ihr geheimnisvoller Sozius? Das müssen Sie mir schon verraten, oder ich verhafte Sie hier und jetzt wegen Behinderung der Ermittlungen in einer Straftat."

„Der Name wird Ihnen nicht viel nutzen. Ich kenne nur sein Pseudonym. Er nennt sich `Dr. Yes´, das genügte bisher immer zur Kontaktaufnahme. Seine Handynummer schreibe ich Ihnen auf einen Zettel."

„O.K. Prima! - Wenn sich jemand `Dr. Yes´ nennt, hat er wohl eine große Affinität zu Ian Flemming und James Bond. Wahrscheinlich stammt er aus England. Ich reiche seine Daten sofort zur Prüfung weiter."

Ein zufällig im Haus anwesender Kollege der KTU erschien, um die Nummer persönlich in Empfang zu nehmen. Er schaute nur kurz drauf und stellte lakonisch fest:

„Das ist ein nordamerikanischer Internet-Anschluss mit verschlüsseltem Anonymisierer. Damit kann ich nichts anfangen. Am besten wär's, Sie versuchen selbst, jemanden auf der anderen Seite des Teichs zu erreichen."

Der nachfolgende Anruf führte ins Nichts. Auch nach mehrfacher Wiederholung blieb die Leitung tot. Huber wurde wütend:

„Was haben Sie mir da angedreht, Herrrrr von Alsberg. Die Nummer ist falsch, ein Fake, sonst nichts. Sie halten mich wohl für blöd, wie? Belügen Sie mich nie mehr. Ist das klar?!"

Edwin beteuerte, keine weiteren Kontaktdaten zu besitzen. Vielleicht könnte jemand herausfinden, in welchem Hotel im Großraum Frankfurt dieser ominöse Dr. Yes abgestiegen war.

Pauli wird ein Formblatt „Telefonnotiz" mit Hinweis auf eine Mietwagenfirma gereicht. Sie ist in Pfungstadt ansässig. Wie eine Befragung durch die dortigen Kollegen ergab, war der für die Fahrt eingeteilte Fahrer gar nicht selbst gefahren. An dem mit der Taxizentrale vereinbarten Treffpunkt stand ein Mann in grauem Mantel mit hochgestelltem Kragen. Diesem Wildfremden überließ er das Steuer, nachdem er von ihm den Pass als Pfand und außerdem eine sehr, sehr hohe Vorauszahlung erhalten hatte. In einem eckkneipenähnlichen Restaurant wartete er auf die Rückgabe seines Mietwagens (ohne Taxischild). Angemeldet hatte er bei seiner Zentrale noch schnell vorher eine Tour nach Frankfurt, die eventuell länger dauern könnte, da eine Rückfahrt mit Wartezeit fest einzuplanen wäre. Gegen zwei Uhr erhielt er seinen Wagen, wie vereinbart, zurück. Der fremde Fahrer bezahlte mehr als auf dem Taxameter stand und verschwand mit wehendem Mantel im Dunkel der

Nacht. Ein so gutes Geschäft kommt einem angestellten Berufsfahrer auch nicht jeden Tag unter.

„In dem Auto müsse wir net nach Fingerabdrück suche. Viele Fahrgäst verderbe den Brei. Der Fahrer hat bestimmt Handschuh getrage, un dass Sie drin gesesse sin, wisse wir auch so,... un wo Sie hingefahn sin auch. Wo die annern hin sin, werde mir nie erfahrn. - Die Umrechnung der gefahrene Kilometer schenke mer uns. Sinn sowieso meistens getürkt.“

Nachdem es schon unerträglich häufig geklingelt hatte, nahm Huber endlich sein Smartphone in die Hand. Unwirsch knurrte er, nicht gestört werden zu wollen. Doch dann war er plötzlich hellwach und hörte hochkonzentriert zu. Er nickte mehrmals, bevor er sich Herrn von Alsberg mit den Worten zuwandte:

„Wir vertagen unser Verhör auf morgen. Gleiche Welle, gleiche Stelle! In Darmstadt haben die Kollegen eine beziehungsweise mehrere Leichen gefunden. Dort müssen wir schleunigst hin.“

So flink, wie man es beiden nicht zugetraut hätte, verließen Huber und Pauli den Raum. Während sie zu ihrem Dienstwagen hasteten, kommunizierten sie im Stenogrammstil:

„Nähe Jagdschloss; zwei männliche Leichname; ein schwerverletzter dicker Mann; könnten unsere drei Strolche aus dem Kratz-Haus in der Wiesenstraße sein; Ermittler sind schon dort; Medizinmänner auch; Sie warten auf uns; dreißig Minuten Fahrzeit mit Martinshorn.“

Mit Tatütata und Blaulicht geht's zur Autobahn und dann Richtung Heidelberg, Basel. Eifrig diskutierten sie, welche Ursachen es für die Morde geben könnte. In welchem Umfeld waren die Mörder zu suchen? Oder gab es etwa nur einen einzigen? Längst noch nicht alle offenen Fragen waren angesprochen, als sie nach etwas mehr als dreißig Minuten Darmstadt erreichten. So schnell ging das um diese Uhrzeit nur mit heulender Fanfare, also wegen der quasi eingebauten Vorfahrt.

Leichen im Park

Das frisch restaurierte Jagdschloss liegt im Nordosten der Stadt. Der mit rot-weißen Flatter-Bändern gesperrte Parkplatz vor der Anlage war bereits hoffnungslos überfüllt. Nur gut, dass man eine schmale Zufahrt zum Hauptgebäude freigelassen hatte. So parkten sie, wie Schlossgäste, direkt vor der Gaststätte und gingen die etwa einhundertfünfzig Meter zurück zu dem Platz mit den vielen kleinen, gelben Schildern mit fortlaufenden Nummern.

„Na, heute zu Fuß", meinte der sichernde Beamte bemerken zu müssen, während er sie unter der Absperrung durchschleuste. Er führte sie zum Tatort, wo beide wie aus einem Munde feststellten, dass dieser idyllische Fundort am Rande der vierhundert Jahre alten malerisch gestalteten Landschaft gewiss nicht der Platz des Verbrechens gewesen sein kann. Hier, wo früher Fürsten ihrem repräsentativen Jagdvergnügen nachgingen, hätten ganz sicher viele Menschen Schüsse gehört, insbesondere, weil jetzt helllichter Nachmittag ist, die richtige Zeit für Spaziergänger.

„Dem wage ich zu wiedersprechen", schaltete sich der Notarzt ein. „Alle drei wurden wahrscheinlich durch Neun-Millimeter-Geschosse mit großer Durchschlagskraft verwundet, diese beiden tödlich. Mit ziemlicher Sicherheit waren sie zu diesem Zeitpunkt stark sediert, oder angeheitert, wenn Sie so wollen. Sie können es riechen. Der Dritte, ein kleiner Dicker, lebte noch als wir kamen. Ein glatter Durchschuss und ein Steckschuss. Er ist bereits im Krankenhaus und wird's überstehen, denke ich."

Huber wackelte nachdenklich mit seinem Kopf.

„Unsere drei Darmstädter Originale: Kugelblitz, Pim und Messer. Sie sind es wirklich. Warum ermordet jemand diese Kleinkriminellen? Was könnten sie gewusst haben, das einen dreifachen Mord rechtfertigt?"

Jetzt erst nahmen die beiden Frankfurter bewusst wahr, dass die Leichen wie aufgereiht hinter einem umgestürzten, dicken Baumstamm lagen, der ihnen vorher als Sitzgelegenheit gedient haben könnte. Dort fielen sie so leicht niemandem auf. In einer durchsichtigen Tüte zeigte man ihnen die Reste eines Weinglases mit rötlichen Flecken, die zwischen den dreien gefunden wurden. Sie saßen demnach hier und tranken Rotwein, bevor sie ihr Schicksal ereilte. Eine Flasche war nirgends zu sehen. Sie wurde wahrscheinlich in den See geworfen.

„Scherben bringen nicht immer Glück, insbesondere wenn sie aus Glas und nicht aus Porzellan sind, nicht wahr Kollege Pauli?"

„Gucke se mal hier, bei dem sinn noch Schmauchspurn zu sehe. Demnach is er aus nächster Nähe erschosse worn, gell Doktor. Ich glaub, dass e halbautomatische Neun-Millimeter-Glock mit Schalldämpfer die passende Dynamik.hat Was fer e Glück, dass noch oaner lebt. Den könne mer dann morsche befraache. Der Schütze stand dort links, hat zuerst den Kleine, dann den Lange und zum Schluss den Dicke mit seine Schüss überrumpelt. Er ist Rechtshänder. Ein Linkshänder hätte sich auf die andere Seite gestellt. Ich sehe bei Pim relativ wenig Blut. Nur die ausgetretene Hirnmasse von Messer zeugt von der Brutalität, mit der hier vorgegangen wurde. Hier ging jemand auf Nummer sicher. Doktor, wie viele Schüsse haben Sie gezählt?"

„Ja, Hm, das Überraschende ist, dass wir bisher nur vier Einschusslöcher finden konnten. Je eines direkt in den Köpfen der beiden, zwei im Rücken des abtransportierten Herrn, in dessen Körper noch eine Kugel irgendwo stecken sollte. Sie muss durch einen Knochen abgelenkt worden sein, während er versuchte, sich wegzuducken. Eigentlich hätten beide bei dem verwendeten gängigen Kaliber ventral wieder austreten müssen. Mehr zu berichten gibt es nach der Obduktion. Der Todeszeitpunkt müsste schon kurz nach drei Uhr heute Nacht, plus/minus eine Stunde, gewesen sein."

„Bitte, erledigen Sie Ihre Untersuchungen schnellstens. Ich brauche Fakten! Je schneller, desto lieber. Die Tatwaffe wurde bisher nicht gefunden, oder?"

(Wie Huber verdutzt registrierte, sprach Pauli aus Respekt vor dem weißhaarigen Mediziner Hochdeutsch.)

„Nein, sicher nicht. Nach Einstichlöchern von Kanülen werden wir noch suchen. Auch brauchen wir Klarheit bezüglich des verwendeten Hypnotikums. Ich melde mich wieder."

Laut Protokoll hatte in Mann mit Hund die Leichen gefunden und sofort per Notruf informiert.

Die Spurensicherung entdeckte nichts, was auf die Identität der Opfer schließen ließ, weder Ausweis noch Führerschein oder Visitenkarte. Lediglich in der Hosentasche des Dicken hatte man Schlüssel gefunden, die man Pauli sofort aushändigte. Eventuelle weitere Indizien hatte der Mörder entfernt. Ein deutlich sichtbarer Reifenabdruck endete kurz vor dem Tatort. Gipsabdrücke herstellen, vermessen und markieren, immer in der Hoffnung, dass es sich um eine verwertbare Spur handelt, Alltag der Kripo eben. Fußabdrücke gab es so viele, dass eine Erfassen und Zuordnen sich erübrigte. Keine Tatwaffe, keine Patronenhülsen. Fingerabdrücke in freier Natur zu nehmen ist immer problematisch. Die Entscheidung, erst gar nicht danach zu suchen, fiel leicht, da man die Opfer kannte und der Täter mit Sicherheit Handschuhe trug.

Eine umfassende Befragung der anwesenden Spaziergänger ergab keine zusätzlichen Anhaltspunkte.

„Wo finden wir das Motiv für diese ungeheuerliche Tat? Ist derjenige, der die drei für die Einbrüche angeheuert hatte, auch ihr Mörder? Am besten, wir gehen zur Gaststätte in der sie immer verkehrten. Vielleicht reden die Menschen dort, wenn wir sie mit dem Kapitalverbrechen konfrontieren."

Er hielt inne, denn sein Handy summte vernehmlich. Er bedeutete Pauli per Handzeichen, unbedingt auf ihn zu warten. Noch während er sagte:„Wie, das glaubt doch keiner, dieser feine Herr aus Berlin? Da haben unsere Kollegen ganze Arbeit geleistet", reichte er Pauli das Phone.

„Stelle Se sich mal vor, unser Drogenderzernat hat bei der Observierung von dem gar net mexikanisch aussehende Drogenhandel-Verdächtige - Sie wisse schon, der mit dem Lear Jet komme is - rausgefunne, dass en weitere hochrangige Mafioso aus Amerika komme is. Er hat sich mit a paar Annere in eneme (einem) Haus an der Bergstraß verschanzt. Jetzt misse wir rausfinne, ob die Geschichte hier ebbes (etwas) mitenanner zu tun hawwe. Da braut sisch was zusamme! Mir gehen jetzt net in die Kneip. Des solle die Darmstädter Kollege mache. Die solle dort die Befragung durchführn. Un mir zwa Hübsche fahn ins Präsidium, gell!"

164

Liebesbekenntnis

Noch während er sich gemächlich aus seinem Bett erhob und ins Badezimmer schlurfte, hatte Edwin eine Idee, die zunehmend konkreter wurde, je länger er darüber nachdachte. Er war schließlich so davon begeistert, dass er pfeifend begann, das Telefonbuch zu wälzen, um schließlich bei der Auskunft anzurufen. Sein Smartphone fehlte ihm sehr. Ein Telefonat folgte dem anderen. Notizen über Notizen zierten seinen Schreibblock. Schließlich erhob er sich pfeifend, während er eines der bekritzelten Papier zusammenfaltete. Sichtbar zufrieden mit sich und der Welt, holte er sein Auto aus der Garage und brauste in Richtung Heidelberg davon.

Als er vier Stunden später bei Erika in Bornheim klingelte, hielt er einen Korb mit einem, dem Anschein nach, sehr wertvollen Inhalt im Arm.

Mit den Worten: „Eine kleine Aufmerksamkeit für dich, liebe Erika", gab er ihr zuerst einen Kuss und dann den Korb. Verblüfft lüftet sie das darüber gelegte Tuch und stieß einen spitzen Schrei der Überraschung aus. Ein leicht winselndes Etwas schaute sie mit großen Augen an.

„Jetzt hast du mich überrumpelt. Ich wollte nie einen Hund haben und du bringst mir ungefragt einen mit. Was machen wir jetzt?"

„Nun, Erika, lass dir erklären. Dieser Hund ist ein Cavalier King Charles Spaniel in der Farbe Blenheim. Schau ihn dir bitte einmal genau an. Nimm ihn auf den Arm und du wirst ihn nie wieder loslassen."

Erika, der Empfehlung folgend, schmiegte den süßen Welpen vorsichtig und etwas unsicher an sich. Wie schon bei den Adligen des 16. Jahrhunderts, verfehlte dieser wunderschöne, junge Hund auch bei ihr seine Wirkung nicht. Selbst die alten Italiener waren mehr als begeistert von eben dieser Rasse. Sie ließen die Hunde in Stein meißeln (Alabaster in Volterra) und auf Bilder zusammen mit den Reichen der damaligen Zeit malen (Tizian, 1490-1576).

„Dieser Hund heißt: Filou Everdien vom Landgrafenschloss. Verschmust, anschmiegsam, gehorsam und gelehrig, wie er ist, wird er sich gut in euer Haus einfügen. Wie die Züchterin mir sagte, ist er schon stubenrein. Trotzdem muss man in der für ihn fremden, neuen Umgebung besonders auf diesen Punkt achten. Findest du ihn nicht toll? Mir jedenfalls gefällt er über alle Maßen. Schau nur die braun-weißen Flecken auf seinem Fell. Schöner kann ein Muster nicht sein, oder?"

Erika sah Edwin an und begann zu weinen. Das verwirrte ihn zusehends. Verlegen entschwand er in die Küche, um sich einen Kaffee zu brühen. Dass sie vor lauter Freude weinen könnte, kam ihm nicht in den Sinn. Hier merkte man seine fehlende Erfahrung mit Frauen deutlich.

„Was haben wir denn da?", rief Alysia schon von der Treppe aus. „Oh, wie lieb. Schön sieht er aus. Lass ihn mich einmal kurz halten."

Mit dem kleinen Hund auf dem Arm, drehte sich ihre Mutter jedoch um, während sie ihn mit großer Freude streichelte. Sie gab ihn nicht aus der Hand. Das ist ihr Hund. Edwin strahlte zufrieden und vertröstete seine Tochter auf später. Er hatte alles richtig gemacht! Durch diesen Hund würde wieder Freude in die so arg geschundene Familie einziehen, dessen war er sich gewiss.

Niemand kannte den jungen Mann, der gerade klingelte. Er wies sich als Kriminalbeamter aus, indem er seinen Dienstausweis zeigte und seinen Namen, Roland Merkenheim, Soko 6064, kaum verständlich vor sich hin nuschelte. Der junge Mann mit Kurzhaarschnitt und blauen, stechenden Augen ist höchstens dreißig Jahre alt. Ohne Umschweife kam er zum Thema:

„Fräulein Kratz, was genau wollten die Einbrecher von ihnen haben? Einen Tablet, einen Laptop, einen PC, ein Smartphone oder was sonst?"

Alysia erinnerte sich genau, dass sie nach einem iPad gefragt wurde und nach sonst nichts. Ihre Mutter widersprach. Beim zweiten Mal verlangten sie einen „Tablet-PC", das wusste sie noch genau.

„Dabei handelt es sich letztlich um das Gleiche, gnädige Frau. Warum sie dieses Gerät unbedingt haben wollten, haben sie nicht gesagt, oder doch?"

„Ich glaube, es ging ihnen um die gespeicherten Daten aus dem Labor meines Mannes. Irgendetwas darauf musste für sie von besonderem Wert sein. Was genau ihr Interesse derart erregt haben könnte, weiß ich nicht. Wieso fragen sie eigentlich nach? Ihre Kollegen nahmen doch alle Geräte mit. Haben sie nichts gefunden, oder war ein Teil etwa verschlüsselt? Ich durfte nie die elektronischen Geräte meines Mannes benutzen, kenne auch kein Passwort und falle somit als Helferin aus."

Edwin stellt mit einigem Erstaunen fest, wie selbstsicher seine Angebetete log. Dass mit dem heiß begehrten iPad gewissermaßen ihre Kaution beglichen wurde, verriet sie selbst dann nicht, als der Polizist mehrfach nachhakte.

„Nur Labordaten? Und dafür werden der Gärtner und die drei Strolche beseitigt?", murmelte er zweifelnd vor sich hin, als er das Haus verließ. Die KTU musste irgendetwas bei ihren Untersuchungen im Labor übersehen haben, das wertvoller als ein Menschenleben ist. Er beschloss, nach der Berichterstattung an Kommissar Huber, auch diese Abteilung zu besuchen. Vielleicht ergeben sich neue Aspekte, wenn auch die gelöschten Dateien im Computer wieder hergestellt werden.

Mit den Worten:„Fehler machen wir schließlich alle" entschuldigte seine Großmutterfast alles im Leben. Das wollte er für sich nicht gelten lassen.

Noch ganz in Gedanken bei den Fragen des jungen Kripobeamten, schreckte Edwin hoch, als sein Mitarbeiter Det 1 anrief und aus seinem Handy die Hymne des SV Darmstadt 98 erklang. Er hatte das Smartphone problemlos gefunden und wollte es abends vorbeibringen.

Am leer stehenden Hallenbad in Pfungstadt war bisher niemand aufgetaucht, um nach dem Gefesselten zu sehen. Beide Dets und zwei Polizisten wollten noch bis zum Einbruch der Nacht auf der Lauer liegen bleiben. Bis dahin würde schon irgendeiner der Verbrecher auftauchen, nahmen sie an.

Edwin bedankte sich so laut am Telefon, als wolle er es seinen Angestellten direkt zurufen.

„Ein Glück, dass ich fliehen konnte. In dem staubigen Keller dort wäre ich bestimmt vor Durst inzwischen schon ohnmächtig. Diese Menschenleben verachtende Saubande!"

KAPITEL 5

Folgenschwerer Entschluss

Im Schwalbennest waren mittlerweile aus Offenbach und Bad Soden zwei weitere Mitglieder der „Familia" eingetroffen. Als Besitzer eines Bootsverleihs am Main wusste Kike von einem Strangulierten zu berichten, der mitten unter dem Eisernen Steg in Frankfurt an einem Seil hing. Don Acapulco reagierte auf diese Nachricht wie elektrisiert. Zur Mahnung, und um Angst und Furcht zu verbreiten, hatte er in Mexiko die gleiche Methode schon früher einmal angewandt. Der Verursacher musste ihn demnach gut kennen. Das Zeichen war ohne Zweifel für ihn bestimmt. Jedoch: Wer war der Tote?

„Ihr beide fahrt sofort nach Frankfurt und findet heraus, wer der Erhängte ist", lautet sein Befehl an den ortskundigen Asu, den Angstmacher, und Hugo.

Per Wegwerfhandy versuchte er erneut, den Koreaner und den Berliner Bär in die Nachforschung zu integrieren. Wieder meldete sich bei beiden nur die Mailbox. Jetzt war er in jeder Beziehung überreizt und brüllte mehrmals laut „Shit! Damn`t shit! Bullshit!" Nochmals griff er zum Telefon.

Er wollte seinem Vice President, Dr. Yes, in der Karibik von der Galgen-Warnung in Frankfurt erzählen, sich damit etwas Luft machen. Dabei stellte er erstaunt fest, dass der Anruf zurück nach Deutschland geleitet wurde. Seine schlechte Laune stieg weiter. In mehr als rüdem Ton blaffte er ihn deshalb an:

„Wieso bist du, ohne mich zu informieren, nach Deutschland geflogen? Was machst du hier? Das wird ein Nachspiel haben. Komme sofort hierher in mein Haus an der Bergstraße. Paco holt dich an der Autobahnausfahrt ab, in… wie hieß die noch?... Ja, richtig, die A5, Seeheim, Alsbach, südlich Darmstadt. Keine Widerrede! Was willst du noch, du hinterhältiger Mensch, du? Du, du hast dich meinen Befehlen widersetzt und weißt genau, was das für dich bedeutet."

In seiner Wut begann er zu stottern. Seine Stimme klang schrill und überschlug sich fast. Ruhig und überlegt kam die Antwort:

„Don, höre mir ganz genau zu. Unser Markt in Deutschland ist derzeit zum Teil verwaist, also Frankfurt und Berlin. Ich besitze die Liste unserer Händler, der Labore und der illegalen Waschküchen, in denen verschnitten und umgepackt wird. Außerdem habe ich mir die Kontonummern von fast all unseren Abnehmern besorgt. Ohne diese Logistik kannst du die Kontrolle des Drogenhandels hier vergessen. Die Vertriebswege und Handelssysteme wirst du ohne mein Wissen nie erfahren. Unsere Geschäftspartner können mit unserer Ware machen, was sie wollen. Wir rennen unserem Geld hinterher. Bisher schon blieb manche wertvolle Fracht verschollen. Auch eine Havarie wurde schon vorgetäuscht, um unsere Drogen auf fremde Rechnung verkaufen zu können. Einmal hatten wir sogar einen Totalverlust. Das alles weißt du haargenau. Mit unseren „Helfern" hatten wir ohnehin schon Probleme genug. Ich schickte Eintreiber, verpflichtete Totschläger und verbreitete Angst, um an unser Geld zu kommen. Auch das ist dir bekannt. Mein Vorschlag: Wir teilen uns die 40.000 km auf. (entspricht Erdkugelumfang) Du lenkst von Mexiko aus den Rest der Welt. Mir überlässt du ganz Deutschland sowie die angrenzenden Gebiete in Europa und außerdem Südamerika und die Karibik. Ab jetzt machen wir getrennte Kasse, verstanden?!

Für die deutsche Justiz bin ich, im Gegensatz zu dir, ein völlig unbeschriebenes Blatt. Sei froh, dass sie dich bisher noch nicht demaskiert haben. Dein Lockenkopf, Hugo Ramon Hernández Juárez, wird seit seiner Ankunft in Berlin genauestens vom Deutschen Drogendezernat überwacht und alle, die mit ihm zu tun haben ebenso. Man weiß genau, wo ihr seid. Auch ich habe es erfahren, oder? Es ist nur eine Frage der Zeit, bis sie dich aus dem Verkehr ziehen. Ich biete dir eine letzte Chance. Du kannst bis morgen über meinen Vorschlag nachdenken. Ich habe einen sehr guten Draht zu einem Drogenfahnder bei der Polizei. Solltest du nicht zustimmen, hänge ich dich bei ihm an. Dann sitzt du hier ein, bist nicht mehr der große Boss, der du derzeit bist. Okay? Wir sind in Deutschland. Hier lassen sich Geschäfte aus dem Gefängnis heraus nicht so erfolgreich abwickeln wie zu Hause. Es gibt für dich nur eine Möglichkeit zu überleben: Gib auf! Fliege am besten sofort zurück, bevor es zu spät ist! Das ist meine erste und auch meine letzte Warnung."

„Niemals, schlag' dir das aus dem Kopf. Ich bin der Ältere und nicht nur deshalb seit vielen Jahren der Kartellboss. Das werde ich auch morgen noch sein. Du hast meinen Befehlen zu folgen. Kapiert! Solltest du dich noch einmal gegen mich auflehnen, oder es auch nur versuchen, mache ich dich fertig!"

„Mein lieber Amigo, deine Uhr ist abgelaufen. Hier, auf der anderen Seite des Atlantiks, hast du nur eine verschwindend kleine Zahl an Gefolgsleuten … und alle umzubringen, die dir nicht treu ergeben sind, ist keine Option. Überlege es dir noch einmal genau. Der Umschlagplatz in der Karibik ist ausschließlich mit meinen Leuten besetzt und gehört quasi schon mir. Du behältst den großen Umschlagplatz Panama, das muss genügen. Mit Miller, dem Koreaner, und dem Berliner Bär habe ich zwei Elite-Soldaten, die auf mein Kommando jedes Kaliber schießen, ohne blöde Fragen zu stellen. Außerdem habe ich vor, in Deutschland Geschäfte mit Lifestyle-Produkten aus

172

China und Indien zu starten. Damit kann hier mehr Geld gemacht werden als mit Drogen. Du lehntest ja bisher die neue Denke ab. Selbst schuld! Die Polizei hat dich schon im Visier und wird dich binnen kurz oder lang auch alleine finden und ins Gefängnis werfen. Hau ab, solange es noch geht. Wenn du dich mir in den Weg stellst, kannst du bald die Radieschen von unten angucken. Hast du meine gut gemeinte, brüderliche Warnung verstanden?"

Ja, Don Acapulco hatte verstanden. Doc, sein Blutsbruder, war zu allem entschlossen. Der Strangulierte unter der Brücke in Frankfurt war demnach seine Warnung. Doch, wen hatte er zur Abschreckung liquidieren lassen? Don schienen seine Gedanken förmlich aus der Stirn herauszufliegen. In diesem fernen Land war er vermutlich tatsächlich der Unterlegene. Jetzt konnte ihm nur ein sehr geschicktes Täuschungsmanöver helfen. Mit süßsaurer Miene und gefährlichem Lächeln in den Mundwinkeln senkte er seine Stimme und bat seinen machtsüchtigen Vize in schmeichelndem Ton um ein persönliches, klärendes Gespräch auf neutralem Boden:

„Unter vier Augen, nur wir beide, sonst niemand. Ehrenwort! Wir können uns bestimmt friedlich einigen, glaube mir. Jeder von uns hat einen Eid auf die Familia geschworen. Du weißt genau, was mit Abtrünnigen passiert. Ich bin das Oberhaupt, das ist dir doch klar! Wenn du mich und unsere Organisation verrätst, bist du tot, mausetot. Sei vernünftig, Doc! Wir sollten uns das Drogengeschäft gegenseitig nicht streitig machen. Wo wir seit vielen Jahren erfolgreich miteinander arbeiten, wird sich eine akzeptable Lösung finden lassen. Als Clanchef kann ich dir fast alles bieten, was du willst. Vergiss die Übernahme der Geschäfte in und um Deutschland, und ich vergesse das soeben von dir Gehörte. Wir haben schließlich den gleichen Schwur geleistet und müssen Hand in Hand arbeiten, gerade jetzt."

„Well, Roger! We meet morgen Nacht eleven p.m. auf der Lichtwiese in Darmstadt, auf der freien mit Gras bewachsenen Fläche vor beziehungsweise neben dem Vivarium-Zoo, noch vor den Schrebergärten. Jeder kommt alleine, ohne Waffen! Es ist alles gesagt. Before midnight, nicht vergessen!"

Unbegreiflich, dass Doc sofort zugestimmt hatte. Was wollte der machtgeile Schönling wirklich? Ihm war bestimmt klar, dass dieses Treffen nur dazu dienen konnte, ihn beseitigen zu lassen, trotz Ehrenwort. Zwei selbstverliebte Machtmenschen, wie sie es sind, können niemals auf Dauer gleichberechtigt nebeneinander agieren. Warum er es wohl vorgeschlagen hatte? Das bisherige vermeintliche Miteinander war von Anfang an durch Spannungen getrübt. Insbesondere Geld und die Familia zwangen sie, Vieles unter den Teppich zu kehren. Jetzt aber ging es um weit mehr als um persönliche Differenzen, und Drogenhandel in Europa. Hier will einer gut vorbereitet dem anderen schnellstmöglich die Herrschaft streitig machen und das Kartell übernehmen. Ein Milliardengeschäft, für das einer weichen muss, koste es, was es wolle.

Don Acapulco war nicht bereit, seine Befehlsgewalt abzugeben. Soviel war klar. Alle Mitglieder der Familia in Mexiko werden zu ihm halten, davon ist er überzeugt. Hier in Deutschland fehlen ihm allerdings Soldaten für einen großen Kampf. Trotzdem witterte er eine Chance für sich.

„Der Boss bin und bleibe ich! Basta! Doc hat nicht die Eier. Das wird er bald einsehen müssen. Ab jetzt herrscht die rohe Gewalt. Ich werde ihm das Hirn wegblasen lassen, noch bevor er gegen mich aktiv werden kann", kauderwelschte er vor sich hin.

Plötzlich tobte er in unüberhörbarer Lautstärke los:

„Alle zu mir! - Hierher! - Sofort!"

Er nahm neben dem edlen Mahagonischreibtisch auf einem goldenen Sessel mit hoher Rückenlehne Platz. Seinen Panamahut hatte er weit ins Genick geschoben. Das Hemd war aufgeknöpft, sein Bauch hing über den Hosenbund. Vor ihm stand eine Flasche Tequila, dem er reichlich zusprach. Jeder konnte sein vor Zorn gerötetes Gesicht und seine stark hervortretenden Schläfenadern erkennen. Das versprach nichts Gutes.

„Ab jetzt hat jeder von euch den gleichen Auftrag: Bis heute Abend bringt ihr mir Doc, tot oder lebendig. Es reicht auch, wenn ihr mir nur seinen Kopf bringt. Einerlei was ihr tut, er muss weg! Ihr findet ihn in einem Frankfurter Hotel. Liquidiert ihn! Sorgt dafür, dass er für immer seine Schnauze hält, dieser Verräter."

175

Er reichte jedem ein Bild des fast vierzigjährigen, blendend aussehenden Mulatten, während er sie alle viel zu laut anbrüllte:

„Passt gut auf. Er ist bewaffnet und wahrscheinlich von einigen Totschlägern umgeben. Achtet insbesondere auf den kleinen Berliner Bär und den Neuen, den Koreaner. Die beiden sind hinterlistig, brutal und unberechenbar. Sie scheuen vor keinem Mord zurück. Einer von euch informiert Asu und Hugo, die immer noch in Frankfurt herausfinden sollen, wer der Erhängte ist. Sie sollen euch bei der Vernichtung von Doc unterstützen. Ich halte hier die Stellung. Wer mir als erster den Tod von diesem Scheißkerl `Dr. YES´ meldet, bekommt als Bonus zwanzig Riesen. Los! Macht Madenfutter aus ihm!"

Er sprach ohne Unterlass, als fürchtete er, jemand könnte ihn unterbrechen. So ergab sich keine Möglichkeit für Rückfragen. Kadavergehorsam war für ihn ohnehin selbstverständlich. Wenn er befohlen hätte, sich über eine Schlammpfütze zu legen, damit er selbst trockenen Fußes darüber schreiten könnte, alle hätten es für ihn getan. Seinen Standardsatz kannten alle. Es war immer der gleiche: „I`m not interested in problems, only in results!"

Entsprechend kopflos, mit vielen offenen Fragen belastet, gingen sie zu den Autos. Beratschlagen wollten sie sich auf dem Parkplatz seitlich vom Schuldorf Bergstraße kurz vor der Autobahnauffahrt.

Für den Fall, dass seine Leute den Auftrag nicht ausführen könnten, entwarf der Kartellchef, schwitzend und vor sich hin fluchend, einen vor Waffen nur so strotzenden Schlachtplan. Mit seinen beiden texanischen Bodyguards Paco und El Potrillo, dem Hengst, sowie El Asustin, dem Sicherheitsbeauftragten vom Frankfurter Flughafen aus Heppenheim, Hugo Hernandez, seinem Verwandten und potentiellen Nachfolger, Kike vom Bootsverleih am Main und Carlos, dem frisch geschiedenen Casinoangestellten aus Bad Homburg, hatte er sechs Familienangehörige als Mannschaft, auf die er sich blind verlassen konnte. Die beiden Diener von Hugo stufte er als unzuverlässig ein, da er sie nicht gut genug kannte. Alle werden zumindest doppelt bewaffnet, rund um die Lichtwiese postiert. Außerdem will er eine Straßenbaustelle mit rot-weißen Bändern und Zelt direkt über einem Kanalschacht aufbauen lassen. Ein gutes Versteck für Kike mit der Panzerfaust. Es ermöglicht einen unbemerkten, unterirdischen Rückzug nach dem Treffen. Das würde Doc, dieser hundsgemeine Umstürzler, nie überleben. Hoffentlich fassen ihn seine Leute nicht schon vorher. Er würde ihn zu gerne persönlich liquidieren.

Mitten hinein in das selbstgefällig, überhebliche Lächeln des Drogenbosses platzte der Anruf von Hugo:

„Don Acapulco, du bist unser Fünf-Sterne-General, sorgst für unsere Sicherheit und die unserer Angehörigen. Dafür möchte ich mich herzlich bei dir bedanken. Doch du kannst nicht überall sein, insbesondere nicht in einem fremden Land wie hier. Das versteht jeder. Bitte setze dich, bevor du meine Nachricht hörst. Ich habe ein Bild des Erhängten gesehen, eine der brutalsten Bestrafungen, die ich je sah. Obwohl etwas unscharf, bin ich mir sicher, dass es dein Schwiegersohn Bodo aus Berlin ist, mit dem ich mich eigentlich in Frankfurt treffen sollte. Es tut mir so leid. Wir suchen jetzt diesen Halbmexikaner, weil..."

„Ihr könnt ihn gleich umbringen. Ich bin sicher, dass er Bodo unter den Eisernen Steg aufknüpfen ließ. Das war nur der Anfang. Um Boss der Bosse werden zu können, beginnt er, meine Nachkommen zu vernichten, so wie es im Tierreich die Löwen tun, wenn sie ein Rudel neu übernehmen. Wir Juárez-Leute bilden eine großartige Gemeinschaft und sind keine Gang. Wir lieben uns, nicht wahr! Dieser Gangster darf nicht länger unter uns sein. Wer nicht nach meiner Pfeife tanzt, muss die Konsequenzen tragen. Ohne Umschweife sogleich erschießen, mit all seinen Gefolgsleuten. Verstanden?!"

„Natürlich, ich...."

Vor Wut schäumend verzichtete Don Acapulco auf weitere Erklärungen von Hugo. In seinem weißen Gesicht breiteten sich zwei brennend rote Flecken aus. Während er ununterbrochen laut vor sich hin fluchte, versuchte er seine Tochter zu erreichen. Ohne Erfolg. Jetzt, wo er keinen ihm ergebenen Vertrauten mehr hatte, der auf sie aufpassn konnte, musste sie schnellstmöglich das Land verlassen. Ein Glück, dass die beiden keine Kinder haben. Eddi Gras, der bisherige Stellvertreter von Bodo bei den Dealern in Berlin, der immer dann aktiv wurde, wenn Bodo in Mexiko bei seinem Schwiegervater weilte, musste er als ersten instruieren. Das überaus einträgliche Geschäft in und um die deutsche Hauptstadt muss reibungslos weiterlaufen. Leider ist Gras ein unauffälliger, ängstlich aussehender Beamtentyp und bestimmt kein Auftragskiller, so wie er jetzt dringend einen benötigt hätte.

Außerdem muss er schnellstens mit vielen „alten Bekannten" telefonieren, Kontakte festigen und sich deren Loyalität sichern. Das könnte schwierig werden, da ihm sein Vice, Dr Yes, bestimmt zuvorgekommen ist.

Seine Vorahnung war berechtigt. Karsten Frank, Pharmazeut mit großem eigenen Labor in Kronberg im Taunus, den sie beide als neuen Laborbetreiber im Großraum Frankfurt auserkoren hatten, war längst von dem Halbmexikaner eingeschüchtert und zwangsrekrutiert worden. Ursprünglich hatte ihn das von Don Acapulco angebotene, leicht zu verdienende Geld sofort überzeugt. Die Angst vor den angedrohten massiven, großenteils blutigen Maßnahmen des persönlich vorsprechenden Konkurrenten hatte dann aber die Oberhand gewonnen. So ist er jetzt ein fügsamer Vasall von Dr. Yes. Ähnliches geschah bereits in Augsburg, wo ebenfalls die Furcht der Drogendealer größer war als ihre Geldgier. Auch dort kam sein Anruf zu spät. Er dachte, dass der einzig ihm verbliebene Trumpf in Berlin, in der zweiten Reihe versteckt ist. Doch auch diese Vermutung entpuppte sich als Fehleinschätzung. Alle dort Angerufenen wussten bereits, dass auch der, als brutal und skrupellos überall bekannte, Berliner Bär ein Don-Abtrünniger ist. Obwohl ihn die meisten nicht persönlich kennen, haben alle Respekt vor ihm. Die über ihn kursierenden Geschichten reichen aus, selbst hartgesottenen Ganoven Angst einzuflößen. Sie würden eher nichts tun, als sich dem Zwerg mit dem großspurigen Namen entgegenzustellen. Jetzt verstand Don, warum weder der Berliner Bär noch der Koreaner seine Anrufe beantworteten.

Vorankommen

Die Hektik in der Soko 6064 erreichte ihren ersten Höhepunkt. Über das Drogendezernat hatte man erfahren, dass der von ihnen beschattete Hugo Juárez, von seinen Dienern Don Hernandez genannt, in ein gut verstecktes Haus an der Bergstraße gefahren war. Dieses hatte er, zusammen mit einem unbekannten Komplizen, inzwischen wieder verlassen. Vorbereitungen zur Durchsuchung dieses Hauses wurden getroffen. Wer waren die nach und nach dort angereisten Personen? Leider gab es keine Fotos. Die Autonummern gaben ebenfalls keine Auskunft über die Wagennutzer Mindestens sieben sollten sich noch im Haus aufhalten.

Polizeidirektor Rottenbach beauftragte seine Darmstädter Mitarbeiter, das Haus und dessen Umfeld auszuspähen, viele Bilder zu schießen und es sofort zu stürmen, wenn der Durchsuchungsbefehl vorliegt. Sein Befehl galt ebenso für andere inzwischen eingetroffenen Mitarbeiter der Soko.

„Die dort ausgemachten Personen werden dingfest gemacht und hierher gebracht. Legt ihnen sofort Handschellen an, auch wenn sie noch so seriös aussehen. Wehe, es entkommt einer. Ich gehe davon aus, dass diese Banditen etwas mit dem Mord unter dem Eisernen Steg zu tun haben. Auch die zwei Erschossenen und der Verletzte aus Kranichstein könnten ihr Werk sein. Vielleicht sogar noch der vor der Verhandlung im Gerichtsgebäude ermordete Apotheker. Sie wissen schon, der mit dem Drogenlabor in Frankfurt", sprudelte es bei der Einsatzbesprechung förmlich aus ihm heraus.

Gerade als er selbst zum Smartphone greifen wollte, kam auf diesem die Meldung, dass zwei PKWs das Schwalbennest in der Nähe von Seeheim/Bergstraße verlassen. Er befahl, sämtliche Insassen hinter der hohlwegähnlichen Abfahrt, noch vor der Durchfahrtsstraße sicherzustellen und nach Darmstadt ins Präsidium zur Vernehmung zu bringen. Das dürfte nicht allzu schwierig sein, da Wenden auf dieser engen Stecke nahezu unmöglich ist.

Der Polizist, der gerade eben noch nicht mehr als ein Beobachter war, ließ sein Handy an, während er zusammen mit seinem Kollegen, den beiden Wagen ein paar Schritte entgegenging. Per Handzeichen zwang er sie zum Anhalten. Mit der Kontrolle der Wagenpapiere und Reisepässe ließen sie sich Zeit. Die zwei Fahrer und vier Beifahrer wurden höflich gebeten auszusteigen. Dabei eskalierte die Situation. Rottenbach hörte am Telefon Schüsse und das Fluchen seiner Mitarbeiter, die sich hinter ihren beiden Polizeiautos verschanzt hatten. Im Schutz dieser Deckung las man ihm die Namen aus gerade glücklich ergatterten drei Pässen vor. Erneut ertönten Schussgeräusche aus unterschiedlichen Waffen. Als einer der Polizisten getroffen zur Seite fiel, sprangen die Verdächtigen in ihre Autos und rasten unter wildem Schusswechsel nach Westen davon. Um durchbrechen zu können, rammten sie einen der Streifenwagen derart heftig, dass dieser zur Seite kippte. Die Rechnung des Polizeidirektors war nicht aufgegangen. Ein verletzter Kollege, drei fremde Pässe und zwei zerschossene, beziehungsweise stark demolierte Polizeiautos waren eine niederschmetternde Ausbeute.

Mit Dreieckstüchern und Mullbinden versuchten sie, die Blutungen von zwei Schusswunden an Oberarm und Unterschenkel zu stillen. Ein Krankenwagen des ASB war bereits auf dem Weg.

Don Acapulco hatte die Schüsse durch die geöffnete Balkontür deutlich vernommen. Er kletterte den für eine Flucht vorbereiteten steilen Hang hinter dem Haus trotz seiner Leibesfülle sehr gewandt hoch. Die lange, schmale Leiter nachziehend, versteckte er sich im Wald. Per Handy regelte er seine Flucht. Seine Vorarbeiten zum Treffen mit Doc waren nichts mehr wert, weil er die sechs Schnellfeuergewehre im Haus zurücklassen musste. Lediglich Handfeuerwaffen und eine Panzerfaust standen ihm und seinen Leuten jetzt noch zur Verfügung.

Die mittlerweile eingetroffenen Kollegen der Soko konnten das große automatische Gittertor nicht öffnen. Rammen, schießen oder sprengen wäre jetzt die Frage gewesen, die sich ein Spezialeinsatzkommando (SEK) stellen würde. Hier jedoch genügte ein langer Hebel aus dem Autozubehör, um die zweiflügelige Automatik zu überwinden. Während einige mit gezogener Waffe schnellen Schrittes den Garten in Besitz nahmen, klingelten zwei am Hauseingang. Ihr donnerndes Hämmern gegen die massive Holztür dröhnte durch das ganze Haus. Die Kollegen auf der anderen Seite der Villa hatten keine Personen bemerkt. Mit einer Ramme wurde die Tür aufgebrochen, ohne nach einem alternativen Eingang zu suchen.

„Alle Zimmer durchsuchen! Einer müsste sich noch hier im Haus versteckt halten."

Jedoch, so sehr sie auch suchten, sie fanden keinen Menschen. Die Balkontüren standen offen. Jeder konnte sehen, dass die Männer der Drogenmafia hier gewesen sein müssen. Sechs Schnellfeuergewehre und drei Uzi-Maschinenpistolen lagen einsatzbereit geladen im Untergeschoss.

„Wir haben die Männer bei der Vorbereitung eines Überfalls gestört", meldete der Einsatzleiter dem Chef der Soko, PD Rottenbach.

Die Umgebung wurde abgesucht. Dass jemand die fast senkrecht nach oben führende Böschung emporgestiegen sein könnte, glaubte niemand. Ein Kollege beobachtete unauffällige die Zufahrt. Um einen kompletten Abzug der Sicherheitskräfte vorzutäuschen, wurden sämtliche Autos weggebracht, auch die beiden gelöcherten Wracks.

Es geht voran

EKHK Pauli im Frankfurter Polizeipräsidium wurde auf dem Festnetz mit einem Herrn Erbel aus Arheilgen bei Darmstadt verbunden. Dieser Herr ignorierte sowohl die Frage nach dem Grund seines Anrufs als auch die nach seiner Identität. Er sprach sofort drauflos, schnell wie ein Maschinengewehr:

„Ein Halbmexikaner, Aliasname Dr. Yes, ist im hjr hotel, nahe der Frankfurter Messe, abgestiegen. Ihn müssen Sie im Auge behalten, denn er führt Schlimmes im Schilde. Drogenbosse aus Mittelamerika geben sich zurzeit im Rhein-Main-Gebiet ein Stelldichein. Ich weiß, dass einige schon von Ihren Leuten überwacht werden. Da ich mich in der Szene einigermaßen auskenne, bitte ich Sie mit Ihrer Soko, diese Herren schnellstmöglich einzeln, möglichst persönlich zu überprüfen. Insbesondere der gut deutsch sprechende Mann aus der Karibik darf nicht aus den Augen verloren werden. Er ist meines Wissens ein kleiner Drogenhändler, der nach oben strebt und keinesfalls so seriös ist, wie er aussieht."

Außerdem wusste er zu berichten, dass Hugo, der Lockenkopf, mit einigen Kumpanen bei Seeheim an der Bergstraße Unterschlupf gefunden hatte. Unter den dort Wohnenden müsste sich auch der Drogenboss der Juárez-Familia befinden, der weltweit gesuchte Don Acapulco. Die Alarmglocken bei Pauli klingeln sofort.

„Schauen Sie sich jeden Unbekannten lieber zweimal an. Unter fremdem Namen mit einem gefälschten Pass einzureisen ist kein

184

Problem, wie Sie wissen. Der Mexikaner hat sein Aussehen perfekt umgestaltet, sonst wäre er schon bei seiner Einreise aufgefallen. Wie er sich derzeit nennt, weiß ich nicht. Ich habe ihn trotzdem erkannt. Achten Sie auf einen kleinen, dicken Mann, zirka 1,60 Meter groß, mit nicht spiegelnder Glatze und auffallend weißer Hautfarbe. Er sieht nicht typisch mexikanisch aus. Gegenüber den Fahndungsfotos hat er sich total verändert. Vielleicht lässt sich sein Foto meinen Angaben entsprechend retuschieren."

Bevor Pauli rückfragen konnte, wurde das Gespräch beendet. Noch ganz aufgeregt wandte er sich an Kollegen Huber im Nebenzimmer. Er würde wissen, wer der Informant ist. Erbel, Arheilgen, das muss doch zu finden sein. Da der Teil seiner Angaben zu Hugo Hernandez mit den Erkenntnissen der Soko übereinstimmte, ging Pauli davon aus, dass auch die weiteren Angaben ihre Richtigkeit hatten. Eine Streife wurde zum genannten Hotel geschickt, um den schon durch Edwin von Alsberg namentlich bekannten Dr. Yes zu einem Gespräch ins Präsidium zu bitten. Es dürfte nicht einfach werden herauszufinden, unter welchem Namen er dort tatsächlich abgestiegen ist. Als markante, fremdländisch wirkende Persönlichkeit sollte er jedoch leicht auszumachen sein.

Die Bedenken waren völlig überflüssig, Dr. Yes, Suite 623, stand wie selbstverständlich im Hotelcomputer an der Rezeption. Bereits eine Stunde später meldete sich der Gesuchte im Präsidium bei EKHK Pauli. Zusammen mit Huber gingen sie in den Vernehmungsraum.

„Herr Dr. Yes", begann wie immer KOK Huber das Gespräch.
„zuerst einmal danke ich Ihnen, dass Sie zu uns gekommen sind.
Welcher glückliche Umstand hat Sie in unser schönes Frankfurt
geführt? Seit wann sind Sie hier?"

„Wieso konnte mir Ihr Kollege nicht sagen, was gegen mich
vorliegt. Bin ich etwa festgenommen? Bevor ich irgendeine
Frage beantworte, muss dieser Punkt geklärt werden."

„Wir haben Sie zu diesem sehr brisanten Gespräch gebeten, weil
wir glauben, dass Sie derjenige sind, der uns in einer Mordsache
weiterhelfen kann. Was machen Sie in Deutschland?"

„Ich komme von einer kleinen Insel in der Karibik, die zu den
Bahamas gehört, und möchte mein Geld in der Nähe eines
deutschen Großflughafens in Immobilien anlegen. Das ist schon
alles. Wie kann ich Ihnen helfen? Ich habe wenig Zeit.
Hausbesichtigungen stehen an. You understand?"

„Zuerst einmal benötigen wir den oder die Namen der
Immobilienhändler, mit denen Sie zusammenarbeiten. Ich
nehme Ihnen die Kaufaktivitäten nicht ab. Nach unseren
Informationen sind Sie vielmehr hier, um das Drogengeschäft zu
maximieren. Ihr Hotelzimmer wird gerade durchsucht. Sollten
unsere Kollegen von der Spusi dort Material finden, behalten
wir Sie gleich hier in Gewahrsam. Sie können Ihre Situation
allerdings verbessern, wenn Sie mit uns zusammenarbeiten.
Wen kennen Sie in der deutschen Drogenszene? Mit wem halten
Sie Kontakt? Nennen Sie uns Namen und wir lassen Sie gehen."

„Aus diesem Business ist mir niemand bekannt. Ich suche hochwertige Immobilien, wie ich…"

„Redde Sie koi dumm Zeusch.", fiel Pauli ihm polternd ins Wort. „Wir wisse, dass Sie mit Rauschgifte zu tun hawwe. Das werde mir Ihne beweise. Komm, Huber, mir lasse den foine Herrn jetzt allein."

„Hoffentlich finden unsere Kollegen ihn belastendes Material, sonst müssen wir ihn wieder laufen lassen. Leider!" Beide nickten sich verständnisvoll zu, während sie ihre Büros ansteuerten.

Mittlerweile lag eine Meldung der Darmstädter Kollegen auf Paulis Schreibtisch:

„Nach der Identität von drei namentlich bekannten Verdächtigen mit deutschem Pass aus dem Haus in Seeheim wird weiterhin im Schnelldurchlauf gesucht. Bisher gab es keine Übereinstimmung mit registrierten Personen. Leider stehen in den Pässen keine Adressen. Alle sechs sind nach dem Schusswechsel in zwei Wagen mit falschen Nummern entkommen. Ein Polizist wurde verletzt. Im Haus am Hang konnte keine Person, aber mehrere Waffen sichergestellt werden. Auch das dort geparkte Auto war als gestohlen gemeldet. Ansonsten gibt es keine Fortschritte, alle sind entkommen."

Als sie zweieinhalb Stunden später den Halbmexikaner mangels Beweisen entlassen müssen, ist ihre Stimmung auf den Nullpunkt gesunken.

Die beiden mit Kugeln aus Polizeipistolen gespickten PKWs der geflohenen Banditen wurden mittlerweile hinter dem Schuldorf Bergstraße gefunden. Vielleicht flohen die sechs unter Nutzung der Straßenbahn weiter in Richtung Darmstadt. Nachforschungen zum Beweis für diese These blieben ohne Erfolg. Auch dort zuständige Bus- und Taxifahrer hatten keine auffälligen Fahrgäste registriert. So blieb nur die Vermutung, dass ein Bekannter sie abgeholt hatte.

„Wie vom Erdboden verschluckt!"

„Na, Ihre Observierung war doch nicht so erfolgreich wie ich es mir vorgestellt hatte?" frotzelte Erbel am Telefon und erklärte, nun sicher zu wissen, dass der siebte Mann in dem observierten Haus tatsächlich der zur weltweiten Fahndung ausgeschriebene Drogenboss Don Acapulco ist.

„Woher wisse Sie das? Wer sin Sie? Wieso hawwe mir Sie in keiner Kartei und in keinem Telefonbuch gefunden, Herr Erbel?"

„Fahren Sie in die Innenstadt. In der Menschenmenge auf der Zeil werden Sie die Gesuchten mithilfe der Bilder aus den Pässen höchstwahrscheinlich finden. Außerdem rate ich Ihnen, die Umgebung des `Schwalbennests´ an der Bergstraße im Auge zu behalten. Don Acapulco muss sich dort in der Nähe noch aufhalten, zumindest so lange, bis es dunkel ist. Ich hoffe, die Waffen haben Sie inzwischen sichergestellt." Sagt´s und legt auf.

Etwas verwirrt murmelte Pauli vor sich hin:

„Warum kennt niemand von uns den geheimnisvolle Herrn Erbel? Er weiß alles iwwer uns und wir wisse nix von ihm. Der Rottenbach soll sich noch einmal um diesen Herrn kümmern. Er kann die paar Meter nach Arheilgen schon fast laufen. Ich jedenfalls geh´ jetzt ins hjr hotel und überwache dort den angeblichen Immobilieninteressenten. Der ist für mich die Schlüsselfigur. In ähnliche Situatione hab` isch bisher immer rischtisch gelege mit moine Annahme."

Überraschenderweise stieß er in der Halle des Hotels auf Edwin von Alsberg, dem es, permanent um sich blickend, offenbar schwer fällt, seine Anwesenheit zu erklären.

„Ich bin mit einem Kunden der Detektei verabredet, der hier wohnt. Telefonisch wurde ich hierher bestellt. Das sind Tatsachen, Herr Pauli, bestimmt."

„O.K. den Namen bitte, Herr von Alsberg. Oder besser, Sie sagen mir gleich die ganze Wahrheit. Sie lügen mir nicht noch einmal das Blaue vom Himmel herunter."

Wie immer, wenn Pauli etwas sehr wichtig war, sprach er Hochdeutsch. Edwin kannte ihn gut, konnte demzufolge auch seinen Tonfall richtig interpretieren. Aus unerfindlichen Gründen hatte er plötzlich das dringende Gefühl, die Wahrheit sagen zu müssen.

„Mein Klient heißt Dr. Yes! Ich hatte ihn in unserem letzten Gespräch erwähnt, wie Sie sich bestimmt erinnern. Ich weiß immer noch nicht, wie er wirklich heißt und was er heute von meiner Detektei will. Er bestellte mich zu einem Gespräch unter vier Augen. Darauf warte ich nun schon geraume Zeit. Hier im Foyer wollte er mich abholen. Doch niemand kam bisher. Ich erwarte ein lukratives Geschäft und habe trotzdem ein ungutes, mulmiges Gefühl, wenn ich an ihn denke."

„Woher kennt er Sie eigentlich? Sie müssen doch irgendetwas wissen, eine Vorahnung haben. Nur auf Verdacht wären Sie niemals hierher gefahren. Ich verbitte mir jede Art von Gefälligkeitslügen. Vertrauen ist angesagt, nach allem, was wir gemeinsam erlebt haben?"

Einer plötzlichen Eingebung folgend, gab Edwin vor, dass es sich um die detektivische Überwachung einer Person handeln könnte, die sehr reich ist.

„Das ist das tägliche Geschäft meiner Detektive. Davon lebt mein Büro. Was sonst könnte dieser Fremde von mir wollen. Sehen Sie, hier auf meinem Smartphone habe ich ein Foto, das mir Dr. Yes vor etwa einer Stunde überbringen ließ. Der Mann heißt John Rock, stammt aus Canada und wohnt in einem Privathaus zirka 50 km von hier entfernt am Rande des Odenwaldes. Dort werden ihn meine Leute aufspüren. Ich melde mich bei Ihnen, wenn ich mehr weiß, versprochen!"

„Gut, den Typen kenne ich nicht. Senden Sie mir sofort das Bild. Ich warte hier und regele die permanente Observierung des

Doktors. Nach ihrem Gespräch mit ihm treffen wir uns in der Tiefgarage, gleich rechts hinter dem Aufzug."

Der vereinbarte Treffpunkt hatte in Paulis Augen viele Vorteile. Er war weder einzusehen, noch konnte ein Dritter, der rauschenden Klimaanlage wegen, ein Wort verstehen. Das Bild von dem Mann, den die Detektei wahrscheinlich kontrollieren sollte, sagte Pauli nichts. Er sandte es ins Präsidium. Per SMS erfährt Pauli postwendend, dass das Bild eine gewisse Ähnlichkeit mit dem von Interpol gesuchten Don Acapulco habe. Ob er es wirklich ist, müssen erst die Messdaten des neuen Abgleichprogrammes klären.

Ein Anruf bei Polizeidirektor Rottenbach klärt, dass man die Wohnung des Herrn Erbel gefunden hatte. Seine Haushälterin hatte versprochen, ihn sofort zu informieren, wenn er wieder zurück ist.

„Sie suchen mich?," sprach eine unbekannte Stimme Pauli von hinten an. „Nun, hier bin ich. Was hat von Alsberg Ihnen gegeben?"

Leicht verwirrt schaute Pauli in die müden, traurigen Augen eines großen, schlaksigen, älteren Mannes, der seine Hände tief in den Manteltaschen vergraben hatte. Mit Halbbrille und abstehenden Ohren nicht gerade ein vertrauenserweckender Gesamteindruck.

„Sie sind Erbel? Wirklich? Woher kennen Sie mich? Was führt Sie in diese Gegend? Wieso wissen Sie so viel über die Drogenmafia?"

„Was hat er Ihnen gegeben? Schnell, ich muss wieder weg."

„Hier sehen Sie. Das Bild auf meinem Handy erhielt ich auf Umwegen. Stammt eigentlich von Dr. Yes."

„Whow, das ist eindeutig Don Acapulco, so wie er heute aussieht. Prima. Ich sende mir schnell selbst davon eine Kopie. - Danke! Sehen Sie dort, der Concierge ruft nach Ihnen."

Als Pauli auf den winkenden Hotelangestellten zugeht, verschwindet Erbel so unauffällig und schnell, wie er gekommen war. Für ein kleines Trinkgeld hatte er vorher veranlasst, dass auf sein vereinbartes Zeichen hin, sein Gesprächspartner zur Rezeption gebeten wird. Dort gab es weder eine Nachricht für ihn, noch irgendeinen anderen Grund zu kommen, sondern angeblich nur eine Verwechslung der Person.

„Schlau eingefädelt von diesem dünnen, alten Mann. Wieso kam er mir nur bekannt vor?" So sehr Pauli auch grübelte und nachdachte, er konnte sich nicht entsinnen, wo er dieses Gesicht schon früher gesehen hatte. Durch die Bildübertragung hatte er jetzt zumindest die Nummer von dessen Smartphone. PD Rottenbach wird ihn einbestellen. Dann erfahren sie mehr über ihn.

Unbemerkt hatte Dr. Yes inzwischen ebenfalls das Hotel verlassen. Wie gut, dass Beobachter eingeteilt waren. Sie werden ihn nicht aus den Augen lassen und Bericht erstatten.

In der Tiefgarage, neben dem Aufzug wartete EKHK Pauli vergebens auf Edwin von Alsberg, der seinerseits dem eigenen Kunden nicht traute und ihn verfolgte, als er unbemerkt verschwinden wollte. Eine kurze Information an Pauli vergaß er bewusst, weil er glaubte, nichts Neues mitteilen zu können. Gute Zusammenarbeit sieht anders aus.

Identitätsdiebstahl

Das Bild von John Rock hatte Edwin im Foyer von einem der beiden Bodyguards erhalten, die ihn im ehemaligen Pfungstädter Hallenbad so schlimm misshandelten. Gerne hätte er ihn darauf angesprochen. Das war allerdings völlig unmöglich, ohne einen mittleren Skandal hervorzurufen. Er kauderwelschte in grottenschlechtem Deutsch zweimal die offensichtlich auswendig gelernten Sätze, bevor er eiligen Schrittes per Aufzug entschwand.

„Den Mann auf Bild beschatten. Meldung ein Mal in Stunde an Fon-number hier Rückseite. Sonst tot! Okay?!"

Edwin hatte wohlüberlegt Kommissar Pauli nur ein paar Informationen weitergegeben, um nicht von ihm später wegen Behinderung von Ermittlungen angeklagt werden zu können. Er

193

hoffte, dass der Halbmexikaner, nach Rückerstattung seiner Kaution durch das Notariat Geldbach, Deutschland schnell wieder verlässt. Wenn seine Erika erst einmal freigesprochen war, konnte er immer noch der Kripo Bericht erstatten, falls dann noch nötig. Kriminelle Handlungen hatte er schließlich nicht begangen. Verhandeln alleine ist nicht gesetzeswidrig.

Pauli gefiel sich in der Rolle des Wissenden, als er allen betroffenen Kollegen eröffnete, was die Ermittlungen des BKA in Wiesbaden zu den „Drogen-Mails" von Erika nach Mittelamerika und USA ergeben hatten.

„Liebe Kollegen, ein Fremder hatte sich höchstwahrscheinlich die Identität von Frau Kratz im Internet geliehen und in Ihrem Namen Mails versandt. „Cybercrime" nennen inzwischen auch die deutschen Behörden so etwas. Kryptierung und Anonymisierung verringern die Ermittlungschancen erheblich, selbst für die Spezialisten des BKAs. Das wussten der oder die Täter genau. Das Kürzel E.K. auf den Memos, das bisher Erika Kratz zugeschrieben wurde, könnte genauso gut auch Drogenhersteller Egon Kaffitz gehört haben, der sich absichtlich dieser Analogie bediente. Wo der Computer geblieben war, mit dem er unter falschem Namen den Schriftverkehr via Internet abwickelte, wissen wir nicht. Unsere Leute haben ihn jedenfalls genau so wenig gefunden wie die drei Gauner aus Darmstadt"

Nach kurzem Überlegen fuhr er fort: „Auch die genaue Prüfung der angeblich von Erika Kratz geführten Telefonate durch die Wiesbadener Behörde ergab kein einheitliches Bild. Einesteils waren die Grundtöne der weiblichen Stimme der von Erika sehr, sehr ähnlich, andererseits hätte ein technisch versierter Mensch mithilfe eines Stimmenwandlers seine eigene Stimme der der Verdächtigen künstlich so gut anpassen können, dass sie der ihren völlig gleicht. Die Aufzeichnungen der NSA weisen nicht eindeutig auf eine Frau hin. Die Spezialisten vermuten eher einen telefonierenden Mann, der professionell den besagten Transformer benutzt hatte."

Um erneut einen Stimmenvergleich inklusive Nebentönen vorzunehmen, wurde Frau Kratz in die Forensik des BKAs nach Wiesbaden bestellt. Edwin begleitete sie, wohl wissend, dass er nicht am Verhör teilnehmen durfte. Er fühlte sich für ihre Sicherheit grundsätzlich verantwortlich, sah sich jetzt allerdings nur in der Rolle ihres Chauffeurs.

„Ich glaube, ich tue das nur aus Liebe", gestand er sich selbst ein, während sie schweigend in die hessische Hauptstadt fuhren.

Im BKA ging es beschaulich zu. Gemäßigten Schrittes ging jeder gezielt einer Arbeit nach. Man bat Erika, in einem, mit Technik übersäten Raum kurz zu warten, ohne ihr ein Getränk anzubieten und ohne Bewachung. Seltsam für jemand, der sich nur gegen eine hohe Kaution in Freiheit befand. „Chefermittler Alfons Meyer" und „IT-Spezialist Jürgen Scheer" stellten sich kurz vor.

„Grüß Gott, wir beginnen sofort. - Aufnahme läuft! - Frau Kratz im November letzten Jahres und Anfang dieses Jahres führten Sie Gespräche mit Übersee. Erinnern Sie sich? Es ging darin um

„Molly". Inzwischen wissen wir, dass es sich dabei um eine leider nur angeblich `saubere Droge´ handelt, die zur Luststeigerung beim Sex eingeworfen wird. Macht es bei Ihnen Klick?"

„Meine Herren, Gespräche dieser Art habe ich nie geführt und schon gar nicht mit Amerika. Ich weiß auch nicht, was dieses … ähem, Milly, oder so ähnlich … sein soll. Mit dieser Art von Machenschaften habe und hatte ich nie etwas zu tun. Verstehen Sie doch! Ihre Vorwürfe gegen mich entbehren jeglicher Grundlage."

„So, dann hören wir uns ihr Gespräch noch einmal Wort für Wort an. Bitte Jürgen."

Ungläubig hörte Erika zu. Dann schüttelte sie ihren Kopf:

„Das soll meine Stimme sein? Niemals! Ich würde außerdem alles anders formulieren. Wer sprach da am Telefon? Ich war es jedenfalls nicht! Meine Stimme sollte ich doch wiedererkennen, oder?"

„Gut, wie Sie meinen. Machen wir einen direkten Vergleich. Sprechen Sie diesen Satz in das Mikrofon, langsam und deutlich. Es ist der gleiche, den Sie schon beim ersten Verhör sagten. Sind die Ausschläge und Frequenzen Ihrer Stimme deckungsgleich mit denen im Februar fremd aufgezeichneten, haben wir Sie überführt. Sollten Sie vorhaben, Ihre Stimme zu verstellen, lassen Sie das. Die Technik würde den Versuch sofort anzeigen. Und für uns wäre es ein Schuldeingeständnis. Los geht's."

Äußerlich völlig entspannt nahm Erika den vorgegebenen Text in die linke Hand und begann vorzulesen:

„Euer Molly ist eine schmutzige Droge geworden. Ecstasy habt Ihr mit Zyanid verunreinigt. Dieses Zeug will ich nicht haben. Schickt mir keines mehr. - Over."

Wieder und wieder hatte sie einzelne Worte zu deklamieren. Dann brachen die beiden Spezialisten den Versuch ab und baten sie, vor der Tür zu warten. Auch jetzt gab es weder ein Getränk noch eine gastfreundliche Geste anderer Art. Nur gelegentlich sorgten im Vorbeigehen freundlich nickende Beamte für etwas Belebung. Sie traute sich nicht, diese nach etwas Trinkbarem zu fragen. Erst nach fast einer Stunde kam der lange ersehnte Satz:

„Frau Kratz, Sie dürfen das BKA verlassen und nach Hause fahren. Das Ergebnis wird Ihnen schriftlich von der Staatsanwaltschaft mitgeteilt."

Erika wusste nicht, was sie von dieser Art Verfahren halten sollte. Keiner hatte sie nach dem iPad gefragt. Ihre Frage zur nächsten Gerichtsverhandlung wollte oder konnte keiner beantworten. Sie war enttäuscht. Mit Strohhalm eine Limonade saugend, redete sie auch während der Rückfahrt kein Wort mit dem Mann, der sie von bisweilen verliebt von der Seite ansah. Sie nahm ihn nicht einmal bewusst wahr.

„Gleich morgen Vormittag werden wir bei Gericht vorstellig. Dort muss man dir einen Termin für die Verhandlung nennen. Alle Bedenken konntest du ausräumen. Freispruch erster Klasse steht an. Prima! Meine Mutter und Alysia werden sich freuen. Ich komme gegen zehn Uhr zu dir nach Bornheim. Dann nehmen wir die Sache gemeinsam in die Hand. Einverstanden, Frau Sprachlos?"

Erika nickte müde und abgespannt. Auch während Edwin voller Enthusiasmus über das von ihm erwartete Familienglück in den folgenden Wochen referierte, blickte sie nur stumm geradeaus. An ihrem Ego zweifelnd, konstruierte sie in Gedanken wirre Ängste vor den Verbrechern, die im Besitz des iPads waren und bestimmt nur noch nach ihrem Leben trachten. Warum meldete sich von diesen „Herren" keiner? Klar, natürlich, man hatte einen Killer beauftragt, wollte sich selbst die Finger nicht schmutzig machen. Sollte sie nicht doch besser alles der Kriminalpolizei beichten? Ihre bis vor kurzem noch positive Stimmung schmolz dahin wie ein Schneemann in der Frühlingssonne.

Soko-Stress

Der unter die Mainbrücke Gehängte war schon vorher umgebracht worden. Fundort war folglich nicht Tatort. Seine Verletzungen zeigten, dass man ihn mit zwei Eisenstangen durch das sogenannte Double-Bubble einschüchtern wollte. (Folterinstrument der Mafia) Das war gründlich schief gegangen. Ein spitzes, rundes, rostiges Metallstück landete dabei zu heftig auf seinem Hinterkopf, und tötete ihn. Die Wunde stammte nicht von einem Messer, wie der Pathologe primär angenommen hatte.

Die Suche nach dem Tatort konnte eingestellt werden, nachdem der Hund eines Spaziergängers am Mainufer eine große Blutlache entdeckt hatte. Keine fünf Meter davon entfernt lagen wild verstreut neben den eisernen Mordwaffen auch blutiges Küchenpapier und Lappen, mit denen der Leichnam gereinigt worden war. Das eingetrocknete Blut darauf war identisch mit dem eines Boris Dormann, genannt Bodo, in der Datenbank. Leider fanden sich keine Hinweise auf Mörder und/oder Motiv.

Die um Amtshilfe gebetenen Kollegen in Berlin fanden das Dormannsche Penthaus verlassen vor. Seine Frau hatte sich in aller Eile bereits nach Mexiko abgesetzt. Irgendwer musste sie gewarnt und bei der Flucht geholfen haben. Die Untersuchungen der in großer Unordnung hinterlassenen Wohnung durch die Spusi ergaben, dass Bodo der Schwiegersohn des mexikanischen Drogenbosses Don Acapulco war. Jetzt endlich hatte man die gesuchte Verbindung gefunden. Irgendjemand schien etwas gegen die Ausweitung seines diktatorisch geführten Kartells auf Deutschland zu haben.

Der flüchtige Drogenboss könnte bei seiner Tochter Unterschlupf suchen. Daher wird das Penthaus ab sofort rund um die Uhr bewacht. Er muss sich noch in Deutschland aufhalten. Die großen Flughäfen Deutschlands stehen in

Alarmbereitschaft. Sein altes Bild aus der Kartei kennen alle Beamten. Das neue des angeblichen Canadiers, wird gerade verteilt.

Ob die Detektive der EvA inzwischen den Flüchtigen gefunden hatten? Er rief Alsberg an.

„Nun, Herr Pauli, Typen einer Gang sind normalerweise überall und nirgends zu finden, wie die Kakerlaken. Vorsicht ist angesagt! Spielt man sich ihnen gegenüber auf oder bedroht gar einen von ihnen, wird es lebensgefährlich. Ihre Leute haben sich den Gangstern in den Weg gestellt und sie beschossen. Sie alle sind in großer Gefahr. Soeben meldeten meine Detektive von der Bergstraße, dass ein schwarzer Opel Insignia mit getönten Heckscheiben langsam an ihnen vorbeifuhr und in einen weiter entfernt liegenden Waldweg abbog. Bereits ein paar Minuten später kam er wieder zurück. Sie nahmen an, dass Don Acapulco drin saß und folgten ihm. Derzeit fahren sie auf der A5 hinter ihm her in Richtung Frankfurt. Wahrscheinlich ist er auf dem Weg zum Flughafen, um zu türmen."

„Danke für diese Info. Haben Sie schon Details an Ihren geheimen Klient, Dr. Yes, weitergegeben?"

„Ja, natürlich. Was glauben Sie, was mit mir passiert, wenn ich die Vereinbarungen nicht einhalte? Außerdem ist er der Auftraggeber, der die Observation von Don Acapulco, alias John Rock, bezahlt. Da habe ich Verpflichtungen. Apropos, dass ich nicht am vereinbarten Treffpunkt in der Tiefgarage erschienen bin war keine böse Absicht."

„Ja, gut, Entschuldigung angenommen...Wenn Sie sich nur nicht irren. Ihre Leute sind ebenfalls gefährdet. Man hat seinen Schwiegersohn gelyncht. Er wird ihn, seiner Position und der Familienehre wegen, bestimmt rächen. Wir observieren den Flughafen und Sie berichten mir weiterhin, auch wenn ich Ihnen nichts dafür bezahle. Das BKA sollte Interpol einschalten. – Wo steckt Ihr Kunde eigentlich?"

„Wie ich von meinen beiden Detektiven weiß, hatte er vor, in den Taunus zu fahren, so wie er es auch mir gegenüber offiziell erwähnt hatte." Dass er gerade selbst hinter ihm herfuhr, verriet er nicht.

Alle zur Verfügung stehenden Polizisten der Soko, der Kripo und des BGSs, inzwischen Bundespolizei genannt, sowie alle Flughäfen hatten das neue Bild von Don Acapulco mit Stichworten zur Person auf der Rückseite erhalten: weißes Gesicht, Glatze, kein Bart, etwa 1,60 Meter groß und dick.

Detektei EvA meldete das Kennzeichen der Opel-Limousine, in der wahrscheinlich der Gesuchte saß. Diese war in Sprendlingen abgebogen und ... leider verschwunden. Die beiden Detektive und die Polizei suchen unabhängig voneinander weiter nach ihm. Offenbar kannte der Fahrer sich gut in dieser Gegend aus.

Terminal 1 und 2 des Flughafens Frankfurt werden intensiv überwacht. Der Learjet 60XR von Hugo erhielt absolutes Startverbot. Die Anspannung bei den meisten Polizisten im Sondereinsatz stieg. Jeder von ihnen wollte Don Acapulco als erster schnappen. Sobald er den Flughafen betritt, wird er dingfest gemacht.

PD Rottenbach gab zu bedenken, dass diesem Herren der ehrenwerten mexikanischen Gesellschaft derzeit keine Vergehen im Inland vorgeworfen werden können. Vielleicht besitzt er ganz legal zwei Staatsbürgerschaften. Hier muss Interpol zu den Amerikanern Kontakt aufnehmen, die den Haftbefehl erlassen hatten. Seine Bedenken kamen nicht von ungefähr. Oft schon musste er zusehen, wie Drogen- oder auch Mafiabosse nicht festgesetzt werden konnten, weil ein findiger Anwalt sie bereits nach einem Tag wieder freibekam. Selbst ein begründeter Verdacht alleine reichte niemals für eine Inhaftierung. Ärgerlich und entmutigend für alle Polizeibeamten, die einen mehrfachen Mörder und Rauschgifthändler vor sich haben und ihn, wegen Formfehlern, wieder laufen lassen müssen.

Auf der Zeil halten Polizeikollegen weiter nach den sechs aus dem Seeheimer Schwalbennest geflohenen Verdächtigen Ausschau. Von dreien besitzen sie Passfotobilder, die sie intensiv zur Befragung der Bevölkerung einsetzen. Bisher ohne Erfolg. Währeddessen sind Huber und Paul fest davon überzeugt, dass Dr. Yes die Schlüsselfigur für alle Vergehen der jüngsten Zeit ist. Lediglich sein Motiv bleibt unklar.

Die zu seiner Observierung eingeteilten Beamten teilten mit, dass sie momentan hinter ihm quer durch Kronberg/Taunus fahren. Sie sind ihm auf den Fersen. Auch die beiden Detektive fuhren ihm, sofort nach dem unfreiwilligen Abbruch der

Verfolgung von Don Acapulco, in den Taunus, um ihren Chef abzulösen. An effizienter Zusammenarbeit beider Parteien besteht kein Interesse.

Gerade als die beiden Kommissare im Präsidium wieder einmal über das oder gar die möglichen Motive von Dr. Yes stritten, meldete man einen Besucher. Es handelte sich um Herrn J.G. Erbel, der, völlig überraschend, persönlich bei den beiden vorbeikam.

„Meine Herren, bevor ich weitere Erklärungen abgebe, bitte ich Sie, möglichst viele Polizeibeamte in Darmstadt ausschwärmen zu lassen. Meine Informanten sagten mir, dass dort heute oder morgen Nacht ein Treffen der Drogenbosse stattfindet. Dann geht's zur Sache. Eine heftige Schießerei ist vorprogrammiert. Wo es passieren wird, weiß ich allerdings nicht. – Ich hätte gerne einen Kaffee, schwarz, ohne Zucker."

Pauli bestellte das gleiche Getränk für alle drei und informierte Direktor Rottenbach, der versprach, zusätzlich weitere Zivilstreifen einzusetzen, um noch intensiver nach den Ganoven Ausschau zu halten. Dann schauten sie wieder gespannt ihren unerwarteten Besucher an.

„Mir sin jetzt ganz Ohr", Herr Erbel. „Schieße Se los!"

„Woher kenn ich nur des Gesicht mit dene abstehende Ohrn?", fragt sich Pauli immer wieder, ohne es auszusprechen.

Müde und abgespannt wirkend, begann der alte Mann dieses Mal langsam und wohlüberlegt zu reden, während er unüberhörbar seinen Kaffee schlürfte:

„Sie haben Recht. Dr. Yes ist einer der Bösewichte, auf die Sie ein Auge haben müssen. Auch ohne handfeste Beweise zu haben, bitte ich Sie, seien Sie gut vorbereitet und rechnen Sie mit dem Schlimmsten. Hier in Südhessen, irgendwo in oder ganz in der Nähe von Darmstadt, wird die Abrechnung zweier Bandenchefs stattfinden. Ich habe ein Näschen für Ärger. Holen Sie sich so viel Unterstützung wie Sie bekommen können. Wissen Sie, in mir reift gerade eine Vermutung, die Ihnen als Arbeitshypothese dienen könnte. Also:

Normalerweise gibt es in jeder Bande einen Alten, der an den Gewohnheiten hängt, und einen Jungen, dem die Entscheidungen nicht modern genug sein können. In der Regel sind langjährige Bosse für Neuerungen kaum zu begeistern. Die Spannungen zwischen beiden werden mit jedem Treffen größer. Will nun der Jüngere an die Macht, muss er den amtierenden Rudelführer aus seiner sicheren Höhle locken und auf fremdem Terrain einen Kampf organisieren. Er hat Zeit genug, sich gewissenhaft darauf vorzubereiten. Einer der Vasallen des Alten wird, für jeden sichtbar, öffentlich hingerichtet, um den Fortgang zu beschleunigen. Der Junge bekennt sich zu seiner Gräueltat und fordert ein schnelles Treffen unter vier Augen. So hat der Alte kaum Zeit, sich eine funktionierende Streitmacht zusammenzustellen. Die besten Chancen, die Führungsposition freizumachen, hat nun der Angreifer. Wer nach oben will, muss gewalttätig sein und den bisherigen Befehlshaber möglichst spektakulär beseitigen. Der Gewinner ist dann, wenn auch vorerst noch umstritten, der neue, uneingeschränkte Herrscher. Was halten Sie von dieser Theorie?"

„Sehr interessant, werklisch interessant", murmelte Pauli, während Huber nachfasste:

„Was bedeutet das nun für unsere Situation. Wer ist wer in Ihrer Theorie? Don Acapulco ist der Boss, das ist klar, doch wer ist sein Widersacher?"

„Nehmen wir einmal an, es war dieser Dr. Yes, der Schwiegersohn Bodo strangulieren ließ. Er selbst hat ein sicheres Alibi, wie wir wissen. Dann wäre die Situation glasklar. Acapulco soll abgelöst werden. Er wird aus Mexiko weggelockt und zum Handeln gezwungen. Soweit wir wissen, konnte er gerade mal acht Helfer organisieren, die wahrscheinlich alle bis an die Zähne bewaffnet sind. Die im Haus an der Bergstraße gefundenen Schnellfeuergewehre lassen darauf schließen. Wie viele Kämpfer dem Halbmexikaner zur Verfügung stehen, weiß ich nicht. Wissen Sie es? Ohne eine zumindest gleichwertige Streitmacht wäre ein Kampf fahrlässig von ihm. Nein, Nein! Es muss eine deutliche Überlegenheit geben! Das Rätsel lässt sich mit unserem derzeitigen Wissen nicht lösen. Uns fehlen noch wichtige Figuren in diesem sicher anstehenden Machtkampf. Beobachten Sie Dr. Yes lückenlos und verfolgen sie ihn, wo er auch hingeht. Jeder Ihrer Leute muss immer wissen, wo er sich gerade aufhält."

Alle drei nickten mit dem Kopf und blickten schweigend vor sich hin. Mit dem Versprechen, sich sofort zu melden, wenn es Neues zu berichten gibt, beendete Erbel seinen Monolog, und bat, sich verabschieden zu dürfen. Wieder hatte niemand erfahren, wer dieser Herr Erbel wirklich ist. Diese Panne dürfte beim nächsten Treffen nicht noch einmal passieren. Alle sind überzeugt, dass es ein Wiedersehen geben wird.

Vorarbeiten

Dr. Yes besuchte in Kronberg ganz offen seinen neuen Mitarbeiter, den Apotheker Karsten Frank, obwohl er wusste, dass er verfolgt wurde. Bei den Observierenden würde der Besuch eines unbescholtenen Bürgers sicher keinen Verdacht erregen, denn der Apotheker bot gerade ein herrschaftliches Haus zum Verkauf an. Ein triftiger und einleuchtender Grund für einen Besuch.

Die Zivilstreife beobachtete aus sicherer Entfernung alle Personen, die durch die zwei Eingangstüren zum Verkaufsraum der Apotheke ein und aus gingen. Anfangs machten sie noch von jedem ein Foto mit dem Smartphone. Doch wurde ihnen das auf die Dauer zu mühsam und schien zudem unverhältnismäßig. Alle Personen und eventuelle besondere Vorkommnisse mit Zeitangaben zu notieren, sollte genügen. Was konnte hier in diesem idyllischen, teuren Sammelort der Reichen und Schönen schon passieren. Hier scheint die Welt noch in Ordnung. Nur im

Winter wird es früher kalt, und es gibt mehr Schnee, als in Wiesbaden und Umgebung.

Zwei Typen waren den beiden besonders aufgefallen: Ein Mann, etwa Mitte vierzig im Pullover, mit Baseballmütze, schmalem Oberlippen- und dünnem Kinnbart sowie ein Mann in Blouson mit langen zotteligen Haaren, offenem bunten Hemd und typischem Kollektionskoffer. Beide blieben länger im Laden als andere Kunden. Auch Dr. Yes war bisher nicht wieder herausgekommen Bestimmt trank er mit dem Apotheker gemütlich einen Kaffee, während sie im ungemütlich engen Auto auf ihn warteten.

Während Sie noch diskutierten, ob eine Durchsuchung dieser Apotheke rechtlich erlaubt ist, sahen sie Det 1 strammen Schrittes in den Laden hineingehen. Seine Anwesenheit wunderte sie sehr, denn sie hatten die beiden Detektive bereits in Neu Isenburg aus den Augen verloren und vergessen. Woher wussten die Dets, dass der Gesuchte in Kronberg war?

„Wenn dieser verdammte Schnüffler unsere Observierung kaputt macht, passiert was. Das lassen wir uns nicht gefallen. Dann garantiere ich für nichts."

Det 1 kam kurz darauf mit Lutschtabletten in der Hand wieder heraus. Er gab den beiden Zivilbeamten durch eine Geste zu verstehen, dass in der Apotheke alles in Ordnung ist. Mit ironischem Lächeln marschierte er an ihrem Ansitz im Zivilwagen vorbei und bezog seine anfängliche Position, die für beide Polizisten nicht einzusehen war.

„Wir warten hier auf den verdächtigen Halbmexikaner. Ihn werden wir verfolgen. Andere Personen, wie die üblichen Einlöser von Rezepten und die Abholer der Rentnerbravo, sind für uns unwichtig", lautete ihre Entscheidung.

In einem bis zur Decke gekachelten Labor im hinteren Teil der Apotheke schoben vier Männer ihre Köpfe eng zusammen. Sie beobachteten interessiert, wie der „Zottelhaarige" behutsam zwei Glasbehälter aus seinem Koffer hervorzauberte, in denen sich je ein kleines, für alle Anwesenden offenbar sehr wertvolles, Lebewesen befand.

„Hier handelt es sich um einen südamerikanischen Färberfrosch, wissenschaftlicher Name: Dendrobates typographicus, besser bekannt als Pfeilgiftfrosch. Weil diese Art so wundervoll rot ist, wird sie gerne auch Erdbeerfröschchen genannt. Auf den Bergwiesen von Costa Rica schießt dieser Winzling mit seiner Zunge nach kleinen Fliegen, wie es die Frösche überall auf der Welt tun. Die auffallende erdbeerrote Färbung des Körpers und die tintenblauen Hinterbeine warnen andere Tiere davor, diesen hübschen, kleinen Kerl zu berühren oder gar zu fressen. Er spendet uns die Flüssigkeit, die wir benötigen."

Ein Bunsenbrenner wurde entzündet. Alle sahen gespannt und aufmerksam zu.

„Wir machen es jetzt genau so, wie die Indianer in Mittel- und Südamerika. Mit diesen beiden Holzklemmen halte ich ihn über das Feuer. Wenn es ihm zu heiß wird, beginnt er ein Sekret auszuscheiden, das Sie bitte mit diesem Reagenzglas auffangen wollen. Daran stirbt selten ein Frosch. Sollte es dennoch passieren, so habe ich zur Sicherheit eine zweite Zapfsäule mitgebracht. Die Menge von einem reicht für unsere Zwecke völlig aus. Sein Gift wirkt, im Gegensatz zu dem Pflanzengift Curare, selbst in geringster Dosis. Es entfaltet auch nach dem Eintrocknen noch seine todbringende Wirkung zuverlässig. Gehen Sie vorsichtig damit um. Hier sind Handschuhe für Jeden."

Der erste Froschwinzling begann über der Flamme heftig zu zappeln und „schwitzte", wie erwartet, entsetzlich. Das von ihm abgesonderte Sekret wurde mit dem Glas abgestreift und in einen Behälter getropft. Nach zwei, drei Minuten war er „gemolken" und wanderte, wie tot aussehend, zurück in sein kühles, mit feuchtem Moos ausgelegtes Terrarium.

Die Männer präparierten hochkonzentriert, unter Anleitung des Zottelhaarigen schweigend die vorbereiteten Geschosse fachgerecht. Der Ernst der Lage war jedem bewusst, wie aus den Gesichtern zu lesen.

In den letzten Tagen hatten alle drei, außer Dr. Yes, auf Pistolen-Armbrüsten das Schießen mit Pfeilen geübt. Jedem standen vier Bolzen aus Karbon mit abschraubbarer, eigens zugespitzter Kappe aus Stahl zur Verfügung. Damit sicher zu treffen, ist eine große Herausforderung. Nur bis auf fünfundzwanzig Meter wird ausreichend Treffgenauigkeit garantiert. Um nicht selbst Opfer im erwarteten Kugelhagel zu werden, musste der erste Schuss supergenau treffen.

Diese Schweizer Präzisionswaffe war tausendmal effizienter als die langen Blasrohre der Menschenfresser von Borneo, die sie zuerst in Erwägung gezogen hatten. Im Gegensatz zu Gewehr und Pistole kann man mit beiden aus sicherem Versteck heraus völlig geräuschlos agieren. Trotz der relativ geringen Entfernung ist jedoch immer, kleidungsbedingt, die richtige Durchschlagskraft von entscheidender Bedeutung.

Die vor der Apotheke wartenden Kriminalbeamten waren erleichtert, als der Mann mit dem „Vertreterkoffer" nach gut fünfzehn Minuten die Apotheke wieder verließ. Einen Hinterausgang gibt es nicht. Das hatten sie als Erstes geprüft. Ihr Verdacht war demnach wohl unbegründet. Noch während sie darüber stritten, ob die „Baseballmütze" schon herausgekommen war, sahen sie, wie Det 1, dem Zottelhaarigen folgend, um die Ecke verschwand.

Bevor dieser seinen Kleintransporter mit dem Schlüssel öffnen konnte, wurde er rüde von hinten angeraunzt:

„Was verkaufen Sie? Raus mit der Sprache!"

Der so Überraschte blickte von seiner halb geöffneten Tasche hoch und richtete sich schließlich auf, den Autoschlüssel noch in der Hand. Wie zwei Kampfhähne standen sie sich gegenüber.

„Das geht Sie gar nichts an, klar!"

„Doch, ich glaube schon, dass es mich etwas angeht", fasste der Detektiv nach. Während der andere vergeblich versuchte, die

Hecktür aufzuschließen, riss er dessen Tasche an sich, öffnete sie blitzartig und schaute hinein.

„Was ist das denn? Zwei bunte Fröschlein in Terrarien. Jetzt sind Sie mir eine Erklärung schuldig. Übrigens bin ich Privatdetektiv und arbeite derzeit im Auftrag der Polizei. Also, was hat es mit diesen Winzlingen auf sich?"

Die Überrumpelung war gelungen.

„Ein Glück, dass Sie die Glasbehälter nicht beschädigt haben und die Tierchen nicht ausgebüxt sind. Die Prachtexemplare hier sind nämlich nicht nur sehr teuer, sondern auch sehr flink. Sie im Freien einzufangen, ist nahezu unmöglich. Da hatten wir Glück. Ich besitze einen zoologischen Fachhandel in der Nähe, genauer in Neuenhain, und verkaufe Tiere jeglicher Art. Herr Frank wollte die beiden für sein Terrarium kaufen, nahm aber davon Abstand, als er hörte, wie schwierig ihre Pflege ist. Er hatte sich von ihrer Optik blenden lassen. So nehme ich sie wieder mit nach Hause, wenn's Recht ist. Gehen Sie zur Seite, damit ich meine wertvolle Fracht verstauen kann."

Der Detektiv notierte Adresse und Autokennzeichen, bevor er in die Apotheke ging, um sicherheitshalber die ihm durchaus glaubwürdig erscheinende Verkaufsgeschichte zu prüfen.

„Was ist denn das für eine Frage?", antwortete der aus der Offizin herbeigerufene Apothekenbesitzer Karsten Frank. „Darf ich mir keine Tiere kaufen, oder was? Alle Kunden schauen schon irritiert in unsere Richtung. Sie stören meinen

Geschäftsfrieden. Wenn Sie nicht sofort gehen, rufe ich die Polizei."

„Das ist eine prima Idee. Sie könnte direkt von mir sein. Die Herren stehen schon vor Ihrer Tür. Sehen Sie dort. Rufen Sie die beiden Kollegen einfach herein. Ist Dr. Yes bei Ihnen?"

Der Mann im weißen Kittel ging auf die Frage nicht ein und versuchte erfolglos auf der Straße jemanden auszumachen, der wie ein Polizist aussieht. Schließlich glaubte er dem unbekannten Frager ungesehen.

„Stimmt! Das war keine gute Idee von mir. Weitere Aufregungen kann ich nicht brauchen. Bitte, verlassen Sie meinen Laden. Ich bitte Sie höflich und in aller Form darum."

Dieses Mal ging Det 1 nicht an dem Auto vorbei, in dem die beiden Polizeikollegen heftig mit den Händen fuchtelnd diskutierten. Er bog scharf rechts ab in einen kleinen Park. Det 2 sollte sich an die Fersen von Dr. Yes heften, wenn dieser die Apotheke verlässt.

„Woher kennt der Mann aus der Karibik den Apotheker und noch wichtiger, was konnte er von ihm wollen, das es nicht andernorts auch gegeben hätte? Frösche sich persönlich ausliefern lassen? War das üblich in dieser Branche? Wohl eher nicht. – Vielleicht benötigt er ihr Gift für die Zubereitung eines Medikamentes? Oder interessierte er sich tatsächlich für das zu veräußernde Haus?"

Fragen wie diese diskutierten die beiden Detektive sogleich per Handy. Durch die Verfolgung von Dr. Yes, ihrem eigentlichen Auftraggeber, hofften beide, die verlorene Zielperson, Don Acapulco, wieder zu finden. Nur dafür wurden sie schließlich bezahlt.

Sekunden später verließen sowohl der Mann mit der Baseballkappe rechts als auch der ominöse Dr. Yes links die Apotheke. Die Beamten in Zivil folgten zielsicher seiner Limousine. In einigem Abstand folgte ihnen auch Det 2.

Det 1 bemerkte zufällig, dass der Mann mit der Mütze umkehrte und noch einmal in den Laden zurückging. Durch die große Scheibe sah er ihn mit dem Mann im weißen Kittel und einem kleinen Männchen ein paar Worte wechseln. Entweder hatte er etwas vergessen, oder die drei kannten sich und vereinbarten ein Treffen. Sein Versuch, mehr über Apotheke und Besitzer zu erfahren, scheiterte bei den Angestellten kläglich, weil diese bei seinem Anblick sofort nach dem Chef riefen. Die Nachbarn allerdings sprachen unisono von einem untadeligen Leumund des stets freundlichen, netten Apothekers, der hier in Kronberg in einer alten, gut restaurierten Villa wohnt.

„Er ist hoch angesehen. Sein Geschäft floriert. Er gehört zur besten Gesellschaft in Kronberg und fliegt gerne mit seinem Motorsegler durch die Gegend, nimmt zum Vergnügen sogar hie und da jemanden aus seinem Bekanntenkreis mit."

Aktionen des Don Acapulco

In Darmstadt und Frankfurt konzentrierten sich die Mitarbeiter der Soko unter Mithilfe der lokalen Polizei auf die Suche nach Don Acapulco. Mit dem ihnen vorliegenden aktuellen Bild sollte er zu finden sein. Dass er sie in Sprendlingen abgehängt hatte, empfanden insbesondere direkt Beteiligte als persönliche Schmach. Auch die Meldung, der als gestohlen gemeldete dunkle Opel Insignia sei gefunden worden, konnte sie nicht trösten. Jetzt wusste keiner mehr, nach welchem Wagen sie suchen sollten. Dieser Drogenboss war mit allen Wassern gewaschen und würde sich bestimmt nicht öffentlich zeigen.

Als Resultat dieser Überlegungen verstärkten sie die Suche nach seinen Mitarbeitern. Auf der bekanntesten Einkaufsstraße Frankfurts, der Zeil, wurden sie bisher nicht gesichtet. Auch den Polizisten der Streifenwagen in Frankfurt und Darmstadt, inzwischen mit den eventuell veralteten Passfotos von drei der sechs Gesuchten ausgestattet, gelang kein Durchbruch.

Die Ausweitung der Mordermittlungen war genau genommen nicht mehr als eine Verzweiflungstat, eine Notlösung. Fakten fehlten fast gänzlich. Eine Beweiskette gab es nicht. Selbst die immer bestens informierte graue Eminenz aus Arheilgen hatte nichts Handfestes zu bieten. Er verwies per Telefon immer wieder nur auf den Halbmexikaner im hjr hotel an der Frankfurter Messe. Nach seiner Meinung ging von diesem gut gekleideten und blendend aussehenden Herrn die größte Gefahr aus.

Die fieberhaft von der Polizei Gesuchten saßen mittlerweile ungestört in der Privatwohnung des frisch geschiedenen Spielbankangestellten Carlos in Bad Homburg. Sie besprachen die geänderten Vorzeichen, unter denen das Rendezvous mit Dr. Yes heute Abend stattfinden würde. Es fehlten die Waffen aus dem Schwalbennest. Da Kike, der Bootsverleiher vom Main, seinen Personalausweis der Polizei in Seeheim nicht ausgehändigt hatte, die ihn demnach nicht kannten, wurde er auserkoren, den vereinbarten Treffpunkt auf dem Campus Lichtwiese in Darmstadt genauestens in Augenschein zu nehmen.

Die Freifläche vor den Schrebergärten am Vivarium ist nur über die Straße zu den Chemiegebäuden der Technischen Universität und über einen Feld- bzw. Waldweg anzufahren. Das von Don Acapulco gewünschte Straßenbauzelt über einem Kanaldeckel musste realisiert werden, alleine schon, um die Panzerfaust richtig in Stellung bringen zu können. Verstecke für die Pistolenschützen gab es seitlich zwischen den Büschen des unbefestigten Weges genügend.

Don Acapulco hatte seinen weißen Panamahut mit schwarzem Band wieder einmal ins Genick geschoben. Sein kreidebleiches Gesicht mit halb sichtbarer, weißhäutiger Glatze ließ ihn krank aussehen. Gesteigert wurde dieser Eindruck noch durch sein bis zum Nabel geöffnetes weißes Hemd, unter dem eine protzige Goldkette leuchtete. Sein gut sichtbarer, dicker, weißer Bauch, der wieder einmal über die Hose hing, komplettierte den Gesamteindruck. Dass er der souveräne Chef einer weltweiten

Drogen-Mafia ist, würde in diesem Zustand niemand glauben. Als er dozierend mit einem Glas Tequila in der Hand durch das Zimmer ging, wirkte er alt, in die Jahre gekommen und überaus nervös. Nichts war zu spüren von dem ansonsten streitbaren, wortgewaltigen Poltergeist, der jederzeit konfliktbereit gezielt provozierte. Doch unvermutet raffte er sich plötzlich auf und tobte so wie immer:

„Ihr bringt mir in dieser Nacht Doc zur Strecke. Es gibt für Euch kein wichtigeres Ziel. Durchsiebt ihn mit all Eurer Munition. Verstanden?! Das Hohlladungsgeschoss, ich meine das Rohr mit der Rakete, bläst mit seiner, für Panzer ausreichenden, Durchschlagskraft den Wagen mitsamt Insassen in die Luft. Kike muss genau beschreiben, wo ich parken kann, damit ich von umherfliegenden Teilen nicht getroffen werde. Wenn das Straßenbauzelt nahe genug an unserem Treffpunkt aufgebaut ist, genügt ein Schuss."

„Könnten wir vielleicht...?"

Ohne einen eventuell berechtigten Einwand zuzulassen, fuhr der eindeutig Übelgelaunte mit seinen Instruktionen fort. Gefährlich senkte er dabei den Tonfall seiner Stimme:

„Versetzt euch in die zu erwartende Situation. Wir beide gehen im Scheinwerferlicht unserer Autos aufeinander zu. Ich muss mir sicher sein, dass er es wirklich ist und kein Double. Logisch, dass wir schusssichere Westen anhaben und durch Vorzeigen unserer Handinnenflächen beweisen, dass wir keine Waffen tragen. Kike muss die Schritte exakt zählen, die man bis zur

Mitte der Freifläche benötigt. Auch die Strecke vom Parkplatz zu euch Heckenschützen sollte er abschreiten. Von seinen Angaben hängt der Erfolg unseres Einsatzplanes ab. Ihr richtet euch schon mindestens eine Stunde vorher so unter den Büschen ein, dass für jeden freies Schussfeld besteht. Wenn ich meine beiden Hände über den Kopf hebe, habe ich ihn erkannt, und ihr beginnt zu ballern, so viel, wie das Material hergibt. Ich werfe mich ebenfalls schießend auf die Wiese. Habt keine Skrupel! Alle um Yes müssen mit dran glauben, damit wir überleben. Wenn ihr euch an meinen Plan haltet, wird der Überfall gelingen. Wir gehen danach, als ob nichts gewesen wäre, ohne uns erneut zu treffen, auf dem schnellsten Weg nach Hause. Capisco?!!"

Mit diesen schnoddrigen Worten versuchte Don Acapulco, auch sich selbst zu beruhigen. Seine Grübelei wollte trotzdem nicht enden. Sie stresste ihn wieder und wieder.

„Wieso nur hatte Doc diesem Treffen sofort zugestimmt? Was führt er im Schilde? Wir müssen ihn heute Abend ein für alle Mal ausschalten, diesen Verräter!!!"

Alle hoben eine Hand, um anzuzeigen, dass sie um die Wichtigkeit des heutigen Kampfes wussten. Ihr beifälliges und zustimmendes Murmeln nahm er nicht wahr, da er leise mit sich selbst sprach. Ihm war bei dem Gedanken an heute Nacht nicht wohl zu Mute.

„Wieso elf Uhr nachts? Im Licht der Straßenlampen eine Person eindeutig zu erkennen, ist sicher schwer. Wollte er vielleicht ein

Double schicken und selbst aus dem Rücken eingreifen? Einen Doppelgänger für meine Figur habe ich gegenwärtig leider nicht parat. Wir sind hier nicht in Mexiko. Dort hatte dieser Trick mit einem `Stuntman´ schon des Öfteren funktioniert. Vielleicht haue ich einfach ab und fliege zurück nach Hause. In meinem Königreich hätte ich das `Problem Doc´ ruckzuck perfekt erledigt. Dort habe ich so viele Polizisten aller Hierarchiestufen korrumpiert, dass er null Chance hätte zu gewinnen. Noch ist es Zeit zu fliehen. Mein Lear-Jet, mit dem Huge angereist ist, steht abrufbereit auf dem Flughafen in Frankfurt. Allerdings werden Flieger und Startbahn höchstwahrscheinlich von den Securities bestens bewacht. Folglich, keine gute Idee. Wenn man mich erwischt, lande ich hier im Knast und mein Jet ist weg. Dann hätte Doc kampflos gewonnen und wäre der neue Boss. Das darf auf keinen Fall passieren."

Dunkle Gedanken dieser Art kreisten in seinem Kopf. Auch nach drei weiteren Tequilas fühlte er sich kaum besser.

KAPITEL 6

Kriminalistenarbeit

Wie Zusammenarbeit bei der Polizei in der Praxis funktioniert, konnte man in der Soko 6064 beobachten. Da wo Hand in Hand gearbeitet wird, erzielt man wichtige Syergieeffekte. Gut koordiniert verfolgten alle Mitarbeiter die flüchtigen Drogenmänner, befragten Hinz und Kunz nach ihnen und wälzten parallel zum wiederholten Mal polizeiliche Unterlagen. Keine drogenbezogene Handlungen der Verdächtigen waren in jüngster Vergangenheit registriert worden, auch keine Straftaten anderer Art. Lediglich gegen Don Acapulco lag ein mehrfach begründeter Haftbefehl von Interpol vor:

„Wanted, dead or alive," hatte ein Polizeikollege lachend vom Smartphone abgelesen.

Der Schusswechsel mit den Polizisten bei Seeheim und der dabei schwer verletzte Kollege waren Vergehen genug, um hier und heute Verhaftungen vorzunehmen. Wenn man nur wüsste, wo sie sich gerade verstecken.

Auch die Ermittlungen der Frankfurter Kripo zu dem Mann aus Mittelamerika gestalteten sich schwieriger als gedacht. Wer ist er? Was macht er beruflich? Dass er sich selbstbewusst unter dem Namen Dr. Yes in seinem Hotel registrierte, sollte auf eine weiße Weste schließen lassen. Vielleicht war es auch nur eine clevere Taktik von ihm, so zu tun, als ob er sich im Leben nie hätte etwas zu Schulden kommen lassen. Freiwillig hatte er sich bei der Polizei gemeldet, gab vor, Immobilien kaufen zu wollen.

Er verhandelte angeblich derzeit mit Maklern, ohne Objekte bisher konkret zu benennen. Geht es in Wahrheit möglicherweise um Geldwäsche? Oder suchte er wirklich eine Villa in Kronberg im Taunus als er den Apotheker besuchte? Welche Gründe könnte es noch geben? Ist er wirklich Mitglied der mittelamerikanischen Drogenmafia, wie der meist gut informierte Herr Erbel behauptete. Lotet er den Markt für Drogen in Deutschland aus? Eine Reihe von Fragen, die schnellstmöglich beantwortet werden müssen.

Auch seine Beschattung durch zwei Polizeibeamte, nach dem Verlassen der Apotheke, war gescheitert. Auf dem Weg in Richtung Süden verschwand seine Limousine urplötzlich aus ihrem Blickfeld. In den kleinen Sträßchen von Bad Soden/Neuenhain musste irgendwo ein Mauseloch sein, in das er in Bruchteilen von Sekunden verschwand.

Der den dunklen Wagen ebenfalls verfolgende Detektiv hatte den Anschluss indes nicht verloren. Sein Kollege hatte nämlich das seitlich der Parkanlage in Kronberg geparkte Auto genau untersucht, bevor er vom herbeieilenden Fahrer gestört wurde. Gerade noch rechtzeitig konnte er mit seinem rechten Fuß einen altmodischen Peilsender unter den Kofferraum kleben. Diesem musste Det 2 einfach folgen. Ihm war es einerlei, ob der Wagen seine Nummernschilder oder vielleicht sogar seine Farbe durch Abziehen einer Folie änderte. Er folgte mit stoischer Ruhe dem Peilton und landete in der Tiefgarage des hjr hotels in Frankfurt. In der hohen Hotelhalle orderte er einen Kaffee, schwarz, ohne Milch und Zucker und harrte der Dinge, die da kommen sollten.

Warum war zurück ins Hotel gefahren? Warum gab es keine weiteren Kontakte mit Maklern oder privaten Hausverkäufern? Warum, warum, warum?

Polizeidirektor Rottenbach hatte inzwischen Erbel in die Polizeidirektion Darmstadt-Dieburg, Klappbacher Straße bestellen lassen, auch um Klarheit über dessen Identität zu erhalten. Dieser jedoch bat wenig später per Telefon, das Treffen in die Pizzeria des Darmstädter Vivariums verlegen zu dürfen.

„Am besten wäre, Sie kommen alleine und zwar schnell. Ich habe Wichtiges zu berichten."

„So geht das nicht, Herr Erbel! Sie kommen hierher in mein Büro. Ich bestehe darauf. Das ist eine offizielle Vorladung."

Mit diesem Worten wollte Rottenbach seine Vormachtstellung festigen. Da er seinen Gesprächspartner jedoch nicht wirklich einschätzen konnte, war die plötzlich ʽtote Muschelʼ des Telefons eine echte Überraschung für ihn. In überbordender Wut, befahl er, diesen Herren sooofort!!!, wenn es sein musste, auch mit Gewalt, in sein Büro zu holen.

Dann jedoch schnappte er hastig seinen Mantel und spurtete hinter den zwei Beamten her, die er gerade losgeschickt hatte. Den alten, komischen Kauz Erbel wollte er persönlich festnehmen. Gemeinsam betraten sie wenig später das Restaurant, in dem sie bereits erwartet wurden.

Der auffallend magere Mann mit dem blassen Gesicht staunte nicht schlecht über den dreifachen Auftritt der Macht des Gesetzes. Traurig sah er aus, wie meistens. Erst als PD Rottenbach seinen Mitarbeitern durch Handzeichen zu verstehen gab, dass beide vor der Tür auf ihn warten sollten, bot Erbel ihm mit ungelenker aber generöser Gebärde einen Stuhl an seinem Tisch an.

Während er in kleinen Schlucken an seinem Kaffee nippte, begann er völlig unaufgeregt in lockerem Plauderton über Dr. Yes zu sprechen:

„Wie mir ein Vögelchen glaubhaft zwitscherte, ist der gesuchte Dr. Yes ein Helfer von Juárez, alias Don Acapulco. Beide sind im gleichen Drogenkartell aktiv, das von Mittelamerika aus die ganze Welt mit illegalen Arzneimitteln und gefährlichen Rauschmitteln versorgt. Im Gegensatz zu seinem Boss konnte ihm der Handel bisher nicht nachgewiesen werden. Beide kamen bestimmt nur nach Deutschland, um den Tod ihres wichtigsten Mannes zu rächen. Egon Kaffitz, Sie erinnern sich? Der Pharmazeut, der in Frankfurt unrechtmäßig Pharmazeutika herstellte und sie nicht nur im Rhein-Main-Gebiet verkaufen ließ. Er wurde im Gericht umgebracht, vor den Augen unserer Kollegen und der gesamten Presse."

PD Rottenbach nickte verstehend. Er erinnerte sich genau an den spektakulären Mord.

„Dass der Schwiegersohn von Juárez zu Tode kam und dann unter den Eisernen Steg gehängt wurde, ist entweder nur das ungewollte Ende einer Folter oder, viel wahrscheinlicher, der Beginn eines Machtkampfes, der vor unseren Augen stattfindet. Heute gegen Mitternacht haben beide auf dem Campus Lichtwiese ein Treffen vereinbart, also genau hier vor der Tür dieser Pizzeria. Ich bin mir sicher, dann wird es knallen. Leider kenne ich weder Treffpunkt noch Treffzeit genau. Es böte sich das inzwischen stillgelegte Gelände des Golfübungsplatzes an, so gut versteckt, wie es liegt. Auf jeden Fall müssen möglichst viele Ihrer Leute vorort sein, wenn die Bombe platzt. Sie könnten sich gut in und um die Gebäude der TU verstecken und warten."

„Auf eine so vage Vermutung hin lasse ich keinen teuren Polizeiapparat anlaufen. Woher wissen Sie von der Vereinbarung der beiden? Wer ist Ihr Informant?"

„Ich weiß es eben, glauben Sie mir einfach!"

„Ohne Hintergrundinfo lasse ich mich auf diese Posse nicht ein. Wie stehe ich da, wenn Sie Unrecht haben? Meine Leute beobachten sowohl Acapulco als auch Dr. Yes. Von einer bevorstehenden Katastrophe ist bisher nichts zu spüren."

„Na, na, nun mal bei der Wahrheit bleiben. Sie wissen doch nicht, wo sich Don Acapulco aufhält, oder? Und wo befinden sich seine Helfershelfer? Herr Direktor, Sie machen mehr als einen großen Fehler, wenn Sie meinen Vorschlag nicht umsetzen. Die Mitglieder einer großen Drogenmafia in Deutschland und deren Bosse aus Übersee könnten mit einem Schlag dingfest gemacht werden. Eine solche Chance bekommen Sie nie wieder. Aber, wenn Sie mir nicht glauben wollen, ja, dann…"

„Gut, Sie bleiben mit mir in Verbindung und informieren mich aktuell über alle neuen Erkenntnisse. Ansonsten werden Sie sofort verhaftet. Stimmt es eigentlich, dass Sie für eine Versicherung arbeiten. - Ja?! - Wieso sind Sie dann nicht aktenkundig?"

„Leider habe ich jetzt gerade keine Zeit, Ihnen alles zu erklären. Das machen wir später. Jetzt muss ich dringend weg.

Noch im Hinausgehen schüttelte Erbel ungläubig mit dem Kopf. Er sah keinen Grund mehr, mit diesem Herrn zusammenzuarbeiten. An höherer Stelle würde man einem angesehenen Ermittler wie ihm auch ohne konkrete Beweise glauben. Dort ist er als unbedingt glaubwürdig eingestuft. Er verschwand zu Fuß im Dunkel des angrenzenden Wäldchens, argwöhnisch beobachtet von den beiden vor der Tür wartenden Polizisten.

Detektive mit Spürsinn

Mittlerweile hatten sich beide Detektive in der Lobby des Hotels eingefunden und beobachteten, unabhängig voneinander, die Rezeption, das Café und den Lift. Ab und zu stand einer auf und lief wie ziellos durch die Halle. Ihre geschulten Adleraugen erfassten sämtliche Einzelpersonen und Gruppen. So fiel beiden die Baseballkappe mit dem schmalen Oberlippen- und dem dünnen Kinnbart sofort auf, die strammen Schrittes auf den

Empfang zuging. Das war derselbe Mann, den sie schon im Taunus beim Betreten der Apotheke gesehen hatten.

„Melden Sie mich bei Dr. Yes an. Er erwartet mich. Mein Name ist Miller", stellte er sich gut hörbar vor, ehe er im Aufzug verschwand.

Urplötzlich erschien wie aus dem Nichts ein ziemlich klein geratenes Männchen, das Det 1 glaubte ebenfalls aus Kronberg zu kennen. An der Rezeption stellte er sich auf seine Zehenspitzen als er leise hinter vorgehaltener Hand nach Dr. Yes fragte. Auch er fuhr mit dem Lift nach oben. Als dann auch noch der zottelhaarige Zoohandelsbetreiber aus Neuenhain erschien, war klar, dass etwas Ungewöhnliches bevorstand.

Telefonisch erstatteten sie in der EvA-Detektei Bericht über die Vorkommnisse rund um ihren Auftraggeber. Vielleicht hatte die Polizei inzwischen John Rock aus Canada, alias Don Acapulco, gefunden. Dann könnten sie ihre Ersatzobservierung aufgeben und sich anderweitigen Aufgaben zuwenden. Edwin von Alsberg versprach zurückzurufen. Auf jeden Fall brauchten seine Leute Unterstützung durch die Kriminalpolizei. Zu zweit vier Verdächtige observieren, oder wenn nötig verfolgen, das geht nicht.

Er bat Kommissar Pauli um Hilfe. Dr. Yes war ihm irgendwie bekannt, ja fast schon vertraut, obwohl er ihn noch nie zu Gesicht bekommen hatte. Zu den anderen drei Personen hatte er keinerlei Beziehung.

„Am besten, Sie beordern vier oder fünf Beamte in Zivil hierher, damit uns keine dieser Gestalten verloren geht."

„Sagen Sie, Herr von Alsberg, was können wir diesen Menschen überhaupt vorwerfen. Straftaten haben sie bisher nicht begangen, oder? Wie soll ich das Abstellen von fünf Kollegen begründen. Geben Sie mir einen Anlass und sie erhalten die gewünschte Hilfe."

„Das kann ich noch nicht. Des Drogenhandels verdächtig ist der gut aussehende Mulatte unbedingt. Auch munkelt man in der Szene, dass ein bleihaltiger Machtkampf ansteht, in den er verwickelt sein soll. Vorbeugen ist keine Körperbewegung, Herr Kommissar, sondern eine Maßnahme zum Selbstschutz. Schicken Sie einfach die Unterstützung."

Enttäuscht machte sich Edwin nun selbst auf den Weg ins hjr hotel. Vielleicht hat er doch einen der Besucher schon einmal gesehen. Glücklich ist er über die Entwicklung nicht. Zu allem Überfluss musste er seinem Auftraggeber gestehen, dass seine Mitarbeiter den gesuchten Kanadier John Rock, aus den Augen verloren haben. Schlecht fürs Image seines Ermittlungsbüros.

Im Hotel angekommen, redete er bei einer Tasse Kaffee zunächst mit seinen beiden Angestellten, die Rezeption immer fest im Auge. Wie wichtig genau dieses Verhalten war, zeigte sich bereits nach wenigen Minuten. Der Zwerg erschien und verließ in Richtung Parkgarage das Hotel. Edwin war wie elektrisiert. Diesen Menschen hatte er schon einmal gesehen. Nach einigen Minuten des Grübelns fiel ihm sogar ein, wo und wann. Dieses Männchen war auf einem der Fotos zu sehen, die vor dem Mord an Apotheker und Drogenhändler Kaffitz im Gerichtssaal gemacht worden waren und rund um die Welt gingen. Da war er sich ganz sicher. Die Bilder von allen akkreditierten Fotografen, die aus nächster Nähe den Angeklagten fotografierten, hatte er sich hundertmal angesehen. Das musste der mit der großen Kamera gewesen sein. Pauli besaß diese Bilder auch. Es war für ihn bei Nutzung seines Stabs von Spezialisten bestimmt ein Leichtes, den Verdächtigen schnell zu identifizieren.

„Herr Kommissar, bitte, schnell! Suchen sie auf den Bildern des Kaffitz-Prozesses nach einem sehr kleinen Mann mit großem Fotoapparat. Wenn meine Erinnerung mir nicht gerade einen dicken Streich spielt, ist er auf einem der Beweisfotos ganz rechts deutlich mit großer Hasselblad-Kamera zu sehen. Dieser Kerl kam soeben aus dem Zimmer von Dr. Yes. Wenn die beiden zusammengehören, dann ist er sicher der Mörder des Apothekers. Dann gehört er zur den Leuten der Drogenmafia in Deutschland, die wir gerade dringend suchen. Ich lasse ihn verfolgen."

„Das war jetzt sehr viel auf einmal, Herr von Alsberg. Ich verspreche Ihnen, alle meine Mitarbeiter hier im Büro auf die von Ihnen gefundene Fährte zu setzen. Wenn ich den Namen habe, treffen wir uns vor dem hjr hotel.

„Edwin hatte sofort nachdem er den Verdächtigen erkannte, Det 2 per Zeichen angedeutet, ihm unbemerkt zu folgen. Jetzt sieht er ihn deutlich geknickt zurückkommen. Weder der Verfolgte, noch sein Auto waren in der Garage auszumachen. Er hatte sein „Objekt" verloren. Der Hotelmoloch hatte ihn verschluckt.

„Hoffentlich findet sich wenigstens das besagte Bild, damit eine Fahndung ausgelöst werden kann. Dieser Mann muss zu finden sein. Schließlich hält er sich in Frankfurt oder Umgebung auf."

Deutlich früher als erwartet erschien KHK Pauli vor dem Hotel neben dem Messeturm

„Der Gesuchte heißt Lech Baer. Er is Fotograf und wohnt in Berlin. Meine dortische Kollege sind bereits auf em Weg in seu Wohnung. Die werde bestimmt was Verwertbares finne. Was dut sich hier?"

„Leider haben wir die Spur dieses Herrn verloren. Ansonsten überlegen wir, ob Sie nicht einfach das Zimmer von Dr. Yes stürmen lassen sollten. Dort befinden sich noch zwei Besucher, die wahrscheinlich ebenfalls seine Komplizen sind. Wir müssen herausfinden, was sie vorhaben."

„Nein, nicht zwei, sondern nur noch einer. Sehe Se den Herrn dort mit dem schmalen Oberlippenbart, dem chinesisch zerfransten Kinnbart und der Baseballmütze. Ihn hab isch schon einmal früher gesehe. Wenn ich nur wisst, wo des war. Einer von Ihre Leut sollt ihm folge, sofort!"

„Det 1, schnell, hinterher! – Herr Pauli, dieser Herr stellte sich bei seiner Ankunft mit `Miller´ vor. Hilft Ihnen das vielleicht weiter? Jetzt hatte er einen Rucksack geschultert, grau mit orangefarbenen Rändern, so wie ihn Studenten heutzutage tragen. Wer hatte ihm diesen gegeben?"

„Nein, nein! Der Name sagt mir nix. Irgendwie is die Person in meiner Erinnerung positiv belegt. Eine nette Partybegeschnung, vielleischt sogar ein Kollege oder der Freund einer bekannten Familie? Ich kann moi Gedanke grad net sortiern…Lasse Se misch nachdenke!"

Er setzte sich in die hinterste Ecke der Empfangshalle, um möglichst ungestört zu sein, und dachte angestrengt nach. Dann rief er seinen Partner Huber an und beschrieb den soeben gesehenen bekannten Unbekannten ausführlich. Sollte dieser ein Spezialist der Kripo sein, dann wüsste er es bestimmt.

„Mit dünnem Oberlippenbart, sagten Sie? … Da fällt mir nur einer ein, aber der trägt keinen Kinnbart und ist Stationsarzt im St. Marienkrankenhaus. Ein untadeliger Mann, wie Sie sich erinnern werden. Er behandelte damals Fräulein Kratz. Sonst kenne ich niemanden, auf den Ihre Beschreibung passen könnte."

Pauli bestätigte nachdenklich vor sich hin nickend das Gehörte.

Inzwischen brach die Dämmerung über Frankfurt herein. Die Rezeption war umlagert von Managertypen aller Couleur, die einchecken wollten. Jetzt wäre es für Dr. Yes und seinen Besucher ein Leichtes, unauffällig zu verschwinden. Um sicher zu gehen, dass er sich noch in seinem Zimmer befand, rief Det 2 per Haustelefon an und berichtete ihm, dass John Rock immer noch nicht gefunden werden konnte. Damit war klar, dass er sich noch im Haus aufhielt.

Lech Baer hatten die Berliner Kollegen zur Fahndung ausgeschrieben. Über die Besitzerin der von ihm bei seiner Akkreditierung vor dem Prozess angegebenen Wohnung in Ostberlin fanden sie sein Fotogeschäft im Westen der Stadt. In den Räumen dort, gut versteckt hinter einem umfangreichen Lager, schien er zu hausen. Die auffällige Hasselblad-Kamera vom Pressebild, mit dem außergewöhnlichen, untypischen Objektiv, fiel ihnen schon nach kurzem Suchen in die Hände. Sie wird derzeit im Labor auseinandergenommen. Sie ist bestimmt mehr als nur eine Kamera, deren Zusatzmotor eine Hydraulik für irgendetwas Unbekanntes antreibt.

Det 1 teilte mit, dass der Verdächtige mit der Baseballkappe eine Garage in Niederrad, nahe der Pferderennbahn, aufsuchte, um ein längliches Paket zu holen. Er steckte das stockähnliche Bündel in seinen Kofferraum und fuhr weiter. Auf dem Briefkasten des Hauses stand: Familie Jürgen Walter. Ob es sich dabei um seinen Namen handelte, oder ob er doch Miller oder ganz anders hieß, musste die Polizei noch klären. Auf jeden Fall war er bisher noch nie erkennungsdienstlich in Erscheinung getreten, wie eine schnelle Prüfung der Kripo ergab.

„Was hat er mit seinem Rucksack gemacht?"

„Keine Idee, den habe ich nicht mehr gesehen. Er müsste noch im Wagen liegen. Warum ist das wichtig?"

„Nur so eine Ahnung."

In gebührendem Abstand folgte Det 1 unbemerkt dem Verdächtigen, vorbei am Fußballstadion der Eintracht und weiter Richtung Autobahnauffahrt Frankfurt Süd. Kurz darauf bogen beide auf die BAB 5 in Richtung Heidelberg, Basel ab.

Die Entscheidung naht

Die digitale Uhr an der Rezeption klappte gerade auf 20:11 um, als Dr. Yes mit seinem zottelhaarigen Gast das Hotel verließ. Edwin und sein zweiter Detektiv folgten ihnen in Richtung Wiesbaden bis ins Parkhaus im Rhein-Neckar-Zentrum. Bald schon wurde klar, was sie dort wollten. Auf Deck drei wechselten sie in Windeseile das Fahrzeug und verschwanden spurlos. Sie mussten vor Ort einen Helfershelfer gehabt haben. Ohne einen solchen hätten sie niemals in der zur Verfügung stehenden Zeit untertauchen können. Die beiden Verfolger fanden nur noch den leeren Wagen mit geöffneten Türen vor. Was für eine Pleite. Schon wieder eine Verfolgung vermasselt.

Im Präsidium flatterte die Nachricht aus Berlin auf Hubers Schreibtisch, dass mit der gefundenen, sehr hochwertigen Profikamera per Luftdruck ein Pfeil abgeschossen werden konnte. Winzige Spuren von Batrachotoxin, dem Gift des Pfeilgiftfrosches, ließen sich auf der Innenseite des täuschend echt umgebauten Objektivs zweifelsfrei nachweisen.

„Damit ist jetzt endlich geklärt, wie und von wem der Apotheker unbemerkt und heimtückisch im Gerichtssaal ermordet werden konnte. Ich weise alle Beamten per Rundruf auf die Gefährlichkeit von Lech Baer hin. Er ist ein eiskalter Mörder, vielleicht sogar ein professioneller Auftragskiller. Ich bleibe jetzt als Ansprechpartner für alle im Büro."

Wieder einmal sprach der eingefleischte Frankfurter Jürgen Pauli, seines Zeichens EKHK, Hochdeutsch.

Edwin von Alsberg meldete dem Kommissariat, dass Miller (oder hieß er Walter?) inzwischen in Darmstadt die Autobahn verlassen hatte und zielgerichtet quer durch die Innenstadt fuhr. Gespannt, wohin die Reise führen würde, forderte er Unterstützung für seinen Detektiv durch Beamte der Soko. Der Verfolgte durfte keinesfalls verloren gehen.

Noch bevor die polizeilichen Helfer auftauchten, parkte der Verdächtige seinen Wagen vor dem Zoologischen Institut, nur fußläufig entfernt vom Vivarium. Er hatte wohl bemerkt, dass er verfolgt wurde, denn in Windeseile sprang er aus seinem Auto, schnappte sich das längliche Paket aus dem Kofferraum und rannte hinter das Mikrobiologische Institut. Det 1 konnte ihn in der Dunkelheit nirgends mehr ausmachen. War er nun in den Botanischen Garten oder in den angrenzenden Wald geflüchtet? Wer weiß? Jedenfalls war Miller rasend schnell und völlig geräuschlos verschwunden. Kein Rucksack im Auto zu finden.

„Mist, verdammter! Er ist entwischt", teilte er zerknirscht seinem Chef mit, der diese Neuigkeit sofort weitergab.

Auch von allen anderen Kriminellen fehlte jede Spur. Don Acapulco mit Gefolge, Dr. Yes mit Begleiter und auch den Berliner Fotografen hatte keiner der Kollegen im Fadenkreuz. Obwohl sich höchstwahrscheinlich alle in Darmstadt aufhielten, waren sie nirgends auszumachen. Spätestens jetzt bemerkten auch wenig erfahrene Ermittler, dass sie es mit Profiverbechern zu tun hatten, die ihre schändliche Arbeit bestens verstanden.

PD Rottenbach, bekam erneut, völlig unerwartet, einen Anruf Erbels. Er gab vor, sich schon geraume Zeit ganz in der Nähe des Merck-Stadions am Böllenfalltor „rumzutreiben". Ihm war es wichtig, die Gegend rund um die Lichtwiese persönlich auszukundschaften.

„Sie sollten auf mich hören. Der wahrscheinliche Treffpunkt der Bande wurde bestätigt. Er ist hier, direkt vor mir. Lassen Sie das Gelände weiträumig und unauffällig absichern. Den genauen Ort kenne ich nach wie vor nicht. Sie können sich jederzeit auf mich berufen. Ich übernehme die Verantwortung. Don Acapulco ist mit zwei oder drei Limousinen auf dem Weg nach Darmstadt. Es eilt! Tun Sie, was ich Ihnen empfohlen habe, jetzt, schnell!"

Wie jedes Mal, schaltete Erbel nach diesen kurzen Hinweisen abrupt das Smartphone aus. Somit war ein Rückruf oder eine Ortung unmöglich.

Die Kollegen der Soko besprachen sich eingehend. Mangels anderer Ideen wurde beschlossen, dem Vorschlag des immer überraschend gut informierten Erbel zu folgen. Alle verfügbaren Kollegen der Kripo sowie der Schupo wurden instruiert, Bilder

der Verdächtigen verteilt. Bis auch die Frankfurter Gruppe eintraf, dauerte es. Erst nach fast zwei Stunden konnte die Operation starten. Die von der Leitung ausgegebene Devise lautete für jeden gleich:

„Alle Verdächtigen werden ohne Umschweife sofort festgenommen, alle!!! – Überprüft werden sie später."

„Wenn der Kartellboss mitsamt Gefolge sich extra an den Darmbach bemüht, sind der Halbmexikaner und sein Zoohändler ebenfalls dahin unterwegs. Denken Sie nicht auch so, Herr Direktor? Und was meinen Sie, Herr Kollege Huber? Gut, dass wir jedem Teammitglied alle zur Verfügung stehenden Fotos auch aufs Smarphone spielen konnten. Das wird die wahrscheinlichen Festnahmen erleichtern."

Die beiden Angesprochenen nicken mehrfach. Alle drei sind sich einig: Heute Nacht wird das Drogengesindel genau dann gefasst, wenn es am wenigsten damit rechnet.

In allen Straßen des TU-Campus Lichtwiese parkten wie zufällig zivile Dienstwagen der Polizei. Die Insassen, tief in den Sitzen versunken, beobachteten mit Nachtfernrohren sowohl die offene Fläche schräg vor dem Vivarium als auch den etwas vergammelten Golfübungsplatz. Das war für keinen ein Vergnügen. Niemand sprach ein Wort. Alle wussten, dass es bald sehr gefährlich werden könnte.

Eine gefühlt übergroße Stille breitete sich aus, deren geheimnisvolle Seite nicht jedem gefiel. Völlige Abwesenheit von Geräuschen erzeugt bei manchen Menschen ein unangenehmes Gefühl. Einer Grabesstille fehlt nun mal das Leben. Eigentlich ist es nur die Vorahnung, dass etwas nicht stimmt, die Unbehagen bereitet. Auch erinnert das Lautlose einige an einen Thriller, in dem die Musik schweigt, kurz bevor die Spannung ihren Höhepunkt erreicht.

Werden alle Klänge ausgesperrt, entsteht Beklemmung, so wie gerade jetzt bei den wachsamen Polizisten.

Dagegen ist eine als angenehm empfundene Stille niemals total. Sie ist durchzogen von leisen, dezenten Geräuschen wie Musik, Meeresrauschen oder das unverständliche Gemurmel und Gekicher von Menschen in der Nähe. Selbst das leise Dröhnen von hoch fliegenden Jets hat etwas Beruhigendes. Mancher war versucht, mit Knopf im Ohr das Autoradio einzuschalten. Mit zunehmender Zeit wird das Warten immer unangenehmer, langweiliger, nervenaufreibender und schweißtreibend.

Oft stehen Empfindungen über jeder Wirklichkeit, denn es gab nicht nur Geräusche, sondern auch einen klaren Auftrag, auf den es sich zu konzentrieren galt.

Das Duell

Etwa eine Stunde vor Mitternacht fuhr eine dunkle Limousine von Osten her kommend auf die Grasfläche schräg vor dem Vivarium. Durch die neu mit LED-Leuchten bestückten

Straßenlampen konnte man zwar den Fahrer, nicht aber den Beifahrer erkennen. Mit laufendem Motor und Standlicht blieb er wartend stehen. Sekunden später näherte sich ein schwarzer Wagen der gleichen Stelle von Westen kommend und blieb direkt neben dem unsinnigen Schild „Rasen betreten verboten" stehen. Beide dunklen Fahrzeuge sahen im Zwielicht aus wie Panzer ohne Rohre. In etwa dreißig Meter Entfernung standen sie sich leicht versetzt mit abgeblendeten Scheinwerfern gegenüber, ohne dass etwas geschah.

Handys und Smartphones der Soko liefen auf Hochtouren. Fast alle meldeten den so nicht voraussehbaren Vorgang und warteten auf den Startschuss von Polizeidirektor Rottenbach. Erst wenn er „6064, Zugriff!" ruft, sollten alle aus ihren Fahrzeugen springen. Eine Gruppe verhaftet möglichst schnell die Verdächtigen, während die zweite aus einigen Metern Abstand sichert.

Außerdem sind, gemäß Einsatzplan, die Zubringerstraßen sofort zu blockieren, damit kein Entkommen möglich ist

Während alle noch gut getarnt in ihren Autos saßen, blitzten die Scheinwerfer des rechts stehenden Wagens kurz und grell auf. Sein Gegenüber antwortete, indem auch er für eine Sekunde das Licht einschaltete. Nach diesem wohl vorher vereinbarten Zeichen blendeten beide Limousinen voll auf. Die Beifahrertüren öffneten sich langsam. Zwei dunkle Gestalten stiegen aus. Der weiße Hut des einen Individuums war im Gegensatz zu seinem Körper deutlich zu erkennen. Der weiße

Straßenanzug des anderen dagegen reflektierte das Licht so deutlich, dass die ganze Gestalt im Licht der Scheinwerfer und der Laternen bis ins Detail auszumachen war.

Wortlos schritten sie langsam, vorsichtig um sich blickend, aufeinander zu und zeigten dabei offen ihre nach vorne gehaltenen Handinnenflächen. Akteure wie Beobachter empfanden eine bizzarre Lautlosigkeit. Ob das die oft beschworene Totenstille ist? Animalisch anmutende Spannung lag in der Luft. Mit jedem Schritt rückte die Entscheidung näher. Die auf der Lauer liegenden Beamten gierten mit feuchten Händen und Achseln förmlich nach dem Startschuss.

„Wann gibt Rottenbach endlich das vereinbarte Zeichen?"

Plötzlich sackte der weiße Hut ohne seh- oder hörbaren Grund in sich zusammen. Noch im Niedersinken hob er seine beiden Hände ein wenig hoch. Der helle Anzug landete unmittelbar danach ebenfalls auf den schmutzig nassen Grasboden. Ein großer, überlauter Knall ließ alles rundherum erzittern. Was war geschehen? Das östlich stehende Auto flog mitsamt Fahrer in die Luft. Einzelteile segelten brennend durch die Gegend und landeten zischend auf dem nassen Untergrund. Unmittelbar danach war kein Laut mehr zu vernehmen. War`s das schon? Verdutzt gab Rottenbach, nur gering verzögert, das verabredete Signal.

Die ausschwärmenden Beamten in Zivil fanden überraschend mehrere Leichen vor, obwohl kein einziger Schuss zu hören war. Der Fahrer von Don Acapulcos unbeschädigtem Fahrzeug rannte davon, so schnell er konnte, wurde aber gleich darauf problemlos dingfest gemacht.

Sein Boss lag ebenso tot im Gras wie sein Gegenüber. An Stelle seines Fahrers saß eine total zerfledderte Schaufensterpuppe auf dem Fahrersitz im übrig gebliebenen Haufen Blech. Der kleine Mann, der sie in weiser Voraussicht an seiner Stelle hinsetzte, hatte im Schutz der geöffneten Seitentür unbemerkt das Auto verlassen. Doch die gewaltige Druckwelle und die umherfliegenden Metallteile ereilten ihn, bevor er sich verkrümeln konnte. So lag er in einiger Entfernung mit seltsam verknotetem Körper reglos in einer Pfütze auf der Wiese. Das Hohlladungsgeschoss der Panzerbüchse hatte ganze Arbeit geleistet.

Im Gebüsch seitlich des Feldweges fand man verstreut liegend sieben Tote. Auch der zottelhaarige Betreiber des Zoohandels in Neuenhain hatte das fast lautlose Gemetzel nicht überstanden. Derjenige, der die Panzerfaust aus einem Straßenbauzelt abgefeuert hatte, war im Sinne des Wortes, wie vom Erdboden verschluckt. Durch den Kanalschacht konnte er, ohne Aufsehen zu erregen, mitsamt Waffe in die Darmstädter Unterwelt abtauchen.

Ein dunkler Schatten war in der Nähe der Schrebergärten gesehen worden, aber danach nicht mehr auffindbar. Dass zusätzlich zu den gefundenen Leichen mindestens noch eine weitere Person beteiligt gewesen sein musste, stellte man erst anschließend bei der üblichen Manöverkritik fest. Am äußersten

Ende der Buschkette gab es im tiefen Gras eine unbenutzte Sasse. Hier hatte eindeutig jemand gewartet, der schon vor Beginn des gezielt geplanten Gemetzels verschwunden sein musste. Herrn Miller hatte keiner gesehen. Lediglich seine Baseballkappe wurde im Wald hinter dem Kleintierzoo gefinden, den man hier Vivarium nennt. Miller musste demnach der entwischte dunkle Schatten gewesen sein.

Resümee: Obwohl aus der Deckung eines Bauzeltes deutlich hörbar nur ein einziger Schuss mit einem Hohlladungsgeschoss abgefeuert worden war, wurden zehn Leichen, ein intaktes, ein zerstörtes Auto, sechs Pistolen, zwei Revolver und drei Pistolen-Armbrüste gefunden. Beim Begutachten der Getöteten wurde schnell klar, warum keiner einen Schuss zu hören bekam. Die Bandenmitglieder hatten sich gegenseitig unmittelbar vor dem Beginn des Duells mit vergifteten Armbrust-Bolzen umgebracht.

Genaueres werden gerichtsmedizinische Untersuchungen ergeben. Die KTU wird sich all den offenen Fragen noch in der Nacht annehmen. Eile ist geboten, denn mindestens zwei sehr wahrscheinlich mehrfache Mörder sind flüchtig, der mit der Panzerfaust und Miller.

Das Ergebnis dieses raffiniert ausgeführten Machtkampfes machte in den Augen der erfahrenen Polizisten keinen Sinn. Beide in PKWs der Oberklasse mit Fahrer vorgefahrenen Hauptkontrahenten waren tot, umgebracht durch giftige Geschosse. Die übrigen acht Personen hatte das gleiche Schicksal ereilt.

Hätten sich die Duellanten selbst gegenseitig umgebracht, wäre es allen Bewachern, trotz nur mäßiger Straßenbeleuchtung, bestimmt aufgefallen. Man hätte eine Waffe mit ausgestrecktem Arm in Richtung des anderen Duellanten gezeigt. Demnach konnte man davon ausgehen, dass ein anderer, der sich bisher im Drogensumpf geschickt verborgen hielt, die Situation nutzte, um auch den eigenen Boss zu beseitigten und die Herrschaft an sich zu reißen. Von welcher Seite aus der heimtückische Anschlag geführt wurde, blieb bislang völlig undurchsichtig. Eines war allen beteiligten Gesetzeshütern jedoch inzwischen klar geworden:

Bei diesem Kampf ging es nicht, wie sonst bei Bandenkriegen, um viel Geld, sondern um die Übernahme der Befehlsgewalt im Drogenkartell, also um die Macht schlechthin. Das Motiv lag klar auf der Hand. Der große Don Acapulco musste ausgeschaltet werden, damit einer aus der zweiten Reihe sein eigenes Geltungsbedürfnis befriedigen konnte. Und das war nicht, wie zuvor vermutet, Dr. Yes. Da beide tot waren, hatte irgendein anderer grausam alle Kontrahenten beseitigt.

Huber deklamierte:"Es ist wie immer. Die Machtgierigen sorgen wieder einmal mit Lügen, Intrigen, Betrügereien, Skandalen und Kapitalverbrechen verschiedenster Art für unsere tägliche Arbeit. Das wird sich niemals ändern. Wenn einer nach oben will, muss er gewalttätig und skrupellos sein, nicht nur in einem Drogenkartell. Machtgeile Typen gibt es in jedem Beruf, gell Herr Pauli."

„Isch kennt druff verzischte."

Obwohl Mitternacht schon lange vorbei war, gingen die meisten Beamten in ihr Büro, um aktuelle Ergebnisse sofort zu protokollieren und zu verarbeiten. In eine Sonderkommission berufen zu werden, war für die meisten etwas Besonderes. Keiner wollte sich dem Vorwurf ausgesetzt sehen, nicht alles Menschenmögliche für die Lösung der Fälle getan zu haben. Überstunden? Eine Selbstverständlichkeit!

KAPITEL 7

Klärungen

Der Meuchelmörder von Apotheker Kaffitz, Lech Baer, alias „Berliner Bär", war in der Druckwelle umgekommen. Seine Gräueltaten waren demzufolge ohne deutsche Justiz gesühnt. Eine höhere Instanz hatte das Urteil gesprochen und ausgeführt.

Bei den späteren forensischen Untersuchungen fiel auf, dass Dr. Yes und Don Acapulco sowie der Zoohändler und die beiden hünenhaften Bodyguards mit 22-Zoll-Carbon-Bolzen vergiftet wurden, die aus einem Armbrustgewehr stammen mussten. Ein Barnett Predator mit integriertem Spannbügel lässt sich zielsicher und aus größerer Entfernung schießen. Die Bolzen mit 411 km/h Beschleunigung sind viel besser für Distanzschüsse geeignet, als die 16-Zoll-Alu-Pfeile der kleineren Pistolengeräte. Beider Spitzen können problemlos ausgetauscht werden. Getaucht in Giftstoffe vom richtigen Frosch wirken sie schnell und sicher tödlich.

Der festgenommene Chauffeur namens Paco stammte ebenso aus Mexiko wie vier weitere Männer aus der Gruppe der Getöteten. Der offizielle Pass wies seinen Chef, John Rock, als Kanadier aus. Zweifel an der Echtheit der Papiere waren angesagt. Alle sind sich absolut sicher, dass sie den weltweit gesuchten Drogenboss Juárez, also Don Acapulco, aus Mittelamerika vor sich haben. Die übrigen vier Leichen besaßen deutsche Papiere. Wo sie in der Bundesrepublik wohnen, musste noch geklärt werden.

Paco sprach schlecht Deutsch und gab selbst mit Unterstützung eines Dolmetschers beim nächtlichen Verhör im Darmstädter Präsidium keine Informationen preis. Er fürchtete den großen Drogenboss auch noch nach dessen Tod. Nur im Flüsterton mit Flackern in den Augen wiederholte der athletische Mann immer wieder die gleichen Worte: „Don Acapulco tot. Doc schuld, Doc schuld!"

PDRottenbach brach das Verhör mit den Worten ab:

„Im Gegensatz zum Magen meldet sich das Gehirn nicht, wenn es leer ist. - Schluss für heute."

Ein wichtiger Zeuge aber wartete noch in den Städtischen Kliniken. Diesem wollten sich Pauli und Huber jetzt im

Morgengrauen noch eingehend widmen. Der inzwischen vernehmungsfähige gebürtige Martinsvierteler mit Spottnamen „Kugelblitz" wusste nur Bekanntes zu berichten. Die Schlüssel aus seiner Hosentasche gehörten zum Haus der Familie Kratz in der Wiesenstraße in Frankfurt.

„Aber ich habe den Gärtner nicht kaltgemacht. Es war ein Unfall. Als er uns die Schlüssel nicht geben wollte, schubste ihn Messer nur ganz wenig. Dabei stolperte er rückwärts und fiel mit seinem Hinterkopf auf einen Stein. Er war sofort tot. Ich hatte damit nichts zu tun. Wenn Messer und Pim nicht schon kalt wären, könnten sie meine Aussage bestätigen."

„Lieber Mann, Sie hawwe e bliehende Fantasie. Sie waren dabei. Isch werd sie deshalb wegen Körperverletzung mit Todesfolge festnehme lasse. Rischte Se sisch schon mal uff eine lange Erholung ein."

Als Pauli schon das Krankenzimmer verlassen wollte, fiel ihm gerade noch rechtzeitig das eigentlich Wichtigste ein.

„Wer war der Mann, der sie erschieße wollt? Kenne sie den? Hat er auch was mit ihrm Einbruch in Frankfurt zu tun?"

„Nanu, Herr Kommissar, zuerst wollen Sie mich für den Rest meines Lebens einsperren und jetzt betteln Sie mich um Informationen an. Was kriege ich für eine exakte Beschreibung des feinen Herrn? Machen Sie mir ein Angebot!"

„Also, verspresche kann ich Ihne nix, aber mir wern uns für Sie einsetze, wenn Sie uns behilflich sind. Sie wolle doch sicher aach, dass der Märdder von Ihre zwaa Freunde geschnappt wird, oder?"

„Gut, der Mann heißt Miller. Er ist vielleicht 1,80m groß, trägt einen schmalen Oberlippenbart und am Kinn ein Ziegenbärtchen. Auffällig sind seine blütenweißen Zähne. Da könnte man neidisch werden. Ich kenne ihn nur mit Baseballkappe auf dem Kopf. Wo er wohnt, weiß ich nicht. Ich habe ihn zum ersten Mal in der Hinterhof-Kneipe in Darmstadt gesehen. Beim zweiten Treff versprach er jedem von uns fünftausend Euro, wenn wir ihm ein bestimmtes iPad aus der Wiesenstraße in Frankfurt besorgen. Den Rest wissen Sie selbst so gut wie ich, oder?"

„Nein, nicht genau. Was sollte ich denn wissen?"

„Dieser Kerl bestellte uns in den Park des Jagdschlosses, um uns einen kleinen finanziellen Ausgleich für unsere erfolglosen Aktivitäten, persönlich auszuhändigen. Er brachte Wein mit. Wir tranken und lachten, waren guter Dinge. Plötzlich steht er ohne Vorwarnung auf, zückt seine Pistole und erschießt Pim und Messer aus nächster Nähe. Dass ich bei dieser Aktion nicht ebenfalls draufgegangen bin, grenzt an ein Wunder."

Pauli nickte vielsagend als er ging. Diesen Miller kannte er aus dem hjr hotel. Er ist einer aus der Gefolgschaft von Dr. Yes. Alsbergs Detektiv hatte ihn bis zum Biologie-Gebäude verfolgt, dann allerdings seine Spur verloren. Er ist wichtig für

Aufklärung einiger Morde. Wir müssen ihn finden. Wieso kam er ihm nur so bekannt vor?

Die Aufklärung des Gärtner-Mordes alleine verursachte im Polizeipräsidium keine besonders große Freude. Zu viele Verbrechen im Zusammenhang mit diesem Fall standen noch ungeklärt im Raum.

In diversen Diskussionsrunden der Soko schälte sich zunehmend heraus, dass im Vorfeld des Duells entweder der eine des anderen Plan erriet, - durchaus vorstellbar, da sich beide sehr gut gekannt haben mussten - oder dass dem einen der Plan des anderen verraten wurde – ebenfalls gut denkbar, wenn ein Dritter machthungrig war. Von Letzterem beschlossen die Ermittler auszugehen. Nur wenn eine der zwei Banden das Kriegsmanöver der anderen durchschaut hatte, konnte es so viele Tode geben. Entkommen war neben Miller nur der, der die Panzerfaust bedient hatte. Von beiden fehlte jede Spur.

Hugo Hernandez schien nicht involviert gewesen zu sein. Er konnte mit einem seiner Diener seinen Rückflug mit dem Learjet für die nächsten Tage planen denn beide hatten sich ein bombensicheres Alibi für die letzte Nacht besorgt.

Wieder im Frankfurter Büro rief Huber bei von Alsberg an. Sein Mitarbeiter hatte den beim Duell verschwundenen Miller bis zuletzt verfolgt. Vielleicht wusste er mehr.

„Gut, dass Sie anrufen. Soeben erhielt ich die Mitteilung, dass das Auto von Miller vor der Zoologie unbemerkt abgeholt worden war, noch bevor mein Mitarbeiter die Spur wieder aufnehmen konnte. Das belegt, dass der Gesuchte oder einer seiner Komplizen sich weiterhin in der Nähe aufhielt. – Was haben die Spezialisten der SpuSi in seiner Garage in Niederrad gefunden?"

„Donnerwetter, die hatte ich ganz vergessen. Ich melde mich sofort, wenn ich Ergebnisse vorliegen habe."

Tatsächlich wurden in Millers Garage mit Abstellraum viele Fingerabdrücke, alte und neue gefunden. Die neueren stammten alle von ein und derselben Person, wahrscheinlich von Miller. Erwähnenswert außerdem eine bunte, längliche, in der Mitte eigenartig verbreiterte Schachtel. „Gewehrarmbrust, Barnett Predator" war deutlich aufgedruckt. Dabei musste es sich um die von ihm benutzte Mordwaffe handeln. Hatte er vielleicht den Oberen des mexikanischen Drogenkartells nach Deutschland gelockt, um ihn hier, weit weg von zu Hause, zu beseitigen?

„Miller ist der Killer, den wir suchen. Die gefundenen Spuren bringen uns bestimmt weiter. Ich veranlasse, dass von allen Beteiligten Fingerabdrücke zu Vergleichszwecken genommen werden. Wenn einer von ihnen in der privaten Garage war, werden wir es bald wissen. Vpon den Vermietern der Garage wurde Miller bereits zweifelsfrei identifiziert. – Ach so, die Pistole unseres Kollegen aus dem Krankenhaus, der die Zeugin Kratz bewachen sollte, lag säuberlich eingewickelt in einer der Schubladen. Bis bald, Herr von Alsberg."

Immer mehr Informationen zu den Ermordeten erreichten die Mitarbeiter der 6064. Es fehlten lediglich Hinweise auf den flüchtigen Miller.

„Also, wenn dieser Herr permanent die Baseballkapp getrache hat, die wir beim Vivarium gefunne hawwe, misse Informatione wie DNS oder Fingerabdrück drauf zu finde sei, odder net?"

„Das stimmt, sie waren drauf, aber sie bestätigten lediglich, dass der Mann, der die Kopfbedeckung trug, auch in der Garage war. Keine umwerfende Erkenntnis, nicht wahr, Herr Pauli?"

Vor sich hin nickend, brummelte er: „Wo liegt verdammt noch eins der Schlissel fier des Problem? Wer is Miller? Im polizeiliche Melderegister taucht er hier un in de Umgebung net uff. Nirgends is er aktekundisch. Wir lasse ihn jetzt deutschlandweit suche."

Er informiert Edwin von Alsberg, der in seiner Detektei auf den Rückruf gewartet hatte. Dabei erfuhr er, dass Det 1 glaubte, auf der BAB 5 in Richtung Frankfurt Millers Auto gesehen zu haben. Er fuhr in einiger Entfernung hinter ihm her und fand es geparkt in der Nähe des St. Marienkrankenhauses im Frankfurter Stadtteil Bornheim.

Sondertreffen der Soko

Obwohl die meisten Beamten nur wenig Zeit zum Schlafen hatten, wurde im Eiltempo ein Meeting der Soko angeordnet.

Die Zeit drängte. Die Faktenlage hatte sich gebessert. Miller würde versuchen, sich abzusetzen. Das galt es zu verhindern. Alle Utensilien, die mit den zu bearbeitenden Fällen zu tun haben, waren auf mehreren Tischen im Polizeipräsidium Frankfurt ausgebreitet, fein säuberlich getrennt nach Vorgängen:

Tisch 1: Strangulation unter dem Eisernen Steg, Frankfurt/Main

Tisch 2: Tod des Gärtners im Garten der Kratz-Villa, Bornheim

Tisch 3: Zwei Tote im Jagdschlosspark, Darmstadt

Tisch 4 und 5: Zehn Tote, Lichtwiese, Darmstadt

Tisch 6: Garage Miller, Niederrad

Die peu à peu eintrudelnden Mitarbeiter inspizierten die Beweisstücke eingehend. Auch KOK Huber befand sich unter ihnen. Für alle überraschend stieß er, vor dem letzten Tisch stehend, plötzlich einen durchdringenden Schrei aus. In seiner rechten hielt er triumphierend eine Plastiktüte hoch. Alle starrten ihn an.

Noch während er etwas zu laut und sichtlich aufgeregt sagte: „Leute, ich weiß jetzt, wer Miller ist!", fummelte er hastig ein dünnes Haarteil aus dem Beutel und hielt es vor das Bild von Miller

„Eine Bartprothese, zusammen mit der die Haare verdeckenden Kappe die perfekte Verkleidung für Dr. Kimjong, Stationsarzt im St Marien in Bornheim. Jetzt haben wir ihn, daran zweifelt wohl niemand mehr, oder?"

Pauli eilte hinzu und trompetete dröhnend:

„Darum kam er mir gleich so bekannt vor. Sie haben recht, Kollege Huber. Miller ist der nette Arzt, der wo des Frollein Kratz so gut betreut hat und der mit einiger Sischerheid aach unsern Kollegen vor ihrer Tür betäubte. Alles klar. Deswegen haben wir bei ihm die Dienstpistole gefunden. Den schnappen wir uns. Sie machen hier weiter mit dem Auswerten der Fundstücke. Herr Rottenbach, jetzt wissen wir, wo wir ihn suchen müssen. Wir beide hole uns den Schweinehund persönlich. Es eilt!"

Mit wehenden Mantelschößen stürmten sie aus dem Saal.

„Der Det 1 von dem Alsberg hat sei Auto in de Näh von dem Krankehaus gesehe. Do fahn mer jetzt hin. Rufe Se mol den Schnüffler an un sage ihm, dass mer komme."

Die Damen am Empfang im St. Marien hatten Herrn Dr. Kimjong zwar hereinkommen sehen. Aber, weder auf seiner Station noch in einem der Arztzimmer war er zu finden. Wohin könnte er gegangen sein?

Immerhin fanden sie die Bestätigung für die Vermutung des Detektivs. Er ist hier gewesen. Pauli verlangte nach dem Chefarzt. Der allerdings stand im OP und durfte nicht gestört werden. Die Befragungen des medizinischen Personals ergaben ebenfalls keine verwertbaren Hinweise. Huber fiel auf, dass die ihm gut in Erinnerung gebliebene, resolute Oberschwester Julia nicht anwesend war.

„Sie ist seit zwei Tagen in Urlaub. Diesmal wollte sie in die Karibik fliegen", wussten einige ihrer Kolleginnen zu berichten. Die eintreffenden Kollegen der Spusi störten das Gespräch. Huber führte sie in das Zimmer des Stationsarztes, wo er bat, zuallererst Fingerabdrücke von persönlichen Geräten und Instrumenten des Doktors zu nehmen. Diese würden den Beweis liefern, dass genau er und nur er in der Garage seine Untaten vorbereitet hatte. Von ihm stammten mit Sicherheit die tödlichen Bolzenschüsse für Dr. Yes samt Freunden und Feinden auf der Lichtwiese in Darmstadt. Nur mit der Gewehrarmbrust, die er vor dem Kampf hier abholte, konnten die Carbon-Bolzen abgeschossen werden. Parallel durchsuchte man die Wohnung des Südkoreaners eingehend. Endlich hatte man für eine erfolgreiche Aufklärung unerlässliche Fakten.

Zurück bei den Stationsschwestern war Hubers Erstaunen groß als er erfuhr, dass OS Julia nicht etwa mit einem Ferienflieger in die Karibik unterwegs war. Nein, sie wollte selbst dorthin fliegen. Seit vielen Jahren besaß sie einen Flugschein. Als erfahrene Fliegerin flog sie im Urlaub mit großer Begeisterung rund um die Welt. Auf Tagesreisen nahm sie auch schon mal die eine oder andere Kollegin mit.

„Meistens", so die einen - „immer",so die anderen, flog sie vom Flughafen Egelsbach in die Welt. Dort steht die Privatmaschine eines mit ihr befreundeten Fabrikanten, eine Cesna, die sie hie und da benutzten durfte. Wie dieser großzügige Herr heißt, verstand sie, gut geheim zu halten.

Huber bedankte sich beim Pflegepersonal für die wertvollen Informationen, griff Pauli am Arm und führte ihn ungestümen Schrittes zum Auto.

„Schnell nach Egelsbach auf den Flugplatz. Ich glaube, dass er sich dort aufhält, wenn er sich noch nicht in Luft aufgelöst hat. Um Fliegen zu dürfen, benötigt man eine Fluggenehmigung. Bis die ausgestellt ist, braucht es viel Zeit. Hat er überhaupt einen Flugschein?"

Direkt im Tower erfuhren beide, dass ein Flugzeug mit Julia und einem Dr...sowieso als erstes bereits am frühen Morgen mit einigen Koffern und Handtaschen gestartet war. Sogar zwei Rucksäcke hatten die beiden in ihrem Gepäck, wie aus den Unterlagen zur Abfertigung des Fluges hervorging. Sie hatte folglich ihre Arbeitskolleginnen belogen, als sie sagte, dass sie bereits vorgestern in Urlaub fliegen würde. Da sie seit ihrer inzwischen geschiedenen Ehe mit einem Flugkapitän in Egelsbach bestens bekannt war, sprachen sie viele Leute auf dem Flugplatz nur mit ihrem Vornamen an. Das angegebene Reiseziel „Isle of Man", hatte die Oberschwester schon häufiger angeflogen. Es gab somit keinen Grund, irgendwelchen Argwohn zu hegen, als sie eine Genehmigung tags zuvor beantragte.

„Über die Flugnummer und die Nummer der Maschine sollte sich jederzeit klären lassen, wo sie sich gerade befindet. Wir versuchen schleunigst, sie zu orten", erklärte der bereitwillig kooperierende Chef des Towers und setzte sich an sein Funkgerät. Nebenbei erklärte er den beiden Kriminalbeamten:

„Unser Flugplatz ist der verkehrsreichste in Deutschland. Man schätzt die gute Verkehrsanbindung via Autobahn, Bundesstraße und S-Bahn. Die Nähe zum Drehkreuz Frankfurt macht den Unterschied. Bei uns ist Flexibilität kein Fremdwort. Schnelle Abfertigungen sind für uns selbstverständlich. Das ist für Businessleute immens wichtig. Hier haben viele Unternehmer, nicht nur wegen ihres eigenen Fliegers, quasi eine zweite Heimat gefunden. Auch unser Sicherheitsstandard kann sich sehen lassen. Das gesamte Equipment ist so gut wie perfekt. Wir finden die beiden, sie werden sehen. Der Flug dauert zirka zwei Stunden. Sie sollten schon längst gelandet sein. Mal sehen."

Geschickt wirbelte er mit seinem Drehstuhl rollend zum nächsten Tisch und sagte viele unverständliche Worte in sein Mikrofon. Flugnummer, Maschinennummer und Name des Piloten waren schnell geklärt. Allerdings waren beide, weil sie es vorher reserviert hatten, pünktlich von einer Hawker 800 mitgenommen worden, deren offizielles Ziel Reykjavík Kevlafik, Island, hieß. Die Anfrage kam zu spät. Auch die isländische Polizei konnte keine Amtshilfe mehr leisten, da für beide der Weiterflug mit Air Berlin nach Varadero, Kuba, soeben gestartet war. Ihre Flucht war geglückt.

„Sorry! Über dem Atlantik gibt es keine Gesetzeshüter. Die beiden Gesuchten sind nicht mehr erreichbar. Das Einzige, was uns bleibt, wir informieren die kubanische Polizei über die beiden Herrschaften. Doch selbst dort ist ohne internationalen Haftbefehl nichts zu machen. Ich gebe die mir zur Verfügung stehenden Details durch. Mehr kann ich nicht für Sie tun. – Tschüss!"

„Halt! Fragen Sie, ob der Flieger nicht zurückbeordert werden kann. Es gilt schließlich, einen oder eventuell sogar zwei Mörder dingfest zu machen."

Dem hilfsbereiten Chef blieb nur ein Kopfschütteln.

Auf dem Weg zu ihrem Auto sinnierte Huber so laut, dass es sein Chef hören konnte:

„Interpol müssen wir sowieso über den Tod von Don Acapulco informieren. Bei dieser Gelegenheit können wir gleich bitten, diesen `hoch ehrenwerten´ Stationsarzt der Inneren Medizin, den Teufel in Menschengestalt, weltweit zur Fahndung auszuschreiben. Er muss für seine Taten büßen. Wenn man bedenkt, dass er den Hippokratischen Eid geleistet hat, wiegen seine Taten doppelt schwer. Wem kann man heute noch vertrauen, wenn selbst die Menschenleben vernichten, die sie eigentlich erhalten beziehungsweise retten sollten?"

„Mein lieber Huber! Heit gibt's den Eid nicht mehr. Er wird in seiner klassischen Form von Mediziner schon länger nicht mehr geleistet. Heit gilt des Genfer Ärztegelöbnis. Der Eid hat deswege auch keine Rechtswirkung mehr. - Schad´ eigentlich!"

Wider die Ohnmacht

Noch ganz in Gedanken, mehr ab- als anwesend, setzten sich die Kommissare im Präsidium an ihre, von Papieren überquellenden Schreibtische. Übermorgen wird wahrscheinlich die bis auf Weiteres letzte Besprechung der Soko 6064 in Darmstadt stattfinden. Am liebsten würden sich beide bis dahin in ihre Betten legen und die Decken über ihre Köpfe ziehen. Ihre Arbeitsmotivation war bei null angelangt.

Als das Telefon klingelte, schreckte Pauli hoch und knurrte missmutig in die Muschel:

„Ja! Was gibt´s?"

„Herr Kommissar, erste Ergebnisse der SpuSi aus der Wohnung von diesem ˋDoktor Klimdings´, oder so ähnlich, liegen vor. Wir dachten, dass Sie schon ungeduldig darauf warten. Das Wichtigste zuerst…"

„Prima, toll, Danke! Moment bitte! Ihnen ist sicher bekannt, dass wir den abgefeimten Herren und seine Begleiterin verloren haben. Trotzdem ist nach wie vor jede Information hochinteressant für uns, was diesen Verbrecher betrifft. Warten Sie einen Moment, ich hole Huber aus dem Nebenzimmer dazu.

Dann muss ich nicht alles noch einmal erzählen und vier Ohren hören bekanntlich mehr als zwei."

„So, jetzt ist er hier. Schießen Sie los!"

„Also, wir fanden nur Fingerabdrücke des Mediziners und von einer weiteren Person, eventuell seiner Lebensgefährtin, bislang nur eine Vermutung. Uns fehlen Vergleichsdaten. Zwei fast identische Bärtchen fürs Kinn und drei identische Baseballkappen lagen offen aufg dem Tisch im Wohnzimmer herum. Beide Teile machten sehr schnell aus dem seriösen Dr. med Kimjong den Kriminellen Koreaner namens Miller. Wahrscheinlich führte er schon lange ein verbrecherisches Doppelleben. Einem seiner beiden grünen, abgegriffenen Ordner mit rotem Kreuz auf Vorder- und Rückseite haben wir entnommen, dass er während seines Medizinstudiums, insbesondere in den Semesterferien, als Bademeister agierte, anfangs nur im Eberstädter Freibad, später auch im Pfungstädter Hallenbad. Von beiden Einrichtungen fanden wir exakt beschilderte Schlüssel, die er geklaut haben musste oder nachbilden ließ. Rechtswidrig verhielt er sich demnach schon als Student. Verbrechen aller Art lagen ihm wahrscheinlich immer schon im Blut.

Ausgewählte Briefwechsel mit Dealern und Geldeintreibern aus der Drogenszene in zerknitterten, schmutzigen Umschlägen sowie handschriftliche Aufzeichnungen weisen darauf hin, dass seine Rolle in diesem Geschäft vor ungefähr einem Jahr begonnen haben musste. Ein `Wetterbericht´ von damals belegt, in welchem Umfang Drogen im Rhein-Main-Gebiet umgeschlagen wurden. `Regen´ bedeutet: Drogen in Fertigspritzen und Ampullen. Mit `Eis´ sind Tabletten gemeint. Sonnenschein sind gestreckte und Wolken sehr heftig wirkende Amphetamine, so viel wissen wir schon. Ich schicke Ihnen eine Kopie. Außerdem fanden wir auf seinem Laptop Briefwechsel mit…? Erraten! mit Oberschwester Julia, mit der er wohl ein besonderes Verhältnis pflegte. Wir nehmen an, dass sie schon geraume Zeit seine Geliebte und Vertraute in Sachen Drogen war. Höchstwahrscheinlich stand sie ihm auch bei seiner kartellinternen, machtpolitischen Säuberungsaktion helfend zur Seite.

Unabhängig von diesem blutbesprenkelten Leben als Auftragskiller fungierte er als Mediziner hervorragend, wie einige Auszeichnungen und Spezialausbildungen belegen. Sein Gehalt war trotz hervorragender Beurteilung durch seinen Chef eher dürftig. Obwohl er regelmäßig Nacht-, und Bereitschaftsdienste versah, kamen offiziell monatlich nur etwas mehr als dreitausend Euro Brutto zusammen. Das brachte ihn wohl auf dumme Gedanken. Eine genaue Prüfung seiner Konten wird nachgereicht.

Wir beeilen uns mit dem Zusammentragen weiterer Fakten. Ich melde mich wieder. Übrigens war es PD Rottenbach, der uns bat, Sie, so wie ihn, über die Ermittlungsergebnisse in Kenntnis zu setzen."

„Vielen Dank, sehr nett von ihm und von ihnen. Einen studentisch aussehenden Rucksack haben Sie nicht zufällig gefunden? – Nein? War nur so eine Idee von mir. Ich warte schon gespannt auf Ihren nächsten Bericht. Auf Wiederhören!"

„Huber, Huber, wie hat uns dieser Drecksack an der Nase herumgeführt. Ungeheuerlich! Unser klares Bild von ihm schien die reine Wahrheit zu sein und war doch nur ein unverzeihlicher Irrtum."

PD Rottenbach berichtete per Telefon vom Verhör des einzigen Bandenmitglieds, das jetzt noch befragt werden konnte. In der Darmstädter Untersuchungshaft saß Paco, der Fahrer des ermordeten Don Acapulco, und versuchte, krampfhaft nichts zu sagen. Manchmal presste er dabei seine Hände fest vor den Mund, damit ihm nur kein falsches Wort entweichen konnte. Ihm war keine Information zu entlocken. Er hätte sich eher die Zunge abgebissen als eine Aussage zu machen.

„Die meiste Zeit blickte er mich verstört und wirr an, wie einer, der die letzten Nächte den Schlaf vergebens suchte. Er zeigte keinerlei wirkliche Gemütsbewegungen. Woran er wohl dachte, als er mit den Worten `Doc hat ihn umgebracht und uns unsere Zukunft genommen´ nach einem mehr als einstündigen im Sinne des Wortes nichtssagenden Verhör den Raum verließ?"

Nach kurzem Räuspern schob Rottenbach nach:

„Bevor Sie es von einem anderen erfahren. Vor einer Stunde ungefähr teilte man mir mit, dass der geheimnisvolle Herr Erbel

257

aus Arheilgen einer unserer Männer ist, also der Polizei zugeordnet werden muss. Sein richtiger Name lautet Sürrow. Wegen schwerer Krankheit - Leukämie glaube ich - hatte er seinen Dienst quittiert. Wieder einigermaßen genesen, ermittelt er heute für uns als `Freier Mitarbeiter´ unter einem Decknamen in der ihm aus seiner früheren Tätigkeit bestens bekannten Drogenszene. Wegen seiner vielen, hervorragenden Verbindungen zu Gesetzlosen und Gesetzeshütern, hat er Zugang zu mehr Informationen als wir je haben werden. Nur durch ihn werden die verbrecherischen Vertriebswege für Drogen langsam etwas transparenter für uns."

Jetzt erinnerte sich Pauli, woher er die abstehenden Ohren und das schmale Gesicht kannte. Vor vielen Jahren waren Sürrow und er gemeinsam auf einem Lehrgang für Drogenermittler. Damals sah er noch deutlich gesünder aus und strotze geradezu vor Lebenskraft. So manche Flasche vom guten Roten hatten sie an langen Abenden gemeinsam geleert.

„Herr Rottenbach, bitten Sie doch die SpuSi und die KTU, Ausschau nach einem grauen Rucksack mit orangefarbenen Kanten zu halten. Ich glaube immer mehr, dass sich darin der von diesen Ganoven so lange gesuchte Tablet-PC befindet. Er ist der eigentliche Schlüssel zur Macht. Bisher hat man dieses wichtige Beweismittel weder in den Hotelzimmern von Dr. Yes und seinen Bodyguards, noch in der Wohnung von Dr. Kimjong gefunden."

Huber verließ kurz darauf das Büro seines Chefs. Pauli rief bei Edwin von Alsberg an. Mit ihm konnte er besser als mit jedem anderen philosophieren und exakt danach war ihm jetzt zumute. Dass ein Polizist gerne mit einen Detektiv zu tun hat, ist sehr selten. Als sein Gast eintraf, standen die entsprechend gefüllten großen Cognac-Schwenker schon bereit.

„Schön, dass Sie kommen konnten. Ich brauche jemand, mit dem ich reden kann. Die letzten Wochen beschäftigen mich über alle Maßen und lassen mich nachts schlecht schlafen. Sie haben sich bestimmt, genau wie ich, tief in die verschiedenen Morde aus der Drogenszene und deren Motive hineingewühlt. Kamen Sie voran? Ich jedenfalls nicht einen Schritt. Vielmehr entstand eine schier unüberwindbare Mauer, obwohl ich Verständnis für diese Menschen zu haben glaube. Vielleicht ist es auch nur eine besondere Form von Anteilnahme, wer weiß? Jedenfalls gibt es genügend Stoff für ein schönes Gespräch mit Ihnen."

Von Alsberg fixierte seinen Gesprächspartner sanft und nickte ihm dabei nachdenklich und mitfühlend zu. Pauli fuhr fort:

„Mir ist klar: wenn ich alle zweifelhaften Faktoren eliminiere, bleibt nur die Wahrheit übrig. Klingt einfach, wie? Indessen, Wesentliches von Unwesentlichem trennen können, ist eine Kunst. Ich bitte Sie, mir beim Sortieren zu helfen. Für mich stellt sich im Moment die Situation folgendermaßen dar: Da kommt ein großer, mit allen Wassern gewaschener Drogenboss, bestens versehen mit einer neuen Identität, extra über den Großen Teich hierher, um seine Position als oberster

Befehlshaber des Kartells zu festigen und wird von einem Kontrahenten zum Duell herausgefordert. Da dieser jedoch ebenfalls dabei draufgeht, haben beide verloren. Gewonnen hat wohl ein anderer, den wir bestimmt bald in der internationalen Drogensünderkartei wiederfinden werden. Obwohl die Soko erfolgreich gearbeitet hat, sich also ebenfalls wie ein Gewinner fühlen kann, ist uns der Hauptverdächtige samt Komplizin entwischt. Fast hätten wir ihn geschnappt, aber eben nur fast! Dieser satanische Mediziner alleine brachte skrupellos wahrscheinlich zehn Menschen oder mehr um. Das muss gesühnt werden. Möglichst alle Verbrecher hinter Gitter zu bringen, ist unser Job. Zudem haben die Hinterbliebenen das Recht auf eine Erklärung. Ein unbeantwortetes `Warum´ belastet selbst die Seelen von Drogenbandenmitgliedern noch für Jahre. Was könnten wir gegenwärtig noch tun, um ihn zu fassen? Sagen Sie es mir."

„Whow! Herr Kommissar! Das nenne ich eine perfekte Gesprächseröffnung. Sie hätte jedem Staatsanwalt zur Ehre gereicht. Dazu noch in einwandfreiem Hochdeutsch. Chapeau! Es gibt auch für mich einige wesentliche Erkenntnisse, die ich den Ihren gegenüberstellen möchte:

1.) Bei Kartellen, deren Macht auf Handel mit illegalen Drogen oder riesigen Schutzgeldern basiert, gibt es für nichts und niemand irgendwelche Garantien! Selbst Brüder hacken sich gegenseitig die Augen aus, oder bringen sich aus Macht- und Geldgier um. Das war schon immer so und wird so bleiben. Hintermänner sind zudem ständige Gefahrenherde.

2.) Die Drogenmafia hat im Gegensatz zu Mexiko in Deutschland noch keine Großstadt mitsamt Beamtenapparat wirklich im Griff. Trotzdem sind vorbeugende Maßnahmen unbedingt angebracht.

3.) Wer dauernd das Haar in der Suppe sucht, der schmeckt nicht die Suppe. Die von Ihnen erzielten Ergebnisse sind großartig. Genießen Sie Ihre Erfolge.

4.) Vergessen wir vor allem nicht das Motto der Cowboys: 'Wenn es dich nicht direkt betrifft, lass die Finger davon'. Sie können nicht für alles verantwortlich sein. Jetzt müssen Euro- beziehungsweise Interpol die Mitgliedsstaaten informieren..

5.) Bescheidenheit ist die Kunst, nicht zu mögen, was man sowieso nicht bekommt. Seien wir bescheiden.

Dem Gesagten zufolge, beenden wir unsere Ermittlungen am besten sofort, hier und jetzt. Ich bekomme sowieso kein Geld mehr für meine Ermittlungen, da der Auftraggeber tot ist. Sie drohen in der Psychiatrie zu enden, wenn Sie sich weiterhin um Unerreichbares nächtelang grämen."

„Isch wusst, warum isch Sie hergebete hab. Der zuvorkommende, freundliche und zudem ausgesprochen gut aussehende Koreaner geht mir trotzdem net aus dem Kopf. Je tiefer isch in seine Seele hineinsehe, desto mehr Abgründ kann isch sehe. Einige von dene sinn so tief, die könnte ein eigenes Escho entwickele. Haha! Bei annere wird mir schwindelisch, wenn isch versuch bis ans End zu gucke. Man muss net unbedingt sehr feinfühlisch sein, wenn man beim driwwer Nachdenke in e Depression verfällt. Irgendwie komm isch mir, obwohl mir eigentlisch gewonne hawwe, wie en Verlierer vor. Oft kann ich damit leben, manchmal jedoch ist es schrecklisch für misch und niederschmetternd. Das Polizistenleben ist eine einzige Enttäuschung. Man könnte manchmal dabei verrückt werden. Komischerweise liebe ich meinen Beruf trotzdem und möchte keinen anderen haben."

Während er so vor sich hin sinnierte, wechselt Pauli permanent vom Dialekt ins Hochdeutsche und wieder zurück.

Edwin von Alsberg hebt seinen Cognac-Schwenker und stößt mit seinem Gesprächspartner an. Die Gläser klingen herrlich und zaubern so ein kleines Lächeln auf beider Lippen.

„Genau, so ist es, Herr Pauli! Prost! Wir sollten nie vergessen:

Das Leben ist wirklich herrlich, obwohl, genau genommen, fast alles dagegen spricht!"

„Wer ist wer" in diesem Kriminellen-Roman

Alsberg, Edwin von: Privater Ermittler, Besitzer der Detektei „EvA", wohnt in Darmstadt, leiblicher Vater von Alysia

Berliner Bär: Verbrecherischer Fotograf aus Berlin, der alle Drecksarbeiten für Dr. Yes erledigt

Bodo: Heißt in Wirklichkkeit Boris Dormann, Schwiegersohn von Don Acapulco, wohnt in Berlin, Pusher und Dealer

Det 1, eigentlich Rolf Ohm **und Det 2,** Frank Wollt, sind Decknamen der Privatdetektive aus der „EvA-Detektei"

Don Acapulco: Uneingeschränkter Boss der Juárez-La Familia, Drogenkartell, in Mexiko

Erbel, J. G.: Geheimnisvolle Person aus Arheilgen, die sich gut auskennt im Drogenmarkt

Geldbach, Peter: Rechtsanwalt und Notar für Edwin von Alsberg mit seinem Ermittlungsbüro; Kanzlei in Frankfurt

Huber, Karl: Kriminaloberkommissar (KOK), Stellvertreter von Pauli, Polizeipräsidium Frankfurt

Hugo Ramon Hernández Juárez: Designierter Nachfolger von Don Acapulco in La Familia, Mexiko

Julia: Oberschwester im St.Marien-KH

Kaffitz, Egon: bereits ermordeter geldgieriger Apotheker mit Drogenlabor

Karsten, Frank: Apotheker mit eigenem Labor in Kronberg/Ts.

Kimjong, Dr.: Stationsarzt im St.-Marien-Krankenhaus, in Frankfurt-Bornheim aus Südkorea

Kratz, Alysia: Tochter von Erika und dem ermordeten Gotthilf, Wiesenstraße in F.-Bornheim, studiert Chemie

Kugelblitz, Pim und Messer: Drei Kleinkriminelle aus Darmstadt

Miller, auch „der Koreaner" genannt: Auftragskiller im Drogengeschäft Rhein-Main; Eingesetzt von Juárez-La Familia

Pauli, Jürgen: Erster Kriminalhauptkommissar (EKHK) im Polizeipräsidium Frankfurt.

Rivalen in Deutschland:

1.) Gruppe um Don Acapulco: Hugo, Asu, Paco, El Potrillo, Kike, Carlos und beide Bodyguards von Hugo, insgesamt 9 Personen

2.) Gruppe um Dr. Yes: Koreaner (Miller), Berliner Bär und Zoohändler aus Neuenhain, zwei hünenhafte Bodyguards, insgesamt 6 Personen

Rock, John: Kanadisches Pseudonym von Don Acapulco

Rottenbach, Dieter: Polizeidirektor (PD) im Polizeipräsidium Südhessen, Darmstadt; Chef der SoKo 6064

Yes, Dr.: Gutaussehender Halbmexikaner; führendes Mitglied des La Familia Drogenkartells mit Hauptsitz in der Karibik

INHALT

Ich bedanke mich sehr...

...bei Christel, Jürgen, Inge, Dieter, Gabriele, Sebastian, Daniela, Thomas für gute Anregungen, für akribische Korrekturen, Ratschläge ohne Ende, Rechtschreibehilfen, Fachwissen und Geduld beim Vermitteln der Computertechnik.

...bei „jube" (Jürgen Becker), dem Künstler, der wieder einmal ein gelungenes Cover entworfen hat.

...bei dem Verleger Ulrich Diehl für seine immerwährende Unterstützung.

...bei all den Anonymi, die, ohne hier explizit erwähnt zu werden, unwissentlich viel zum Gelingen dieses Buches beigetragen haben, also auch bei den beschriebenen Ganoven und Kriminellen, ohne die das Buch nie eine Basis gefunden hätte.

Vielen Dank   Helmut J. A. Roth

Helmut J. A. Roth
Eine vor, zwei nach dem Essen
Kriminellen-Roman
Mai 2015

Softcover: 240 Seiten, € 14.90, ISBN 978-3-981-5937-2-3
Hardcover: 240 Seiten, € 19.80, ISBN 978-3-9815937-3-0

Mehr von Helmut Roth

PinKuin auf Eis
124 Seiten,
Paperback,
ISBN 978-3-86520-494-3
€ 9.90

**Ich wünscht', ich wär' Dein
Swimming-Pool**
120 Seiten, Paperback
ISBN 978-3-8482-0924-8
€ 9.90

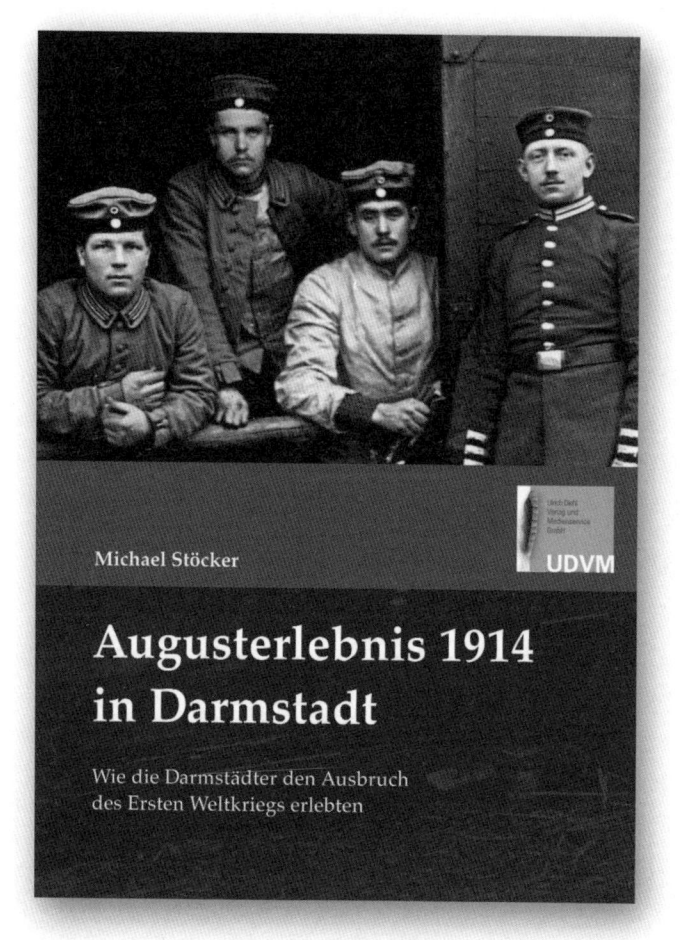

Michael Stöcker

Augusterlebnis 1914 in Darmstadt

Wie die Darmstädter den Ausbruch
des Ersten Weltkriegs erlebten

UDVM

Michael Stöcker
Augusterlebnis 1914
202 Seiten, Gebunden,
August 2014
ISBN 978-3-9815937-1-6
€ 39.90

Zeitschriften aus dem UDVM-Verlagsprogramm

**kulturnachrichten –
Kunst, Kultur und Lebensart
in Darmstadt und Umgebung**
monatlich, 11x jährlich
€ 24,80 im Abonnement

**LebensLust
Magazin für die Region**
2-monatlich, kostenlos
an Haushalte und
Auslagestellen